p.10

[글] 아사토 아사토

[일러스트] 시라비

[메커닉 디자인] I-Ⅳ

86

── 에이티식스 ──

These fragments turned the boy
into the Grim Reaper.

[EIGHTY SIX]

ASATO ASATO PRESENTS

The number is the land which isn't
admitted in the country.
And they're also boys and girls
from the land.

Fuck'n glory to Spearhead squadron.

(스피어헤드 전대에 엿 같은 영광 있으라.)

86

―에이티식스―

These fragments turned the boy
into the Grim Reaper.

$$\left[\text{Ep.}\mathbf{10}\right]$$

―FRAGMENTAL NEOTENY―

EIGHTY SIX

The number is the land which isn't
admitted in the country.
And they're also boys and girls
from the land.

ASATO ASATO PRESENTS

[글] **아사토 아사토**

ILLUSTRATION／SHIRABII

[일러스트] **시라비**

MECHANICALDESIGN／I-IV

[메카닉 디자인]**I-Ⅳ**

DESIGN／AFTERGLOW

⟨Pledge⟩

The dead aren't in the field.
But they died there.

...ments
...e boy
...ne
...aper.

6

공포는 없었다.

처음 선 전장이지만, 털끝만치도.

대기를 가르고 깨부수는 듯 크게 올리는 포효도. 앞을 가로막는 전차형의—— 전투중량 50톤을 넘는 자율 무인 다각전차의 위용도. 조종실에 스며드는 강철의 탄내도, 기체가 요란스럽게 주행하는 소음도, 격렬한 진동도, 이 거리에서는 속에서 찌르르 떨리는 단말마의 한탄도.

적과 조우하자마자 철갑탄에 직격을 맞아서 알루미늄 합금과 함께 피떡이 된, 바로 옆 동료기의 무참한 모습조차도.

훈련소에서 제일 사이좋았던 친구였다.

한 달도 안 되는 훈련 동안, 그래도 밝은 목소리로 웃던 얼굴도 잘 아는 상대였다.

한순간이었다. 전차형이 쏜 120mm 고속철갑탄의 포구초속은 1650m/s. 포성이 닿기도 전에 포탄이 명중하고, 그 초고속과 열화우라늄 탄자의 중량이 가져오는 막대한 에너지는 〈저거노트〉의 빈약한 장갑을 손쉽게 관통한다. 하물며 그 안의 연약한 인체 따윈.

즉사——했겠지.

무슨 일이 일어난 건지 이해나 했을까.

그게 구원인지 아닌지는 그로서는 아직 알 수 없지만.

화염의 색깔 때문일까, 사람의 피가 타는 냄새 때문일까. 아니면 피부를 지글지글 태우는 전장의 공기 때문일까.

스위치가 딱 켜지는 것을 지각했다.

그 자신도 몰랐던 스위치. 평화롭게 살았으면 그 존재조차 평생 의식하지 않았을—— 투쟁 본능이라고 해야 할 것의 스위치.

적기의 조준이 이쪽을 향하는 것을 느꼈다. 전차형의 포탑 안 자동장전장치가 다음 탄의 장전을 완료하는 것을 왠지 알 수 있었다. 한발 늦게 실제로 포탑이 선회하기 시작했을 때, 그는 조종간을 옆으로 눕혀서 회피 궤도로 기체를 옮겼다.

포성.

지적을 스친 철갑탄이 일으키는 충격파가 장갑을 때렸다. 얇아빠진 알루미늄 합금 장갑이 끼익끼익 비명을 지르지만, 아무리 그래도 이 정도로는 깨지지 않는다. 뒤에서 운 나쁘게 애꿎은 탄을 맞은 빌딩이 콘크리트의 내장을 흘리는 비명 소리.

기체의—— 〈저거노트〉의 사선이 열렸다. 앞쪽으로 비스듬하게 회피한 그 앞에 〈레기온〉은 무방비한 측면을 드러내었다.

그걸 바라보며 그는—— 과거에 인간 대접을 받던 무렵에는 신에이 노우젠이라는 이름을 가졌던, 간신히 열한 살의 나이가 된 어린 처리장치는 방아쇠를 당겼다.

4기 소대가 한꺼번에 덤벼서 간신히 전차형 하나를 해치운 직후, 2기 분대를 짰던 신참의 〈저거노트〉 중 하나가 다른 전차형과 마주치는 동시에 잡아먹혔다.

"쿠르스?! 이런……!"

흩날리는 가루눈과 〈레기온〉 무리 너머로 언뜻 보인 그 모습에 동부전선 제35전투구역 제1전대 〈할버드〉 전대장, 앨리스 아라 이슈는 혀를 찼다.

지금 죽은 테이토 쿠르스는 제대로 훈련도 받지 못하고 전장에 내던져진 어린 프로세서 중에서는 보기 드물게 기대되는 소년이었다. 이해가 빠르고 배짱이 있고 명랑하며 과감. 10대 초반이라서 아직 성장기에 들어가지도 않은 신입의 리더격인 존재였다.

그러면 뒤에서 후방의 화력 요원 정도는 어떻게든 해낼 줄 알았는데.

역시 실책이었다. 아무리 전대가 정원인 24명을 크게 밑돌아서 인원이 부족한 상황이라고 해도, 신참들로만 짜는 게 아니었다.

모든 성능과 숫자에서 이쪽을 웃도는 〈레기온〉과의 전투는 항상 가혹하기 짝이 없다. 입대해서 1년 후까지 살아남는 자는 천 명 중 한 명이 안 되는 그런 전장에서.

살아남은 쪽의 〈저거노트〉는 움직이지 않는다.

그 〈저거노트〉의 조종사인 말 없고 얌전한 소년을 떠올리며 앨리스는 이를 갈았다. 테이토와 정반대로 이 아이는 아마 살아남을 수 없을 거라고 내심 느꼈던, 몸집이 한층 작은 최연소 소년병.

〈저거노트〉는 움직이지 않는다.

그것은 아드레날린의 작용으로 시간이 느리게 느껴지는 앨리스의 눈에 친구의 무참한 죽음과 적기의 위용에 몸이 굳은 것으로 비쳤다.

근처에 지원해 줄 아군기는 없다.

지원하러 가려고 해도 앨리스 자신도 아직 적기 집단에 둘러싸여 있다.

이미 늦었다. 전부 다 헛수고다.

그렇게 알면서도 외쳤다.

"노우젠! 물러……."

그때.

〈저거노트〉가 움직였다.

5

57mm 전차포탄은 정확하게 전차형의 포탑 측면을 때리고——완벽하게 튕겨 나갔다.

"안 되나……."

〈저거노트〉의 광학 스크린으로 그것을 보며 신은 중얼거렸다.

전차는 특히 포탑 주위 장갑이 두껍다. 그 사실 자체는 배워서 알긴 했지만, 정면과 비교하면 얇을 포탑 측면 장갑조차도 〈저거노트〉의 주포로는 관통할 수 없는 모양이다.

전차형의 광학 센서와 전차형의 조준이 이쪽을 향한다. 그걸 느끼는 동시에 무장 선택을 12.7mm 중기관총 2정으로 전환하고 사격…… 당연하지만 이것도 안 먹힌다. 다만 센서 부근에 착탄하면서 전차형은 순간 움직임을 멈추었고, 그 틈에 신은 사선에서 벗어났다.

전차형의 포탑 상부에 달린 중기관총이 선회하며 쫓았다. 〈저거노트〉는 전차형과 달리 정면장갑이 아니면 중기관총탄을 막을 수 없다. 후퇴하여 탄막을 회피. 이어서 옆으로 이동. 날아온 120mm 전차포탄의 궤도에서 아슬아슬하게 벗어났다.

후욱. 신은 짧고 날카롭게 숨을 내쉬었다.

기총은 도움이 되지 않는다. 전차형을 상대하기에는 아무래도 화력이 부족하다.

조작에 대한 〈저거노트〉의 반응이 느리다. 도약도 선회도 할 수 없는 전시 급조병기는 추종성도 최악이다.

지금으로선 장갑이 더 얇은 뒤쪽, 혹은 포탑 상판을 노릴 위치로 돌아갈 수도 없다.

거대한 적기를 정면에서 보는 채로, 나이에 어울리지 않게 싸늘한 핏빛 눈동자가 한층 차가워졌다.

상대하는 전차형의 광학 센서와도 어딘가 비슷한, 냉철하고 무기질한 눈.

그렇다면…….

전차형의 첫 사격을 피한 것은 우연이나 강운일 거라고, 앨리스는 처음에는 그렇게 생각했다.

하지만 이어지는 기총 사격, 전차포의 다음 사격까지 피했다면 이미 운이나 우연으로 치부할 수 없다.

다각기동병기 주제에 운동성이 떨어지는 〈저거노트〉 특유의, 어딘가 답답하고 꼴사나운 움직임으로 옆으로 회피한 신의 기체가 그대로 전차형을 향해 갑자기 돌진했다.

　의도를 깨닫고 앨리스는 전율했다.

　〈저거노트〉의 57mm 포는 위력이 부족하다. 비교적 경장갑인 척후형(아마이저)이나 근접엽병형(그라우볼프)이라면 모를까, 중량급인 전차형에는 정면은 물론 측면에서도 거리에 따라서는 튕겨 나간다.

　하지만 적기에 접근하면──날아간 거리에 비례해서 감퇴하는 포탄의 속도를, 거리를 좁히는 것으로 유지하고 보다 많은 운동 에너지를 착탄 때까지 유지할 수 있으면.

　이론상으로는 그렇다.

　하지만 120mm 전차포의 화력과 650mm 압연강판급의 장갑 방어, 무엇보다 〈저거노트〉와는 비교도 되지 않을 정도로 부조리한 기동성을 자랑하는 전차형에 혼자서 접근하여 싸우는 것은 제정신으로 할 수 있는 짓이 아니다.

　하물며 오늘, 지금, 처음 전장에 나온 소년병이.

　"그만……."

　진차형이 방향을 돌렸나.

　굼뜬 〈저거노트〉의 주제 모르는 짓을 나무라듯이, 비웃듯이, 50톤의 덩치가 소리도 없이 땅을 박찼다. 고성능 액추에이터와 쇼크업소버에 의한 〈레기온〉 특유의 무음기동. 정지 상태에서 순식간에 최고속도에 도달하는 맹렬한 가속으로, 눈 깜짝할 사이에 〈저거노트〉의 눈앞에 치달았다.

벌레를 짓밟으려고 전차형이 그 쇠말뚝 같은 다리를 내리치고, 거의 동시에 신의 〈저거노트〉가 앞쪽 지면을 향해 와이어 앵커를 비스듬히 쏜다.

되감긴 와이어에 이끌려서 지면을 미끄러진 〈저거노트〉가 발차기 밑을 빠져나갔다. 그리고 전차형 측면에 다시금 침입한다.

지근거리.

57mm 포가 포효했다.

이번에는 차체 측면, 포탑보다 장갑이 얇은 장소에, 본래 전차포의 사거리가 아닐 정도로 접근해서. 피할 수 없는 타이밍으로.

고속철갑탄이 직격했다. 이번에야말로 그 장갑을 뚫었다.

내부구조가 파괴된 전차형이 불을 뿜었다. 다음 순간에는 열화우라늄 탄자의 발화 작용으로 포탑 내부의 탄약이 유폭하여 날아갔다.

[이게 무슨······.]

지각동조를 통해 전대원 중 누군가의 경악이 귀에 닿았다.

그럴 수밖에. 앨리스 또한 숨을 삼키며 그 광경에서 눈을 떼지 못했다. 새겨진 살육본능 말고는 아무 의지와 감정이 없는 〈레기온〉조차도 상황을 이해하지 못한 듯이 잠시 전투를 중지했다.

전차형을 쇳빛의 그림자로 바꾸어 감싸고, 잔해를 뒤덮는 눈을 녹이면서, 화염은 검붉게 타올랐다. 그 불빛이 조용히 선 〈저거노트〉의 장갑을 붉게 물들였다.

마른 뼈 같은 색을 띤, 아직 새것인 회백색 기체.

Illustration:I-IV

그것은 잃어버린 자기 머리를 찾아 전장을 배회하는, 목 없는 불길한 해골과 비슷했다.

4

5년 전, 자율무인전투기계 〈레기온〉과의 전쟁이 일어나고, 앨리스와 다른 자들은 인간이 아니게 되었다.

조국인 산마그놀리아 공화국은 은발은안의 백계종(알바)이 인구의 태반을 차지한다. 다른 민족은 적국에 속하는 적성 시민이라는 모양이다. 그 논리를 잘 모르겠다. 아무튼 앨리스와 다른 자들은 그들 백계종에 의해——인간에게만 허락된 낙원인 요새벽 안의 85개 행정구에서 쫓겨나 존재하지 않는 '86구'의 강제수용소와 전장에 서식하는 인간형 돼지, '에이티식스'가 되었다.

박애를 나라의 표어 중 하나로 삼는 공화국은 전장에 시민을 내보내는 것을 달갑게 여기지 않는다. 하지만 〈레기온〉에 대항하기 위한 무인기 개발에는 실패했다.

국방과 이념. 두 개의 절충은 간단히 이루어졌다.

에이티식스는 인간이 아니니까, 그것들을 태우면 그것은 유인기가 아니라 무인기다.

유인탑승식 무인전투기계 〈저거노트〉.

처리장치(프로세서)라는 명목으로 그 '무인기'에 타고, 선진적이며 인도적이라고 공화국이 절찬하는 전사자 0의 전장에서, 앨리스는, 에이티식스는 오늘도 〈레기온〉과 사투를 벌인다.

프로세서에만 한한 이야기가 아니라, 에이티식스의 연령 구성은 지극히 젊다.

처음 2년 동안 어른은 거의 모두 전사하였고, 지금은 거의 애들밖에 살아남지 못했기 때문이다. 17세인 그녀가 최연장자 축에 속하는 소년병밖에 없는 전대를, 앨리스는 둘러보았다.

요새벽 그랑 뮐에서 100킬로미터 거리와 대인, 대전차 지뢰밭을 사이에 둔, 동부전선의 전선기지. 햇볕과 비바람에 빛바랜 진지의 막사 안에 있는, 격납고에 인접한 브리핑룸이다.

"오늘도 수고 많았다, 제군. 아쉽게도 희생자가 없지는 않았지만, 다들 잘 싸워주었다."

긴 검은색 생머리. 마찬가지로 검은색에 곤두선 느낌인 두 눈동자. 육감적인 몸매를 사막 위장 야전복으로 감싼 앨리스는 전장에서 3년째에 접어드는 역전의 프로세서다.

목에 감은 하늘색 스카프는 야무진 외모를 돋보이게 한다. 방구석에 시선을 주면서, 연지도 칠하지 않은 붉은 입술로 쓴웃음을 지었다.

"신에이 노우젠. 하필이면 지금 여기서 자다니 배짱이 참 두둑하군."

그 목소리에 안쪽 접이식 의자에서 꾸벅꾸벅 졸던 자그만 소년이 놀라서 고개를 들었다.

인상적인 핏빛 눈동자가 지금은 나이에 어울리는 어린 티를 내며 앨리스를 올려보았다.

앨리스보다 더 색상이 진한 칠흑색 머리와 대조적으로 새하얗고 단정한 얼굴. 본래 어른용인 야전복은 헐렁헐렁하고, 겉으로 드러난 목덜미에 감긴 하얀 붕대가 보기만 해도 아프다.

"죄송합니다……."

톤이 조금 높은 목소리는 아직 변성기도 맞이하지 않았다. 질책하려는 마음을 절묘하게 줄이는 그 목소리에 앨리스는 한층 더 쓴웃음이 깊어졌다.

기억 속에 있는 비슷한 높이의 목소리, 영원히 변함없을 가족의 목소리와 비슷한 느낌이어서.

"뭐, 좋아. 오늘은 네 초진이다. 피곤하기도 할 테고…… 어차피 우리는 무인기의 부품이다. 돼지가 고상한 공화국의 군인님들 흉내를 내봤자 웃기기만 하겠지."

무인기인 〈저거노트〉는 인간이 아닌 프로세서를 전혀 배려하지 않았다. 조종실은 비좁고, 싸구려 플라스틱 재질인 조종석은 인체공학을 완전히 무시하며, 프로세서는 얇은 알루미늄판 뒤에 있는 파워팩의 배열과 네 다리의 극심한 진동에 그대로 노출된다.

그래도 인간은 적응하는 법이지만. 성장기 이전이라서 몸이 미완성인 신참들에게는 처음에는 힘들다. 전투기동 중에 몸을 다쳐서 싸울 수 없게 되는 바람에 폐기된 자도 종종 있다.

하물며 그렇게 무모한 전투 같은 걸 했으니.

"졸린 사람도 있을 테니, 그럼 오늘은 이만 해산해. 노우젠, 자는 건 좋지만 제대로 방에 돌아가서 자라."

앨리스의 놀림에 오늘도 간신히 살아남은 전대원들이 가볍게 웃었다. 동료의 죽음을 갑작스럽게 목격한 신참들은 아직 긴장한 얼굴을 했지만, 그래도 살며시 웃을 수 있었다.

그 가운데 붉은 눈을 살짝 감은 채로, 감정의 미세한 파문조차 보이지 않는 것이 다소 마음에 남았다.

"질문 하나 해도 될까, 앨리스. 전대장 나리."

전선기지에는 10대 소년 소녀들만 있지만, 예외적으로 〈저거노트〉의 정비사는 20대 이상인 사람이 태반을 차지한다.

군인 출신인 자가 그대로 전장으로 쫓겨났다가 다쳐서 정비사로 돌려진 에이티식스가 많기 때문이다. 얼마든지 대체할 수 있는 프로세서와 달리, 정비에는 전문 지식과 기술이 필요하다. 싸울 수 없게 되었다고 해서 쉽사리 처분되지는 않는다.

"이 녀석에 탄 건 오늘 처음 나간 꼬맹이지? 그 꼬맹이가 뭘 어떻게 했길래, 한 번의 전투로 다리 상태가 이렇게 엉망이 된 거야?"

대기 상태의 〈저거노트〉에 손을 짚으며 씁쓸한 얼굴을 하는 정비반장 그렌은 앨리스보다 일곱 살 연상인 빨강 머리 청년이다.

격전지대인 이 제35전투구역 제1전대 막사에서 3년에 걸쳐 〈저거노트〉를 정비한 그가 그런 얼굴을 할 정도로 기체 상태가 심한 모양이다.

"그렇게 심한가?"

"액추에이터가 맛이 갔어. 고칠 방법이 없으니까 교환할 수밖에 없겠는데."

그러면서 돌아보는 동그란 느낌의 푸른 눈동자 앞에서 앨리스는 어깨를 으쓱였다.

"들으면 놀랄걸. 전차형하고 맞짱을 떴어."

그렌이 입을 다물었다.

"진짜로……?"

"그래. 게다가 그대로 혼자서 격파하더군. 그 뒤에는 구동계의 문제로 지원만 했지만……. 오늘 처음 나간 신참이, 그런 꼬맹이가 말이지. 무시무시해."

토하고 지리는 건 기본, 아군을 쏘지만 않으면 충분한 것이 처음 실전에 나간 신병이다. 소모율이 높은 86구의 경우, 토하는 것은 피와 내장, 일단 살아 돌아올 수만 있으면 다행일 정도로 허들이 내려간다.

그만큼 〈레기온〉과 〈저거노트〉의 성능 차이는 크다.

기술대국이며 군사대국이었던 기아데 제국의 기술력과 사나움을 빠짐없이 계승해서 만들어진 〈레기온〉과 비교하면, 〈저거노트〉는 답이 없을 정도로 망한 기체다.

낮은 화력에 궁상맞은 장갑, 도약기동도 할 수 없는 운동성능. 무가치한 에이티식스를 아낌없이 소비할 생각으로, 사격만 할 수만 있으면 된다는 식의 자살병기에 불과하다.

경량급의 근접엽병형과도 일대일 상황에서 고전한다.

하물며 〈레기온〉 주력 전차형을 상대로 맞대결을 펼치다니……
고참 축에 속하는 앨리스조차도 과연 가능할지.

옆에서 보기엔 광기 그 자체인 무모한 돌진을 떠올리며 앨리스
는 탄식했다.

"잘못 봤군. 그런 애는 대개 오래 살지 못했는데."

최근 보충된 신병 중에는 그런 식으로 뭔가 빠진 듯한 아이가 늘
어났다.

감정 변화가 적고 만물에 관심과 집착이 희미하며, 주위와의 교
류도 꺼리는 아이.

그런 아이는 이 86구의 전장에서 쉽게 죽는다. 동료의 지원도
얻기 힘들고, 자기 생명에 대한 집착도 별로 없다. 대개는 처음,
두 번째 전투에서…… 두 번 다시 돌아오지 않게 된다.

어쩔 수 없는 일이라고 생각한다.

전쟁이 시작되고, 다른 에이티식스들과 함께 강제수용소에 보
내졌을 때, 앨리스는 열세 살이었다. 세상 물정을 어느 정도 알고,
나름대로 자아도 확립되는 나이다.

한편 신이나 그 또래의 신참들은 수용 당시 간신히 일고여덟 살
의 어린애에 불과했다.

영문도 모른 채 갑자기 총부리 앞에 놓이고, 철조망과 지뢰밭으
로 둘러싸인 강제수용소에서 가축의 생활을 강요당한 끝에, 2년
사이에 부모나 조부모, 형제자매를 모두 잃었다면…… 멀쩡하게
있기 힘들다.

하물며 신은 명백히 제국 귀족의——〈레기온〉을 만든 적국의, 그것도 귀족 계급의 피가 진하다. 이게 다 너희 제국놈들 때문이다. 그렇게 강제수용소 안에서 미움을 사고 혹독하게 박해받는 핏줄이다.

차별당하는 에이티식스도 반드시 순전한 피해자는 아니다.

세계는 언제나 더 소수이고, 더 약한 자에게 냉담하다.

그렌은 흥 하고 콧방귀를 뀌었다.

"이름이 신이라고 했나. 조금 신경 써줘."

그 말에 앨리스는 눈을 껌뻑였다.

"그건…… 나야 전대장이니까 당연하지만. 왜지?"

그렌은 눈앞의 〈저거노트〉를 바라본 채로, 이쪽을 돌아보지 않았다.

"그렇게 확실하게 '보이는' 건 아니지만. 아무래도 자기보다 나이 많은 남자가 무서운 모양이야. 키가 크고, 목소리가 낮은, 딱 너 정도 나이의 녀석이."

"……?"

그렌에게는 사람의 감정을 '보는' 이능력이 있다고 한다.

빨강 머리와 함께 아버지에게 물려받은 것이긴 하지만 아주 미약하다는 모양인데, 앨리스도 몇 번이나 거기에 도움을 받았기에 지금 와서 의심할 마음은 없다.

"다행히 너는 여자니까. 아직 너는 무섭지 않은 모양이야. 그러니까."

"그건…… 수용소나 훈련소에서 남자에게 뭔가…… 폭행을 당했다는 소린가?"

강제수용소 안의 질서는 무너진 지 오래고, 훈련소나 수송 임무, 지휘관제 때만 에이티식스와 접점을 갖는 공화국 군인은 좋게 말해도 쓰레기밖에 없다.

"그런 것까지는 안 보이니까 모르지만…… 아마도 목에 관련된 뭔가 있었겠지. 목에 감은 그 붕대 아래. 거기에, 그래…… 목줄이나 사슬처럼 얽힌 감정이 보이니까."

"……"

프로세서는 전원 지각동조를 위한 의사신경결정이 목뒤에 임플 레이드 디바이스
란트로 심어졌다.

86구의 전장에서 살아가려면 필수이지만, 애석하게도 이것도 이식이 몹시 조잡했다. 본래 피하에 주입되어야 할 터인데 척추에 손상을 입어서 몸이 움직이지 않아 폐기된 프로세서가 종종 있고, 마취도 소독도 제대로 안 한 탓에 상처가 좀처럼 아물지 않는 일도 있다.

신의 목에 감긴 붕대는 그 임플란트의 상처가 다 낫지 않은 탓이라고 생각했는데, 그게 아니라면……?

"알았어. 조금 주의할게."

3

다음 날에 바로, 조금 정도가 아니라 크게 신경을 써야 하는 사태가 일어났다.

"잠깐 눈을 뗀 사이에 떨어진 모양임다. 아니, 어쩌면 노우젠 녀석이 일부러 없어진 걸지도……."

초계 도중에 신과 그 〈저거노트〉가 없어졌다며 창백한 얼굴로 보고한 소대장에게 앨리스는 두통을 참으며 고개를 내저었다.

〈레기온〉은 강력한 전자방해 전용기—— 방전교란형을 가져서, 무전만이 아니라 레이더도 완전히 무력화한다. 급습을 피하려면 일상적인 초계를 소홀히 할 수 없다. 때로는 〈레기온〉 선발대와 조우하고 그대로 전투에 말려드는 일도 적지 않아서 긴박함으로 가득한 86구 각 전대의 일과.

그 와중에 전대 최연소 신참이 행방불명.

"알았어. 내 소대로 찾아볼게. 다른 소대는 이대로 초계를 계속해 줘."

다행스럽게도 문제의 꼬맹이는 무사히 발견했다.

"——노우젠."

그 목소리에 흩날리는 눈과 포화로 타버린 잔해 속에서 앉아있던 신이 돌아보았다.

〈레기온〉과의 전쟁은 개전 이후 불과 보름 만에 공화국 정규군이 붕괴했고, 공화국 시민은 국토의 태반을 방치하고 요새벽 안으로 피난을 떠났다. 그러니까 지금은 전장이 된 도시의 폐허에 사람이 없다.

인간이 아닌 에이티식스 말고는, 이라고 해야겠지만.

자기 〈저거노트〉에서 내려 다가가면서 앨리스는 쓴웃음 지었다. 얌전하다는 건 말도 안 되는 소리다. 이 아이는 제법 고집이 셀 것 같다.

"초계 도중에 없어져서 무슨 일인가 했어. 어디에 〈레기온〉이 숨어 있을지 몰라. 단독행동은 삼가도록."

전차형이라면 50톤이나 되는 초중량으로도 무음으로 움직이는 〈레기온〉은 때로는 코앞에 다가와야 간신히 알아차리는 경우도 있다.

"하물며 전장에서 맨몸을 드러내다니……. 자주지뢰와 조우하면 그대로 끝이야."

"죄송합니다. 하지만 지금 이 근처에 〈레기온〉은 없으니까요."

음? 싶어서 앨리스는 고개를 갸웃거렸다.

기묘하게도 확신에 찬 어조였다.

겹겹이 쌓인 잔해를 밟으며, 높게 쌓인 철근 콘크리트의 산에서 신이 내려왔다. 바닥이 단단한 전투화인데도 발소리는 나지 않았다. 어깨에서 흔들리고 있는, 작은 체구에는 전혀 어울리지 않는 7.62mm 어설트라이플의 총신.

"그래서 여기서 뭘 했는데?"

앨리스가 발견했을 때, 신은 잔해의 산 위에 앉아서 뭔가를 찾는 느낌이었다.

그 질문에 핏빛 눈동자가 살짝 어두워졌다.

"테이토의 유품을, 찾을까 하고."

그 대답에 앨리스는 잠시 말을 잃었다.

"시체는 남지 않았을 테니까. 기체의 일부만이라도…… 그렇게 생각했는데요."

신이 바라보는 곳, 어제 전투가 아스팔트를 불태운 자국으로 남은 폐허 도시의 메인스트리트에는 불탄 자국 말고 아무것도 없다.

주저앉은 테이토의 〈저거노트〉도, 신이 격파한 전차형의 잔해도. 그 뒤에 당한 동료기 셋도, 해치운 경량급 〈레기온〉도. 그 기체 조각 하나조차도.

"〈레기온〉에는 전용 회수기가…… 회수수송형이 있어. 그 정도 조우전의 잔해라면 하룻밤도 안 되어서 깨끗하게 회수하겠지."

피아를 불문하고 파괴된 기체에 포탄 파편, 방치된 군기지에 남은 전투기나 군용차량. 〈레기온〉들은 전투와는 관계없이 그것들을 탐욕스럽게 회수한다. 운반된 곳은 〈레기온〉 지배영역 깊숙한 곳에 있는 자동공장형의 배 속이다. 그 자체도 자율식인 거대한 생산 공장은 회수된 잔해를 먹고 새로운 〈레기온〉을 구름처럼 양산한다.

설정된 적을, 지금은 멸망한 제국 이외의 모든 인류를 없애버릴 때까지.

공화국 측의 전선기지에도 사실 같은 임무를 띤 자동기계가 있다. 기본적으로는 전장에서 자급자족할 수 있도록, 전선기지에는 소규모의 생산 플랜트와 자동공장이 있다. 요새벽 안에 틀어박힌 인간님은 전장에 나오지 않는다. 그걸 위해 쓸데없이 수준이 높은 자동 사료 급식 시스템.

그러니까 어쩌면 테이토의 〈저거노트〉는 지금쯤 이들의 전선기지의 재생로 안에 있을지도 모르지만, 그건 말하지 않았다. 죽은 동료의 기체를 토대로 한 부품을 쓴 〈저거노트〉로 싸우는 것은 친구의 시체를 먹고 살아남는 것과 마찬가지다. 그런 참혹함은 아직…… 모르는 게 낫다.

아무튼 앨리스는 얼굴을 폈다.

과연, 정말로 잘못 보았던 모양이다.

표정이나 감정은 빠졌을지도 모른다. 사물에 대한 집착이 부족하고, 지금도 눈을 맞추지 않으려는 태도처럼 타인과의 교류도 피하는 모양이다.

하지만 그래도 타인에게 완전히 무관심한 건 아니다.

그뿐만 아니라.

"다정하군. 유품을 주워주려고 했나."

자신의 내일도 모르는, 이런 죽음의 전장에서.

신은 살짝 고개를 움직였다.

옆으로 흔들었다.

"경고할 수 있었습니다. 하지만 하지 못했어요."

붉은 두 눈동자에 희미하게, 딱딱하게 떠오르는 것은 자책감일까……?

"〈레기온〉에 접근한 건 처음이라서, 그러니까 이렇게까지 움직임이 빠른 줄 몰랐습니다. 하지만 근처에 있는 건 알았습니다. 경고해 줄 수 있었어요. 내가 부주의한 탓에, 걔가……."

무심코 앨리스는 손을 뻗었다. 머리에 손을 얹혀서——키가 큰 앨리스는 성장기 전이라서 몸집이 작은 신과는 그만큼 차이가 난다──말이 가로막힌 신이 허를 찔린 듯이 한순간 몸을 굳힌 다음에 올려다보았다.

그 시선을 받아주며 앨리스는 말했다.

"남이 경고해 주지 않았다고 죽는 녀석은 어차피 살아남을 수 없어."

냉엄하게.

천천히 크게 떠지는 핏빛 눈동자를 바라보는 채로 말했다.

"여기는 그런 전장이야. 자기 몸을 자기가 지키지 못하면 언젠가 죽어. 누구든 언제까지고 그 녀석을 지켜줄 수 없어."

여러 기체가 연대하여, 장갑이 얇은 적기의 측면이나 후방을 노리는 것이 화력이 약한 〈저거노트〉의 기본 전술이다.

동료끼리 지원하지 못하면 이 전장에서 살아남을 수 없다.

그래도 자기 자신을 지킬 사람은 결국 자신뿐이다.

전투 중에 고립될 때. 주위 동료가 지원할 여유가 없을 때. 다른 전투원이──전멸했을 때.

그런 일은 자주 있다.

남이 지켜주지 않으면 죽을 자는 그렇게 되었을 때 살아남을 수 없다. 그리고 그건 지켜주지 못했던 자의 책임이 아니다.

"그러니까 테이토 생각은 하지 마. 네 책임이 아니야. 오히려 걔는 너라는 친구가 마지막에 있어 줘서 행운이었겠지."

"……."

"기억해 둬. 그게 네가 해줄 수 있는 최대의 도움이야."

이 전장에서 유일무이한.

"예……."

"책임이라면 그건 전대장인 내가 져야 하지. 미안해."

신은 다시 살짝 고개를 내저었다. 과묵한 그 동작에 앨리스는 미소를 짓고, 다시금 그 흑발을 쓰다듬어 주었다. 역시 마음씨 착한 아이다. 이런 세계에서는 안쓰러울 정도로.

시간이 조금 지난 뒤에 미묘하게 못마땅한 기색으로 올려다본 것은…… 아마도 아이 취급이 마음에 들지 않았던 것이리라.

손을 떼자, 대수롭잖게 몇 걸음 거리를 둔 뒤 다시금 시선을 보냈다.

"아라이슈 대위님은."

"앨리스면 돼. 어차피 허울뿐인 계급이니."

지휘계통을 명확하게 하고자 프로세서에게는 일률적으로 계급이 주어졌다. 마땅한 대우도 급료도 없이 이름만 있는 것이지만.

"전대장은 왜 여기에……?"

역시나 나이 많은 상대를 쉽사리 이름으로 부르기란 어려운 모양이다.

"너랑 같지. 테이토나 다른 애들의 유품이 혹시 남아있으면 그걸 주울까 해서."

갑자기 초계를 빼먹고 멋대로 어딘가로 사라져버리는 난처한 꼬맹이를 찾으러 왔다는 소리는 일단 하지 않기로 했다.

신은 고개를 갸웃거렸다. 〈서거노트〉의 잔해는 회수수송형이 가져갔을 거라고 말한 사람은 앨리스다. 그걸 알면서 왜? 라고 생각했겠지.

"그러고 보면 너희 신참에게는 아직 말하지 않았군. 돌아가거든 설명하지. 외톨이로 남겨져서 삐친 네 파트너도 데리고 기지로 돌아가자."

잔해 그늘, 방치된 신의 〈저거노트〉가 어딘가 쓸쓸하게 주저앉아 있었다.

"이건 어제 죽은 테이토 쿠르스, 아토리 라이시, 나나 오마, 아마라 키의 묘비다."

브리핑룸.

어제 전투로 열넷으로 줄어든 전대원들에게 앨리스는 그걸 들어보였다.

몇 센티미터 정도 크기의, 네 명의 이름을 각각 새긴 금속 조각. 긁어모은 조각에 못으로 이름을 새겼을 뿐인, 아주 조잡한 물건.

요새벽 안의 공화국 사람이 보면 웃음을 터뜨릴 만큼 우스꽝스러운 '묘비'. 하지만 거기 모인 소년 소녀들은 누구도 웃음을 띠지 않았다.

열네 쌍의 눈동자가 각각 가지고 태어난 색채로, 하지만 다들 진지하게 그 작은 금속 조각을 바라보았다.

그것이 앞뒤로 틀어막힌 이 전장 안에서 주어진 유일한 구원이라는 듯이.

"우리 에이티식스가 들어갈 묘는 없다. 이미 모든 기록에서 이름이 말소되었고, 시체도 남지 않는다. 그러니까 이것이 우리의 묘비다. 먼저 죽은 동료들의 이름을 새기고, 우리의 이름도 언젠가 이렇게 남을…… 우리 에이티식스의 존재 증명이다."

그런 것은 전장 한구석에서, 위령해 봤자 아무도 볼 일 없이 바람을 맞아 삭고 쓰러지고, 헛되이 사라질지라도.

"다들 약속하자. 죽은 자의 이름을 그 녀석의 기체 조각에 새겨서, 살아남은 자가 가지고 간다. 그렇게 마지막까지 살아남은 녀석이, 그 녀석이 도달한 곳까지 다른 모두를 데려간다고."

〈레기온〉이 지배하는 86구의 전장에서—— 실제로 손에 들어오는 것은 대개 그 사람의 기체 일부가 아니라 대충 주운 금속 조각이나 나무 쪼가리에 불과하겠지만.

"기억하자. 아주 잠깐일지라도 함께 싸우고 먼저 죽은 전우를."

앨리스는 86구에서 3년 싸웠다.

프로세서의 연간 생존율은 0.1퍼센트도 안 된다. 함께 싸운 자들은 지금 아무도 없다.

이 부대에서도 결국 모두가 그녀를 두고 가겠지.

접이식 의자의 제일 안쪽, 제일 구석 자리에서 올려다보는, 투철한 핏빛 눈동자를 바라보며 미소를 지었다.

살아있었으면 딱 이 또래일—— 하지만 결코 그 나이가 될 일 없는, 강제수용소에서 병들어 죽은 어린 남동생처럼.

"너희는 내가 데려간다. 그러니까…… 두려워할 것은 하나도 없다."

큰일이다, 라는 누군가의 경고가 지각동조를 타고 전해졌다.

그보다 살짝 전에 신의 〈저거노트〉 눈앞에 시커먼 토사가 솟구쳤다. 고공에서 날아와서 대지 깊이 꽂히면서 작렬한 충격파에 헤집어지고 날아간 대량의 토사.

그 검은 해일과 눈에 보이지 않는 충격파가 경량의 〈저거노트〉를 날려버렸다. 손쓸 방법도 없이 신은 〈저거노트〉와 함께 날아갔다.

번쩍, 하고 갑자기 핏빛 눈동자가 떠졌다.

두세 번 껌뻑이고, 그대로 주위를 둘러보는 걸 보면 상황이 파악되지 않는 모양이다. 그것도 당연하겠다며, 좁고 소박한 야전침대 옆에 의자를 놓고 지켜보던 앨리스는 생각했다.

한 손으로 하드커버 책을 탁 소리 나게 덮으며 말을 걸었다.

"일어났나, 노우젠."

"전대장."

대답하는 목소리는 조금 메말랐지만, 다행스럽게 어조도 이쪽을 향하는 시선도 또렷했다. 아무래도 뇌에 치명적인 손상을 입은 것은 아닌 모양이다.

햇볕에 그을고 다 닳은 시트에 손을 대고 몸을 일으키더니, 거기가 낡은 간이 막사에 있는 본인의 방이라는 것을 파악한 듯이 고개를 갸웃거렸다.

"어떻게……?"

"아, 역시 기억하지 못하나. 〈레기온〉의──장거리포병형의
포격으로 날아가서 실신했다. 〈레기온〉은 퇴각할 때 후방에서
포사격 지원을 받지. 네가 배치되었던 즈음부터 나오지 않았지
만…… 또 이동한 모양이야. 앞으로는 〈레기온〉이 퇴각한다고
해도 방심하지 마."

155mm 곡사포를 장비한, 포병에 해당되는 〈레기온〉이라는 모
양이다. 〈레기온〉 지배영역에 숨은 그들의 모습은 아직 앨리스도
본 적 없다.

애초에.

"장거리포병형의 포는 사거리가 30~40킬로미터다. 〈저거노
트〉의 센서 범위 밖이지. 있는지 없는지는 쏘기 전까지 모른다."

현대 병기의 사거리는 의외로 길다.

교전거리가 짧은 전차포조차도 2킬로미터 안팎, 곡사포라면 탄
종에 따라서 40킬로미터 이상의 저편에서 포탄이 닿는다. 지상에
서 눈으로 볼 수 있는 범위 밖에서 날아오는 공격이다. 익숙하지
않을 때는 도무지 실감이 들지 않는 교전거리다.

참고로 아군에는 사거리가 동등한 장거리 무장이 아예 없어서,
장거리포병형이 출현했을 경우 〈저거노트〉의 57mm 포 사거리
밖에서 일방적으로 공격당하는 꼴이 된다.

"모르는…… 겁니까."

"전선 관측으로 척후형이 나오니까 다소 예측은 할 수 있지만."

40킬로미터 저편을 볼 수 없는 것은 〈레기온〉도 마찬가지다. 아무리 고성능 광학 센서라도 지평선 너머에 숨은 것은 볼 수 없다.

포병 자신은 볼 수 없는 탄착 위치를 확인하고 조준을 조정하기 위해, 장거리 포격에는 전선에 진출한 포사격 관측을 빼놓을 수 없다.

"……."

그렇게 말해도 전장에 갓 나온 신참에게는 이해하기 어려웠던 모양이다. 신은 곤혹스러운 듯이, 생각하듯이 침묵했다.

"아무튼 눈을 떠서 다행이다……라고 말하고 싶은데."

이쪽을 바라보는 신에게 앨리스는 얼굴을 찌푸려주었다.

아직 윤곽에 어린 티가 남은 뺨에, 얇은 눈꺼풀 위에, 가는 팔에, 여기저기 눈에 띄는 반창고나 붕대의 흰색. 그 이상으로 숨길 수 없는 상처와 찰과상의 흔적.

"너무 무모하게 굴었다. 〈레기온〉에 단신으로 도전하지 말라고 몇 번 말해야 알아듣지?"

전부 오늘 전투에서 생긴 상처다.

장거리포병형의 포격으로 날아갔을 때 생긴 것도 있겠지만, 아마도 태반은 그 전에 생겼으리라.

너무 접근한 탓에 근접엽병형의 고주파 블레이드를 완전히 피하지 못했다. 직격은 피했지만, 아무래도 블레이드가 조종실 블록을 스치면서 깨진 장갑과 광학 스크린의 파편이 조종실 안에 튀었고, 그걸 제대로 뒤집어쓴 모양이다.

신이 배치된 지 한 달 남짓. 신참답지 않은 활약으로 부대의 주요 전력이 된 것은 좋지만, 어느 전투에서든 혼자 돌출하거나 〈레기온〉의 대열에 돌진하는 등의 행동으로 위험천만하기 짝이 없다.

앨리스는 한숨을 내쉬었다. 여태까지 계속 디브리핑 때마다 그만두라고 말했는데.

"〈저거노트〉의 전투는 소대가 연대해서 하는 것이다. 첫 공격의 영광도 일대일의 영예도 이 86구에서는 필요 없어. 오히려 자살행위지. 소대의 동료와 제대로 협력해."

"〈레기온〉의 대열을 무너뜨리면, 그만큼 부대의 다른 사람들이 찌를 틈이 많아집니다."

"그럴지도 모르지만, 저 움직이는 관짝으로 할 짓이 아니야."

〈저거노트〉의 알루미늄 합금 장갑은 너무나도 빈약하다. 가장 튼튼할 터인 정면장갑도 중기관총 사격에 버티지 못한다.

따라서 〈레기온〉의 공격을 피할 수밖에 없는데, 〈저거노트〉는 기동성도 〈레기온〉에 까마득하게 못 미친다. 거리를 두었다면 모를까, 만약 접근한 상태에서 조준당하면 회피할 수 없다.

"하지만."

"노우젠."

어쩐 일로 계속 물고 늘어지는 신을 가로막고 앨리스는 낮게 말했다.

본인 나름대로 양보할 수 없다고—— 부대의 동료를 돕고 싶다고 생각하는 거겠지만, 앨리스도 이것만큼은 양보할 수 없다.

절대로.

"적당히 해. 나는 내 부대의 누구도, 동료의 시체를 먹으며 살아남는 자로 만들 생각이 없다."

누군가를 희생해서, 그 전투를 살아남는 비겁함 따위는.

하물며 최연소 신참을 미끼로 삼을 만큼 타락한 경험은—— 긍지를 잃은 경험은, 앨리스에게 없다.

"아니면 설마 죽고 싶은 건가? 말해두겠는데 내 부대에서 그런 짓은……."

"죽지 않습니다."

이번에는 신이 앨리스의 말을 잘랐다. 평소에는 조용한 그답지 않게 날카로운 어조로.

허를 찔려서 앨리스는 신을 바라보았다.

붉은 눈동자는 아래를 향해서 앨리스를 보지 않았다.

"나는 아직 안 죽어요. 죽을 수 없어요. 그러니까…… 죽지 않습니다."

아주 완고한 목소리와 눈빛이었다.

사명감과 비슷하면서도 더 어둡고 비장한. 각오와도 같은 것.

망집 같은 것.

"그건……."

질문은 무심코 입에서 튀어나왔다.

"목의 그 상처와…… 관계가 있나?"

신은 숨을 삼켰다.

무심코 자기 목을 만지는 손에 붕대의 감촉이 없는 것을 깨닫고, 핏빛 눈동자가 점점 얼어붙고 크게 벌어졌다.

말로 하지 않아도 충분한 그 태도에 앨리스는 붉은 입술을 다물었다.

이전에 그렌이 말했다.

──아마도 목에 관련된 뭔가 있었겠지.

──목에 감은 그 붕대 아래. 거기에 목줄이나 사슬처럼 얽힌 감정이 보이니까.

감정이라는 말로 끝날 만큼 미적지근한 것이 아니었다.

아직 어리고 하얀 목을 아직 생생한 핏빛으로 휘감은 것은──목을 한 바퀴 두르며 날카롭게 뒤틀린 한 줄기 멍이었다.

목을 절단했다가 억지로 붙인 흉터처럼.

악의와 살의가 역력한, 너무나도 끔찍한 모습.

어느새 크게 벌어진 붉은 눈동자가 올려다보고 있었다.

얼어붙은 그 눈동자와 눈이 마주쳐서 앨리스는 놀랐다.

전장의 가혹함에도, 친구의 죽음에도 움츠러드는 기색이 없었던 소년이 이토록── 겁먹은 얼굴을 했으니까.

질문받는 것을. 떠올리는 것을.

그것을 입에 담기를── 두려워하는 듯한.

황급히 말을 이었다.

"아, 미안하군. 내가 잘못했다. 볼 생각은 없었는데."

의식을 잃은 동안 호흡에 지장이 생기면 안 되니까──공화국은 '무인' 의 전장에 인간형 돼지를 위해 군의관을 보내지 않는다 ──의복을 느슨하게 풀어줄 때 목의 붕대도 풀었다.

볼 생각은 없었다.

하지만 봐 버렸다.

보이기 싫으니까 감추었을, 누군가의 악의의 흉터를.

"미안했다. 정신을 차렸으니까 돌려놓으면 되었겠고, 함부로 물어볼 것도 아니었지⋯⋯. 잠깐. 그러면 안 돼."

아무래도 그 말은 아까부터 신의 귀에 전혀 들어가지 않은 모양이다.

무의식중에 그러는 거겠지, 목을 감싸듯이 댄 손에 그대로 힘이 들어가서 손톱이 피부를 파고들고 있기에, 앨리스는 어느새 그 손을 붙잡았다. 놀라게 하지 않도록, 되도록 천천히.

저항하지 않는 것을 확인한 뒤에 천천히 떼어놓았다.

자기 자신을 조르려던 손이 떨어졌지만, 호흡은 아직 가쁜 상태에서 원래대로 돌아오지 않았다. 찰싹 달라붙어서 떨어지지 않는 공황의 낌새. 핏빛이 가셔서 굳어진 어린 얼굴과 수축해서 바늘 구멍 같아진 동공.

얼어붙은 눈동자는 아마도 과거의 광경을 응시한 것처럼, 현실을 하나도 비치지 않았다.

"노우젠⋯⋯."

반응은 없었다.

"노우젠. 나를 봐라."

반응이 없었다. 성으로는 자신을 부르는 건지 인식하기 어려운 걸까.

"신."

허공의 한 점을 향한 채 미동도 하지 않던 시선이 살짝 흔들렸다. 이쪽으로 조금 의식이 향했을까.

그 틈을 놓치지 않고 붙잡은 앨리스는 되도록 차분한 목소리를 의식하면서 계속 말했다.

"신. 나를 봐. 그건 지금 일어나는 일이 아니야. 나를 봐."

떼어낸 손을 붙잡은 채로 거듭 말하기를 잠시…… 시간이 꽤 지난 뒤에야 간신히 돌처럼 굳었던 작은 몸에서 힘이 빠졌다.

눈을 감고 길고 긴 숨을 내쉬며, 그 상태로 신은 말했다.

"죄송합니다……."

"아니."

모호하게 고개를 내저었다. 생각 없이 상처를 건드린 자신이 실수했다. 사과받을 이유가 없다.

"저기……."

"아무것도 아닙니다."

입을 열려는 앨리스의 말을 신이 재빨리 가로막았다. 추궁을 두려워하듯이 시선을 내린 채로.

"조금…… 속이 안 좋아졌을 뿐입니다. 이것 때문이 아닙니다."

그 모습에 앨리스는 깨달았다.

상처를 숨기던 것은, 보이는 것조차 꺼리는 것은.

그 상처에 대해 질문을 받고, 떠올리고 싶지 않은 것 이상으로.

누군가의 악의가 또렷한 그 상처에 얽힌 누군가를—— 책망하고 싶지 않기 때문인가.

그렇다면.

목에 감은 스카프를 스르륵 풀었다.

두 손으로 그걸 펼치고, 신의 가는 어깨 양쪽에 손을 둘러서 목 전체를 감싸듯이 감았다. 목뒤에서 살짝 매듭을 짓고서 몸을 떼었다.

갑자기 안기는 듯한 자세가 되어서 몸을 굳혔던 신이, 목에 남은 감촉에 한 차례 눈을 껌뻑였다. 시선을 내린 곳에 있는 하늘색을 어딘가 앳된 느낌이 남은 동작으로 움켜쥐었다.

"그거라면 괜히 눈길을 끌지도 않겠지. 붕대는 아무래도 아픈 느낌이라 걱정되니까."

그 아래에 상처가 있다고, 소리 없이 말하고 있으니까.

"딱히, 이제 아프지는."

"그래. 하지만."

앨리스는 방금 깨달은 바를 말했다.

솔직히 그 심정을 이해할 수 없다. 흉터가 남을 정도의 고통을 겪고, 그 흉터를 보이는 것만으로도 플래시백을 일으킬 정도로 마음이 상하고, 그래도 그 상대를 책망하고 싶지 않다는 감정을 앨리스 자신은 못 가질 것 같다.

그래도.

"눈길을 끌고 싶지 않은 거지? 남에게 보이고 싶지 않은 거겠지? 누군가 탓하기를 원하지 않아서…… 아니, 탓하고 싶지 않으니까, 그 사람을 지켜주고 싶다고, 너는 생각하는 거겠지?"

눈앞의 이 어린 소년에게는―― 그것이 참뜻일 테니까.

"……!"

그 말에 신은 반사적으로 시선을 들었다.

한순간.

정말로 한순간, 감정의 색채가 흐릿한 핏빛 눈동자가, 울음을 터뜨릴 듯이 흔들린 것 같았다.

그걸 바라보며 앨리스는 미소를 지었다. 울고 싶거든 울면 될 텐데, 눈물 한 방울도 흘릴 수 없는 이 무참함을 알아차리지 못한 척하면서.

"사과의 뜻으로 네게 주지. 좋은 거니까, 소중히 간직해."

"하지만……. 전대장이야말로 소중한 것 아닙니까? 항상 두르고 있었는데……."

"아니. 나도 처음 입대했을 때, 그 전대의 전대장에게 받은 거야. 목을, 이렇게……."

맹금류의 발톱처럼 구부린 손가락으로, 목을 긋는 시늉을 했다.

"긁는 버릇이 있어서 말이지. 뭔가 두르고 있으면 건드리지 않을 수 있을 거라면서."

동생이 죽은 뒤에 붙은 버릇이다.

병으로 괴로워하다 죽었다. 그 최후를 떠올리면 무의식중에 스스로를 상처 입히려는 버릇.

보다 못한 전대장이 그의 트레이드마크였던 스카프를 주었다.

공화국 공군의 전투기 조종사 후보생이었다고 했다. 에이티식스였으니까 전장에 방치되었고, 그런 가운데 수중에 남은 몇 안 되는 개인물품 중 하나였다.

아직 사람의 눈으로 직접 전장을 수색해야 했던 과거에, 전투기 조종사는 목에 스카프를 감았다고 한다. 멋을 부리기 위한 것이 아니다. 적기를 찾기 위해 항상 주위를 둘러보다 보니 비행복 자락에 긁히기 쉬운 그 목을 지키기 위한 장비다.

레이더를 탑재한 제트 전투기가 주류가 되고, 제공권을 모두 〈레기온〉에 빼앗긴 현재로서는 이미 동경 이상의 의미가 없는 것이지만, 부적 정도의 도움은 될 거라면서.

적어도 너를 네 죄악감에게서 지켜줄 거라면서.

지금은 유품이 되었다.

그는 그 전대에서의 임기가 끝나고 스피어헤드 전대로—— 동부전선 최대의 격전지대인 제1전투구역의 제1방어전대로 전환 배치되었으니까.

이미 수백만의 죽음을 집어삼킨 86구에서도 가장 많은 사람이 죽는 곳.

"나는 충분히 도움을 받았어. 그러니까 이번에는 네가—— 그 도움을 받도록 해."

1

한동안 지켜보니 아무래도 핏기도 좀 돌아온 모양이라서, 일단 평소와 다름없는 정도로 진정되었다고 이해한 앨리스는 물었다.

"그런데 밥은 먹을 수 있겠어? 그렇다면 슬슬 저녁 먹을 시간이니까."

인간이 아닌 에이티식스의 막사라도 최소한의 생활 인프라는 있다.

공화국에 있어서 프로세서는 말 그대로 무인병기의 부품이다. 싸우기 전에 못 쓰게 되어도 곤란하다는 소리겠지.

식당과 정말이지 구색만 갖춘 주방도, 그 최소한의 기간 설비 중 하나다.

간이 막사에 있는, 세월에 따라 빛바래져 가는 식당은 어디선가 외풍이 들어와서 조금 춥다. 신을 데리고 직사각형 출입구를 지난 앨리스에게 주방에 서 있던 그렌이 시선을 보냈다.

앨리스를 흘낏 보던 그 푸른 눈이 의아한 기색으로 한 번 깜빡이더니, 이어서 신을 보고 한쪽 눈썹을 치켜세웠다. 왜 저러나 생각한 뒤에 앨리스도 깨달았다. 스카프.

"꼬맹이가 눈을 떴나. 다행이군."

"음. 걱정 끼쳤네, 정비반장."

"맞는 소리야. 노우젠, 넌 기체를 난폭하게 모는 짓 좀 그만해라. 날아간 건 어쩔 수 없다고 쳐도, 또 다리가 덜걱대잖아."

"죄송합니다……."

갑자기 날아온 말과 시선에 한순간 움츠러드는 기색을 보인 뒤에 신은 대답했다. 겁먹은 정도까지는 아니지만, 명백히 한 걸음 물러나려다가 참은 반응이다.

그 모습에 앨리스는 속으로 이해했다.

정말로 자기보다 나이가 많은—— 10대 후반의 소년병이나 20대 초반의 정비사가 거북한 모양이다. 그리고 보면 상대가 말을 붙였을 때를 제외하고, 연상의 전대원과 함께 있는 모습을 본 적이 없다.

프로세서의 생존율은 체력으로 앞서는 소년 쪽이 높고, 앨리스처럼 몇 년이나 살아남은 소녀는 드물다. 고립된 것처럼 보이는 데는 아마도 그런 탓도 있을까.

또래 신참 소년들은 옛적에 전멸해버렸으니까.

처음에 그걸 지적한 그렌은 신의 반응을 딱히 개의치 않는 듯이 어깨를 으쓱였다. 항상 입는 작업복 위에 무슨 앞치마 같은 것을 한 그에게 앨리스는 장난스럽게 물어보았다.

"어이, 주방장. 오늘 메뉴는?"

"안녕하십니까, 아가씨. 우리 조국이 자랑하는 합성식 소테에 합성식 샐러드, 합성식 수프에 갓 구운 합성식입니다. 오늘도 이 차원의 미식을 만끽하시길."

그러면서 그렌이 카운터에 턱 하니 내려놓은 것은 양은 식기에 담긴 하얀 사각형 점토 같은 물건이었다.

기지에 병설된 생산 플랜트, 거기서 매일 만들어지는 합성 식량이다.

참고로 메뉴가 풍부한 듯한 그렌의 말과 달리, 에이티식스에게 식량으로 주어지는 것은 이 정체 모를 점토밖에 없다.

장난스러운 말과 야유가 오가는 것을 듣던 신이 슬쩍 웃음을 흘렸다. 소리도 내지 않는, 정말로 자그마한 웃음이었지만, 곁눈으로 그걸 보고 앨리스는 눈을 크게 떴다.

그러고 보면 웃는 모습을 본 건 이게 처음이다. 조금은 어깨에서 힘이 빠졌나.

유일하게 진짜인, 근처에 자생하는 허브를 끓인 차도 함께 받아서 기다란 테이블의 빈자리에 적당히 앉았다. 전투식량도 겸하기 때문에 조리가 필요 없는—— 같은 시간에 같은 장소에서 먹을 필요도 없는 합성 식량이지만, 어지간히 인간을 싫어하지 않는 이상 다들 세 끼 모두 식당에서 동료와 함께 먹는다.

얼핏 봐서는 도저히 식품 같지 않은 물체. 하다못해 식사라는 체계만큼은, 형태만큼은 따르고 싶다고 생각하는 것이겠지.

인간형 가축에 불과한 에이티식스에게 요리라는 문화 따윈 필요 없다. 영양 보충이라는 목적만 달성할 수 있으면 된다. 그런 공화국의 의도를 그대로 받아들이면, 이들은, 에이티식스는 정말로 병기의 부품으로 전락하게 되니까.

그러니까 의미가 없더라도 깨끗하게 잘라서 그릇에 담고 나이프와 포크를 준비한 것도 그렌의 사소한 저항이다. 기껏해야 물을 끓이는 정도의 기능밖에 없는 궁상맞은 주방에서 대용식으로 차나 커피를 끓이거나 어떻게든 요리를 해보려고 하는 것도.

그 노력의 일환일까. 합성 식량에는 여태까지 존재하지 않았던 갈색 소스가 곁들여져 있었고, 달고 짠 냄새가 나는 그것을 포크 끝으로 한두 번 찔러본 뒤에 신은 입에 넣었다.

우물거리다가…… 그대로 아주 미묘한 얼굴로 굳어버렸다.

그걸 보고 앨리스는 미적지근한 미소를 띠었다.

"뭐, 어떻게 머리를 써도 맛없는 것은 맛없는 거지."

그렇다. 이 합성 식량은 겉모습도 틀려먹은 주제에 정말 기가 막히게 맛없다.

이미 5년 가깝게 수용소와 전선에서 지낸 에이티식스에게는 이미 익숙한 맛이지만, 그렇다고 해도 도저히 적응이 안 되는 맛이라는 게 어떤 의미로 대단하다. 말하자면 허무의 맛, 음식이라고 할 수 없는 다른 무언가. 생긴 게 그렇기 때문일까, 플라스틱 폭탄이라고 비유되는 일이 제일 많다. 정말로 플라스틱 같은 맛과 폭약 같은 맛이 미묘하게 뒤섞여서 기적의 하모니를 일으킨 맛이다. 안 좋은 의미로.

여담이지만, 진짜 플라스틱 폭탄은 살짝 달다는 모양인데, 독성이 있으니까 먹어 본 바보는 적어도 앨리스의 주위에 없다.

"……."

신은 엄청나게 미묘한 얼굴인 채로 입 안에 넣은 식품 미만의 무엇을 우물거렸다.

최종적으로 차로 간신히 넘기고 대답했다.

"맛없는 건 평소랑 같습니다만……. 저기, 오늘은 맛이 특히 나……."

"흐응?"

입에 넣었다가 앨리스도 잠시 침묵했다.

"과연. 소스는 제법 괜찮지만, 그것 때문에 오히려 최악이군. 아니, 이건 무슨 조미료지? 모르는 맛인데."

주방 쪽에서 "간장과 설탕이다!" 라고 대답하는 소리가 있어서 앨리스는 얼굴을 찌푸렸다.

"또 묘한 짓을……. 아니, 결국 그게 무슨 소스인데?"

신이 고개를 갸웃거렸다.

그런 행동을 하면 역시나 10대 초반의 소년이라고 깨닫고 되는, 아주 앳된 동작이었다.

"그러고 보면 그런 조미료 같은 건 어디서 온 건가요? 생산 플랜트의 합성 품목에도, 공수 대상에도 없던 것 같은데요."

앨리스는 눈을 껌뻑였다. 그러고 보면 말하지 않았던가.

"음……. 네가 온 뒤로는 간 적이 없었나. 우리 구역 구석에 시가지 하나가 통째로 방치된 폐허가 있거든. 거기 상점이나 민가의 창고에서 가져오는 거야."

"……?"

좀처럼 이해가 안 되는 기색이다. 반대 방향으로 고개를 갸웃거렸다.

"개전 직후에 시민을 꽤 급하게 피난시킨 거겠지. 그러니까 가져갈 수 없었던 물품이 대량으로 남았어. 시가지 폐허라면 통조림처럼 장기간 보존할 수 있는 식료품이 있지."

도중에 번쩍 고개를 쳐들기에 앨리스는 무심코 웃었다.

매사에 관심이 희미한 이 소년도 다른 것을 먹고 싶다고 생각할 정도로…… 지금 먹는 그 허무는 맛이 없는 모양이다.

"뭐, 그런 탐색은 자주 할 수 없지만…… 슬슬 이해했겠지? 이 86구에서는 초계와 전투로 하루가 끝난다."

〈레기온〉은 때때로 레이더와 같은 탐지를 완벽하게 기만한다.

급습받지 않으려면 매일의 초계를 빼놓을 수 없다.

"그러니까 다음 기회에. 그때는 사냥법이나 해체법도 가르쳐 주지. 그거라면 이 정체 모를 소스와도 어울리겠고."

86구에서는 야생 토끼나 사슴이나 멧돼지 외에도 방치된 목장에서 도망쳐서 야생화한 닭이나 돼지나 소 같은 게 우글거린다.

야생의 새나 토끼는 그렇다 쳐도, 프로세서도 정비사도 전원 동원된 큰 작업이었던 대형 사냥과 그 해체를 떠올리며…… 앨리스는 씁쓸하게 입가를 일그러뜨렸다.

"너 말고 다른 신참들에게도 먹여 주고 싶었는데……. 강제수용소에서는 정말로 합성 식량 말고 먹어 본 적이 없었겠지."

지뢰밭과 철조망으로 둘러싸인 강제수용소에는 동물조차 들어올 수 없고, 먹을 수 있는 풀도 수용 초기에 다 해치웠다. 앨리스보다 어린 나이에 강제수용소에 들어간 신 같은 애들은 어쩌면 제대로 된 요리의 기억조차도 이미 흐릿할지 모른다.

앨리스의 개탄에 신은 직접 대답하지 않았다.

대신 식사 시간인데도 조용한, 빈자리가 눈에 띄는 식당을 둘러보고 중얼거렸다.

"많이, 줄었네요."

"그래."

오늘 전투에서 또 두 명.

전대의 정원인 24명의 절반으로 줄어들었다. 보충이나 재편성이 필요한 상태다.

"어쩔 수 없지. 여기는 격전지대니까."

〈레기온〉과의 싸움이 편할 리 없지만, 그중에서도 치열한 구역은 몇 개 있다. 이 제35전투구역도 그중 하나다.

하지만 그렇게 말한 뒤에 앨리스는 입술을 깨물었다.

지금 자신은 당연하다는 듯이 뭐라고 했던가.

"아니, 그건 아니군. 어쩔 수 없다고 하면 안 돼."

사람이 죽는 것이.

앨리스보다 어린 소년 소녀들이 싸우다가 무참하게 죽는 것이.

어쩔 수 없다니, 그런 일이 말이나 되는가.

"대장?"

"미안하다. 어쩔 수 없을 리가 없지. 다들 여태까지 살아있었던, 틀림없이 한 명의 인간이었던 자야. 그걸 잊고서 어쩔 수 없다고 하면 안 되지."

어쩌면 그런 식으로 생각하지 않는 쪽이 이 전장에서는 편할지도 모른다.

익숙해지고, 마모되고, 아무것도 느끼지 않게 되는 쪽이 아예 행복할지도 모른다.

그래도.

"네 친구였던 녀석들이지. 네가 잊지 않으려 했던 녀석들이야. 미안하다."

"아뇨……."

신은 천천히 고개를 내저었다.

그리고 뭔가 결심한 것처럼 똑바로 올려다보았다.

"대장. 혹시 장거리포병형이 확실히 있다고 안다면."

갑작스러운 말에 앨리스는 놀라서 바라보았다.

신은 어딘가 필사적인 느낌으로 말을 이었다.

"습격을 예상할 수 있으면, 〈레기온〉의 움직임을 안다면, 대원들은 더 죽지 않을 수 있습니까……?"

몇 번이나 눈을 깜빡인 뒤에 앨리스는 쓴웃음을 지었다.

"혹시 정말로 그럴 수 있다면."

가능하다면 앨리스만이 아니라 선배 프로세서가 옛적에 했다.

또 뭐라고 더 말하려는 것을 한 손을 들어 가로막았다.

"음. 미안하군, 상관님의 통신이다. 이야기는 다음에 또 하자."

신은 뭐라고 더 말하고 싶은 모양이었지만, 결국 물러나서 끄덕였다.

"예……."

이야기를 끊은 것은 그 녀석과의 지각동조가 기동했기 때문이고, 서둘러 식당을 나선 것은 들려주고 싶지 않았기 때문이다.

그 녀석과의 대화를. 거기에 답하는 자신의 차가운 목소리를.

[반응이 느리다, 암퇘지.]

"정신없이 바쁘단 말이야. 어쩔 수 없잖아, 핸들러 원."

동조한 청각 너머, 고압적으로 말하는 것은 멀리 공화국 국내에 있는, 그녀와 동료들의 지휘관인 공화국 군인이다.

지각동조는 집합무의식을 통해 서로의 청각을 동조시키는 것으로 대화하는 통신수단이다. 물리적인 거리도 요새벽도 전자방해도, 이 획기적인 통신기술 앞에서는 의미가 없다.

[바쁘다고? 귀여운 강아지와 놀아주는 것처럼 들렸는데. 품기에는 아직 너무 어린 것 같은데……. 아, 지금부터 조교해서 길들일 생각인가.]

"이 쓰레기 새끼가."

내뱉는 앨리스에게 지휘관제관은 재미있다는 듯이 웃었다. 목줄에 묶여서 덤비지 못하는 개를 안전한 곳에서 비웃는 것만큼 유쾌한 오락은 이 세상에 없다.

[상황을 전달해줄까 했는데, 말버릇이 못 써먹겠군. 〈레기온〉 전선부대에 활성화 조짐이 보이는 모양이다. 곧 또 쳐들어올 테니까, 탐지하는 대로 요격해라.]

앨리스는 소름이 확 돋는 것을 느끼며 반발했다.

"잠깐, 요구한 프로세서의 보충은 어떻게 되었지? 전대의 전투요원은 절반이나 줄어들었다. 지금 이 전력으로는……."

[깽깽대지 마라, 돼지. 너희가 쓸데없이 죽어대니까 전력이 줄어든 거잖아. 열등종 주제에 인간님에게 고생을 시킬 거냐, 무능한 유색종이.]

그러면 한 번 정도는 제대로 지휘해 보는 게 어떻겠냐는 야유가 입에서 튀어나오려는 것을 앨리스는 가까스로 참았다. 〈레기온〉과의 전투를 에이티식스에게 맡기고 벽 안에 틀어박힌 공화국은 이미 전쟁할 생각조차 없다. 그 일원인 지휘관제관 또한 자신들의 임무일 터인 전대 관제를 하지 않는다.

동조하지 않는 정도면 차라리 낫다. 동료들이 필사적으로 싸우고 죽어가는 모습을 오락영화라도 보듯이 웃으면서 관람하는 놈들. 그런 꼴을 당하는 굴욕을 앨리스는 맛본 적이 있다.

그런 건 두 번 다시.

[대답은? 암퇘지.]

"알았다, 주인님."

0

출격한 제35전투구역 제1전대 〈할버드〉는 아무도 돌아오지 않았다.

하지만 그런 건 이 86구에서 일상적인 일이다.

어젯밤 남은 〈저거노트〉가 모두 출격해서 돌아오지 않는 지금, 격납고는 무의미하게 넓었다.

그 공허를 둘러보며 그렌은 탄식했다. 담배가 당겼다. 이런 기분일 때는 특히나.

그런 건 인간형 돼지밖에 없는 이 전장에 제공되지 않지만.

싸우고 죽으라는, 그것만을 위한 가축이라며 이 죽음의 전장에 내던져진 에이티식스의 죽음 따윈 제대로 추모하는 일도 없다. 지극히 당연한 결말이다.

적어도 벽 안에 틀어박힌, 잘나신 백계종들에게는.

몸을 기댄 기둥을 주르륵 미끄러져서 콘크리트 바닥에 주저앉았다.

"제길……."

자신들의 정비에 무슨 문제가 있지 않았나 하고 정비 기록을 모두 펼치고 골머리를 앓았던 것은 전쟁이 시작된 직후, 처음뿐이다.

잘 연구하면 저 움직이는 알루미늄 관짝도 다소 멀쩡해지지 않을까. 그렇게 의논과 시행착오를 거듭한 것도 꽤 오래전.

죽어간 녀석들에게 정말 뭔가 해 줄 수 있는 일이 있지 않을까 하고—— 자신들에게는 아직 뭔가를 바꿀 힘이 있지 않을까 하고 생각할 수 있었던 것은.

그런 건 어디에도 없다.

깨닫게 되었다.

너무나도 당연하게, 아무렇지도 않게 쌓이는 죽음에, 어느새 이해하게 되었다.

자신들은 무력하다고.

정해진 운명을 털끝만치도 뒤엎을 힘도—— 그걸 꿈꿀 권리조차도, 인간이 아닌 에이티식스에게는 허락되지 않는다고.

안전화의 정신없는 발소리가 다가와서, 대원들의 미귀환을 깨달은 아침이라 수염도 방치한 얼굴을 들었다.

그 직후, 동료 정비사가 막사와 이어진 출입구에서 뛰어왔다.

"그렌."

"뭐야. 지금 와서 허둥거릴 만한 일도 없잖아."

정비사는 숨을 헐떡이고, 표징과 눈빛도 어딘가 넋이 나간 기색이었다. 그가 가쁜 숨을 억지로 삼키려고 하면서 간신히 말했다.

"지금, 돌아온 녀석이 있는데……."

그 말에 그렌은 눈을 크게 떴다.

†

엉성하게 만드는 바람에 폐쇄해도 본체와 틈새가 생기는 〈저거노트〉의 캐노피지만, 조종실이 우그러졌으면 열리지 않을 법도 하다.

파워팩은 주저앉은 후에도, 전투가 끝난 뒤에도 한동안 움직였던 모양이다. 간간이 눈을 맞아도 쌓이지 않고 녹은 본체 사이, 가까스로 남은 틈새에 적당히 금속 봉을 찔러 넣고 지렛대처럼 억지로 열었다.

안을 보고…… 그는, 작게 숨을 삼켰다.

"전대장……."

†

정비사의 초조함과 절망 따윈 알 바도 없다는 듯이 얼굴을 내민 징글징글한 태양은 어느새 멋대로 서쪽으로 기울고 있던 모양이다.

죽어가는 햇살은 검붉었고, 저녁노을 빛에 그림자는 길게 눈 덮인 들판을 기었다. 달려온 그렌과 먼저 모여 있던 정비사들을 깨

Illustration:I-IV

닫지 못한 듯이, 그림자 하나가 밤사이에 쌓인 눈을 밟으면서 걸어왔다.

기갑병기치고 발이 느린 〈저거노트〉지만, 그래도 사람과 비교하면 훨씬 빠르다.

하물며 아직 키도 제대로 자라지 않은 아이의 발과 비교하면.

출격하고 꼬박 하루. 그렇게 먼 전장에서 혼자 잠잘 시간도 아까워하면서 발을 옮겼겠지. 우글대는 〈레기온〉들을 뿌리치고, 피로로 무거운 몸을 끌면서.

자그만 몸에 어울리지 않는 야전복. 눈에 젖은 흑발과 하늘색 스카프. 무엇보다도 붉은 노을빛 속에서도 한층 더 붉은, 인상적인 핏빛 눈동자.

"노우젠……."

하지만 누구 하나도 달려가려고 하지 않았다. 그렌 자신도 그 자리에 못 박힌 것처럼, 멍하니 숨을 삼킨 채 움직일 수 없었다.

그렌이 흘린 목소리에 반응하여 발걸음을 멈추고 천천히 고개를 든 신은── 새빨갛게 물든 가슴에 뭔가 둥근 것을 껴안고 있었으니까.

피 때문에 색이 변한 다갈색 천에 감싸인, 그 아름다운 얼굴의 절반만 내비치는── 하지만 그 두께에서도 알 수 있는, 반쪽만 남은 앨리스의 머리를.

"큭……!"

제정신을 의심해야 할 모습이었지만, 핏빛 눈동자에 광기의 기색은 없고, 오히려 무참할 정도로 또렷했다. 격정을 참듯이 입술을 깨물고 있지만, 먼지와 피로 더러워진 그 얼굴에 눈물 자국은 없었다.

초췌하고 피로에 탁해진 눈동자가 그렌을 보고서 살짝 안도의 느낌으로 누그러졌다.

그렇지만 그렌도, 그 누구도 움직일 수 없었다.

뭘, 어떻게. 생각해야 할지 알 수 없어졌다.

인체는 무겁다. 소녀라고 해도 장신이고, 연상의 상대라면 더욱 그렇다. 자그만 신으로서는 도저히 옮길 수 있는 무게가 아니었겠지.

하물며 〈레기온〉과의 전투에서 생긴 시체가 멀쩡하게 옮길 상태였을 리가 없다.

그러니까 하다못해 일부만이라도.

전부 가져올 수는 없었으니까 떨어진 머리만이라도, 라고 생각했겠지.

도저히 제정신으로 할 수 있는 발상이 아니다.

전장의 광기 그 자체인, 소름 돋는 끔찍함이다.

그래도 그 밑바닥에 있는 것은 동료를 데리고 돌아가야 한다는 소년의 다정함이고, 그러니까 사실은.

무심코 악다문 어금니가 뻐걱거렸다.

사실은 칭찬해 줘야겠지.

용케도 앨리스만이라도 데리고 돌아왔다고. 너는 동료를 생각하는 녀석이라고 말하고 칭찬해줘야겠지.

자신들이—— 자신이나 신이나 앨리스 같은 에이티식스가 인간이기만 했다면.

우라질. 그렇게 중얼거리며 그렌은 하늘을 바라보았다.
하늘이시여.
하늘이시여.
우리가 대체.

이런 소리를 해야만 하는, 그런 죄를 지었단 말입니까.

"노우젠. 그건 안 돼."
핏빛 눈동자가 어울리지 않을 만큼 어린 느낌으로 껌뻑였다.
무슨 소리를 하는 건지 모르겠다. 그런 시선과 표정이었다.
내려다보는 채로 그렌은 말을 이었다.
비정한 소리를 하고 있다. 도리에도 인륜에도 어긋나는 소리를 하고 있다. 그래도 이건 허락해선 안 된다.
혼자 살아남았다. 유일하게 살아남았다.
그렇다면 그 한 명만이라도 더 죽게 할 수는 없으니까.
"그렇게 된 앨리스는 이 기지에 돌아올 수 없어. 에이티식스의 시체는 회수할 수 없어. 알고 있잖아. 에이티식스가 들어갈 무덤은 없다. 에이티식스의 묘를 만드는 건 허락되지 않아."

이 전장은, 공화국이 자랑하는 선진적이고 인도적인, 전사자 0의 전장이다.

그 완벽함을 깨뜨리는 것을 공화국은 절대로 허락하지 않는다.

존재하지 않는 전사자에게 들어갈 묘 따윈 없다.

있을 리가 없는 묘는 만들 수 없다.

그러니까.

"그러니까 그건 안 돼. 그 앨리스를 데리고 이 기지에 돌아와선 안 돼."

"......"

곤혹스러운 듯이, 혼란스러운 듯이, 핏빛 눈동자가 정신없이 껌벅였다.

그걸 바라보는 채로 그렌은 내심 이를 갈았다.

그래. 알고 있다.

신은 지금 가까스로 제정신을 유지하는 상태다.

부대의 동료가 죽었다.

고작 몇 달이라고 해도 같이 살고, 같이 싸웠던 동료들이 하룻밤 만에 눈앞에서 무참하게 일방적으로 유린당했다.

제정신으로 있을 수 없다. 미치는 게 오히려 자연스럽다.

이 녀석은 그저 광기의 틈바귀에 떨어지려는 자신을, 동료를 데리고 돌아가는 역할에 매달려서, 인간으로서 당연한 윤리를 지키는 것으로, 간신히 지키고 있을 뿐이다.

"하지만……."

"하지만이 아니야. 너도 앨리스의 이야기를 들었겠지. 어째서 앨리스가 그런 약속을 했는지 생각해 봐. 시체가 남지 않기 때문이 아니야. 남든 말든 묘 같은 건 만들어 줄 수 없기 때문이야. 하다못해 이름 정도만을 누군가가 기억하고 남길 수밖에 없기 때문이야."

핏빛 눈동자가 크게 벌어졌다.

——다들 약속하자. 죽은 자의 이름을 그 녀석의 기체 조각에 새겨서, 살아남은 자가 가지고 간다.

——그렇게 마지막까지 살아남은 녀석이, 그 녀석이 도달한 곳까지 다른 모두를 데려간다고.

그렇다. 앨리스가—— 이 86구를 몇 년이나 살아남은 프로세서가 그렇게 말한 이유를, 그 참뜻을, 간신히 이해했으리라.

싸우다 죽어도 묘비조차 남길 수 없다. 그런 운명의 에이티식스에게는 그 약속이 최소한의 위로이고—— 더없는 구원이라고.

그래도 고개를 살짝 내저은 것은 부정일까, 아니면 거절일까.

"하지만…… 허락되지 않는다고 못 만들 건 없잖아요. 여기에 없는 공화국 사람의 말 따위……."

"안 돼."

"하지만."

그렌이 빠드득 어금니를 악물었다. 이 말귀를 못 알아듣는 꼬맹이가.

이 전장을. 이 86구의 악의를 아직 아무것도 모르는 주제에.

이런 소리를 해야만 하는 쪽의 아픔 따위는 알려고도 하지 않는 주제에!

"안 된다면 안 돼! 금지된 묘를 만들었다가, 그게 혹시나 공화국의 하얀 돼지들에게 들키면 어떻게 될 거 같아?! 죽는다고, 너희 프로세서 꼬맹이들이!"

벽 안에 틀어박힌 공화국 시민이지만, 전장에 전혀 나오지 않는 건 아니다. 프로세서나 일부 물자의 수송. 배속 기록. 그럴 때 군인들이 86구까지 온다. 잔해회수용 〈스캐빈저〉도, 그것도 결국은 공화국산이다. 감시 장치가 붙어있지 않다고 장담할 수 없다.

그렇게 감시하는 하얀 돼지들의 눈에, 혹시나 금지된 묘가 들어가기라도 하면 어떻게 될까.

"우리 정비사는 대체할 수 없으니까 죽이지 않겠지. 폐기되는 건 너희뿐이야. 그것도 만든 본인만이 아니라 부대원 전원이! 알겠냐? 만약 무덤 같은 걸 만들었다가 그게 들키면, 앞으로 여기에 배치될 꼬맹이들이 죽는다고! 모두가! 너 하나 때문에!"

한순간 핏빛 눈동자가 벼락이라도 맞은 것처럼 크게 벌어졌다가 얼어붙었다.

과도한 반응에 그렌은 허를 찔려서 입을 다물었다. 붉은 눈동자에 한순간 스친 것은 그렌이 아닌 누군가를 향한 공포이며 집착 같은 강박이자, 어째서인지 자기 자신을 탓하고 벌하는 듯한 감정이었다.

혼란은 한순간이고, 얼어붙은 눈동자를 숨기듯이 신은 고개 숙인 채 물러났다.

깊이 고개 숙인 채로 기어가는 목소리로 속삭였다.

"죄송합니다……."

그렌은 살짝 고개를 내저었다. 말이 지나쳤다. 게다가 사과를 들을 만한 일은 하지 않았다.

인간으로서 올바른 것은 사실 신 쪽이다.

다만 신도 앨리스도 그렌도, 여기에 있는 모두도 인간이 아니었을 뿐이고.

"노우젠……."

다가가면서 손을 뻗자, 품 안의 앨리스를 감싸듯이 물러났다. 완강히 이쪽을 보려고 하지 않는 눈의 딱딱한 색채.

"버리진 않아. 전장……까지는 못 가더라도, 최대한 먼 곳에서 흙으로 보내줄 뿐이야."

그것조차도 〈레기온〉이 있을지 모르는 86구에서는 목숨을 건 짓이지만, 그런 말은 하지 않았다.

"……."

"뒷일은 내가 하마. 너만이라도 용케 살아 돌아왔구나."

손을 뻗어서, 천에 싸인 앨리스의 일부를 받았다. 이번에는 신도 거스르지 않았다.

"여차……."

품에서 무게가 사라지자마자 긴장의 끈이 뚝 끊어진 것일까. 비틀거리며 쓰러진 작은 몸을 그렌은 한 손으로 받아 안았다. 정신을 잃은 모양이다. 실제로 피로와 정신적인 충격 모두 이미 한계를 넘었겠지.

"그렌."

"미안, 이 아이를 부탁해. 오늘은 일단 이대로 푹 쉬게 해."

다가온 동료에게 의식이 없는 신을 맡기고, 희미한 어둠에 잠기기 시작한 동쪽 전장으로 걸어갔다. 이제는 아무 말도 없는 앨리스를 데리고.

그러고 보면 신은 끝까지 눈물 한 방울도 흘리지 않았구나, 라고 생각했다.

〈레기온〉의 초계를 어떻게든 빠져나가서 도달한 성당의 폐허, 그곳에 있는 장미꽃밭에 앨리스를 묻었다.

"드디어 두고 가는 쪽이 되어버렸군, 앨리스."

너무나도 작아진 앨리스를 위한 구멍은 너무나도 작고, 가루눈이 흩날리는 겨울인 지금은 놓아줄 꽃 한 송이도 없다.

에이티식스가 들어갈 묘는 없다. 그것은 앨리스도 잘 알고 있겠지만.

"저런 꼬맹이를 두고 가다니…… 너도 참 못된 여자구나."

프로세서라는 놈들은 이놈이고 저놈이고.

†

전대는 반년의 임기를 마칠 때마다. 혹은 전대의 괴멸과 함께 해체되어 재편된다.

신을 빼고 전멸한 할버드 전대는 요원이 모두 교체되고, 신도 다른 구역으로 배치되는 모양이다. 그렌은 지뢰밭으로 봉쇄된 구역들을 오가는 수송기에, 공화국의 군청색 군복을 입은 병사들에게 이끌려서 올라타는 신을 바라보았다.

그 두 팔이 며칠 전의 앨리스의 목처럼 껴안고 있는, 몇 개의 금속 조각이 들어있는 듯한 꾸러미를 보고 말을 걸었다.

"노우젠, 그건."

"마지막에 살아남은 건 나니까요."

돌아오는 목소리는 딱딱하고 차가운 느낌이었다.

그 뒤로 신은 그렌을 보지 않았다. 정비사의 누구와도 말을 나누려고 하지 않았다.

산 자를 멀리하듯이, 엮일 틈조차 아쉬워하듯이.

그 시간에 죽은 동료들을 한 명 남김없이 마주 보고 다시금 기억하려고 하듯이.

껴안은 꾸러미에 담긴, 전대의 전사자 23명의 이름을 새긴 금속 조각. 눈이 섞인 전쟁터의 바람에 살짝 흔들리는, 목에 감긴 연한 하늘색 스카프.

앨리스가 생전에 남긴 마지막 정.

돌아보지 않는 핏빛 눈동자가 순간. 누군가를 위령하여 굳게, 안타깝게 일그러진 듯했다.

그런 주제에 아직 울지도 못하는 채로.

"아라이슈 대위님과 부대원 모두와 약속했으니까요. 나와 함께 싸우고, 먼저 죽은 모두를. 마지막에 도달하는 곳까지 내가……
데려가겠습니다."

Appendix

문이 닫히지 않은 것을 깨닫고 안을 들여다보자, 창밖의 햇볕으로 따스하고 밝은 방의 안쪽 침대에 신이 쓰러져 있었다.

대충 덮은 이불 밑으로 어린애처럼 몸을 동글게 말고 있는 그 모습을 보며 라이덴은 못 말리겠다며 코웃음을 쳤다. 방의 출입구에서 침대까지 가는 동안 벗어던진 기갑탑승복의 겉옷이나 목을 감싸는 내의 등이 점점이 발자국처럼 떨어져 있었다.

전장에서는 가늘디가는 사선의 바로 위를 달리는 듯한 치밀함을 보이는 것과 달리, 신은 일상생활 쪽으로는 정말 난잡한 성격이다. 이것이 자기 자신에게조차 관심과 집착이 흐릿한 증거라고 하면, 전장이든 일상이든 똑같을지도 모르지만.

적어도 벗은 옷을 개어서 정리하자는 발상은 신에게 없다. 옷의 궤도가 이리저리 흔들린 것을 보면 꽤 졸렸던 모양이니까 더욱 그렇고.

아무래도 좋지만, 이 녀석은 이런 꼴로 용케 특별사관학교 기숙사 생활을 했다고 생각했다.

무식하게 규칙적인 생활을 요구하는 공간에서는 절대로 허락되지 않을 거동과 광경일 텐데.

신의 동기였던 안경 낀 특별사관 소년이라면 쓴웃음을 지으면서 '훈련 중에는 요령 좋게 했다.' 라고 대답할 만한 의문이었지만, 애석하게도 라이덴은 그와 면식조차 없다.

아무튼 군화 소리를 내면서 방에 들어갔다. 걸으면서 겉옷이나 속옷 등을 주워다가——.

"정리 좀 해, 이 바보야."

머리 위에서 그 주인에게 떨어뜨렸다.

꽤 사정없이.

"……?!"

천이라고 해도 충격 방지 성능과 더불어 방탄, 방검성이 요구되는 기갑탑승복은 두껍고 꽤 무겁다. 그게 갑자기 머리 위에서 떨어졌으니까, 이불 너머라고 해도 상당한 충격이 있었던 모양이다. 숨죽인 비명 같은 소리가 천 너머로 희미하게 들렸다.

잠시 뒤에 겉옷이나 속옷 등이 뒤덮인 얇은 이불 등의 천 무더기 속에서, 잠이 덜 깨서 그런지 눈매가 사나운 신이 부스스 얼굴을 내밀었다.

"뭐야……."

졸음기로 메마른 목소리도 어딘가 쌀쌀맞았다.

"뭐긴 뭐야. 야간연습 후라고 해도, 벗은 옷은 정리하고 자."

왜 그쪽이 미묘하게 비난하는 눈으로 보는 건데.

그런데 바로 그런 말이 뒤에서 몰래 '엄마' 라고 불리는 원인이라는 것을 라이덴은 아직 모른다.

신은 대답하지 않고 몸을 일으켰다. 대충 덮인 겉옷 등이 부스스 떨어져서 침대 위나 바닥에 흩어졌다.

탑승복을 벗어던지고 그대로 침대로 직행했기에, 연방군 제식의 멋이고 뭐고 없는 속옷 차림이다. 86구에서는 주어지지 않았던 인식표 두 개가 은색 체인에 매달려서 탱크탑의 가슴께에서 흔들리고 있었다.

그리고 그 둔하게 빛을 반사하는 은색보다 눈길을 끄는—— 지금도 진한 색으로 목을 한 바퀴 도는 붉은 흉터 자국.

그걸 보고 라이덴은 문득 생각했다.

목의 흉터를.

남들 눈에 드러내도 괜찮아진 게 언제부터였을까.

만난 직후에는 신경질적일 정도로 남의 눈에 드러내기를 꺼렸다. 그 무렵에는 벗은 모습을 본 적도 없었던 스카프를 언급하는 것 자체를 싫어했던 것 같다.

상처의 유래를 물을 정도로 진정되었을 무렵에는, 흉터를 보이는 것에 대한 기피감도 꽤 흐려졌던 것으로 여겨진다. 기본적으로 스카프를 두르며 숨기고 있는 것은 변함없었지만.

그러니까 연방에 오고 종군을 결정했을 때도, 그것이 마음에 걸렸다. 연방의 군복은 블레이저 타입이다. 거의 옷깃에 가린다고 해도, 각도나 자세에 따라서는 보이는 일도 있다. 탑승복이라면 다소의 복장 위반이 묵인되지만, 훈련시설인 특별사관학교에서는 그것도 허락되지 않는다.

괜찮을까? 라고.

당사자인 신이 별로 개의치 않는 기색이었으니까 입 밖으로 꺼내지는 않았지만.

지금도 여름이지만 넥타이를 느슨하게 하는 일은 없고, 전투 때는 변함없이 스카프를 착용할 정도로는 숨기고 싶은 모양인데.

힐끗 시선을 준 곳에는, 오랫동안 전장의 햇살을 받아서 하늘색이 연해진 스카프가, 그것만큼은 간단히 접혀서 책상 위에 놓여 있었다.

연방에 보호받을 당시에 개인물품을 연방군이 모두 회수해갔는데, 신은 그중에서도 권총과 이 스카프만큼은 돌려받았다.

"괜찮은 거야……?"

갑작스러운 라이덴의 질문에 신은 한 차례 눈을 껌뻑였다.

시선을 따라서 스카프를 바라보고 모호하게 끄덕였다.

"음……."

신이 목의 흉터를 만진 것은 아마도 무의식중이겠지.

그리고 쓴웃음을 지으며 어깨를 으쓱였다.

"충분히 보호받았다고 생각하지만. 딱히 벗어버릴 이유도, 치울 이유도 없으니까. 데려가겠다고 처음에 약속했던 사람이고."

"……."

옛 전우와의 약속. 라이덴은 모르는, 신이 처음에 배치된 전대 동료의—— 유품이었던가.

쓴웃음을 짓듯이 신은 웃었다. 온화하게. 어딘가 부드럽게.

처음에 만났을 때는 이런 식으로 웃게 되는 녀석이라고 생각도 하지 않았다.

"지금은 이미 신경 쓰지 않지만. 일부러 누군가에게…… 특히 레나에게 들려주고 싶은 이야기도 아니니까."

어디에도 없는, 없애야만 했던, 하지만 결코 미워하지 않은 상대의 죄는.

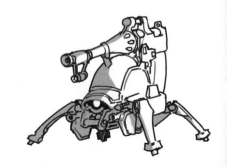

FRAGMENTAL NEOTENY

>>> 〈Misericorde〉

02

03

gments
e boy
he
aper.

IGHTY
SIX

ren't in the field.
ed there.

3

오른쪽 다리에 찬 홀스터에서 권총을 뽑아서, 왼손으로 슬라이드를 당긴다.

이 경우 안전장치는 생각하지 않아도 된다. 더블액션 권총이지만, 잡아당긴 슬라이드에 눌려서 격철이 일어선다. 스프링의 힘으로 빠르게 돌아온 슬라이드가 탄창에서 초탄을 삼키고 약실에 장전한다.

여기까지의 동작으로 845그램의 금속 덩어리가 인간을 죽일 수 있는 흉기로 변한다.

총신 앞쪽 가늠쇠와 본체 뒷부분의 가늠자, 두 개를 잇는 조준선 위에 쓰러진 동료를 맞추었다.

이스카는 무기라고 부르지 않는다.

에이티식스가 이 자동권총을 적인 〈레기온〉에 겨누는 일은 없으니까.

이 녀석의 역할은 하나뿐.

같은 에이티식스를 쏴 죽이는 것이다.

아무렇지 않게 발포한다.

확실하게 세 발. 휴대성을 우선으로 하여 총신이 짧은―― 위력도 명중률도 기대할 수 없는 권총이지만, 발치에 목표가 나뒹구는 이 거리라면 빗나갈 일은 없다.

죽어가는 얼간이를 일부러 〈저거노트〉에서 끌어내어 여기까지 끌고 온, 지금은 그 바로 옆에서 주저앉아 있는 얼간이에게 눈먼 탄이 맞는 일도 없다.

이스카가 권총을 뽑은 것도, 그것을 옆에서 죽지 못한 자에게 겨눌 때도, 무슨 일이 일어나는 건지 이해할 수 없었겠지. 이어지는 동작을 어딘가 신기하게 바라보던 핏빛 눈동자가 콘크리트에 흥건히 퍼진 피의 색에 천천히 벌어졌다.

심장이 멎은 몸에서는 피가 뿜어져 나오는 일도 없다고── 그 녀석이 지금 죽었다고 알지도 못하겠지만.

"무슨──."

"다음부터 이런 건 버리고 와라, 신."

내려다보며 이스카는 쌀쌀맞게 내뱉었다.

용무를 마친 권총의 격철을 되돌리고 홀스터에 넣었다. 〈레기온〉과의 전투는 이미 끝났다. 약실에 탄이 들어있는 채라도 어쩔 수 없겠지.

주저앉아 있는 소년병은 아직도 멍한 기색으로 옆에 있는, 갓 생긴 시체를 바라보았다.

열한 살이라는 나이를 생각해도 작은 체구로, 일부가 없어져도 아직 자신보다 크고 무거운 연상의 프로세서를 애써서 끌어내어 여기까지 끌고 온 그 노력이 물거품으로 변했으니까 당연하겠지.

어쩌면 인간의 죽음에 무의미한 충격이라도 받았을지 모른다. 이스카는 그런 감상을 오래전에 잊어버렸으니까 어디까지나 상상에 불과하지만.

잠시 뒤에 올려다보는, 특징적인 핏빛 눈동자가 비난의 빛으로 천천히 물들었다.

적계종 귀종 특유의—— 징글징글한 옛 제국 귀족인 염홍종^{파이로프}의, 보석처럼 영롱한 붉은색.

"어째서……."

"하아."

내심 하찮다는 듯, 무관심한 숨을 내뱉을 뿐인 웃음을 흘리고.

이스카는 재빨리 그 가는 목에 손을 뻗었다.

"웃."

신이 목에 누군가의 손이 다가오는 것을 싫어하는 것은—— 하물며 닿는 것을 극단적으로 두려워하는 것은 배치 이후 보름 정도로 다 파악했다. 이유나 사정에는 관심이 없다. 이럴 때 제어하기 쉽고 편리해서 좋을 뿐이다.

순간적으로 얼어붙은 녀석의 멱살을 붙잡고 쓰러뜨렸다.

출격 전에는 있었을 터인 다리를 양쪽 다 잃은 시체의, 그 찢어진 상처를 보여주도록.

거기에 숨을 삼킨 신의 귓가에 낮게 속삭였다.

"가르쳐 줄 테니까 잘 기억해라, 멍청이. 인간에게는 동맥과 정맥이란 게 있어. 학교도 안 다닌 너희 신참은 모르겠지만. 아무튼 굵은 혈관이다."

신을 포함하여, 이스카가 전대장을 맡은 이 제5전투구역 제2전대 〈스틸레토〉에 갓 온 신참 소년병들은 5년 전 강제수용소에 수용되었을 당시에 일고여덟 살 정도였다. 인간형 돼지의 사육장에 인간용 학교 같은 게 있을 리도 없다. 그래서 올해로 간신히 10대 초반인 이 아이들은 제대로 된 교육도 못 받았다.

그런 건 이스카가 알 바가 아니지만, 그중에는 가르쳐 주어야만 하는 중요 지식도 있다. 이렇게 바보 같은 감정에 매달려서 덤벼드는 바보가 나오기 때문이다. 멀찍이서 지켜보는 전대원 중에서 신참들 교육을 맡긴 얼간이들을 곁눈질로 쏘아보며 말을 이었다.

"다리에도 팔에도 그 혈관이 지난다. 그게 끊어지면."

많은 피가 흐르는 혈관이 끊어져서 대량의 혈액이 몸 밖으로 흘러나오면.

"인간은 죽는다. 바로는 안 죽어도 곧 죽는다. 괜히 더 괴로워하면서. 그러니까……."

죽여 줬다.

새기듯이 내뱉고, 힘껏 밀어제쳤다. 18세의 이스카와 11세의 신은 체격도 완력도 전혀 다르다. 저항하지도 못하고 피웅덩이에 손을 짚은 신은 거기에 개의치 않고 매섭게 고개를 들었다.

어딘가 필사적으로.

"하지만 출혈이 이유라면 피를 멎게 하면. 치료를 하면 살 수 있습니다……!"

이스카는 그 얕은 생각을 콧방귀로 넘겼다. 정말로 멍청하고 말귀를 못 알아듣는 꼬맹이다. 아직도 모르나.

주위에서 바라보는 전대원 전원이 이스카를 막기는커녕 무관심하든가, 이미 수없이 봐서 신기하지도 않은 구경거리라도 보는 눈을 하는 것을.

"치료라고? 이 86구의 어디서 그런 걸 받을 수 있는데?"

"!!"

86구에 군의관은 없다.

인간 대신 '무인기'를 투입한 '인도적'인 전장에. 인간 대신 인간형 돼지가 싸우는 전사자 0의 이 전장에, 인간 병사를 치료하기 위한 군의관이나 야전병원이 있을 리가 없다.

치명적이지 않은 부상으로 싸울 수 없게 되어도 곤란하니까, 86 구의 각 전선기지에는 메디컬 유닛이라고 불리는 자동의료기계가 설치되어 있지만, 이 녀석이 치료하는 것은 치료하면 바로 전투에 복귀할 수 있는 경상뿐이다. 한동안 안정과 치료가 필요한 정도의 부상은 회복 불가로 판정되어 버려진다.

신이 말했다시피 출혈을 멈추게 하면, 제대로 치료만 받으면 살수 있었을 터인, 사실은 회복 가능으로 판정될 터인, 운 나쁜 얼간이였더라도.

본래라면.

우리 에이티식스가 옛날에 그랬듯이 인간이었다면…….

자기답지 않은 감상적인 생각이 뇌리를 스쳐서 이스카는 거칠게 혀를 찼다. 입맛이 쓰다.

필요 없는 생각을 하게 만들다니.

비웃음이라고 하기엔 너무나도 사정없는 지적에 말문이 막힌 핏빛 눈동자를 쏘아보며 내뱉었다.

"모르는 모양이니까 다시 가르쳐 주마, 망할 꼬맹이. 우리 에이티식스는 인간형 돼지다. 인간이 아니야. 알아먹었으면 인간이었을 적의 감상 따윈 두 번 다시 품지 마. 안 그러면……."

피웅덩이를 밟고 발을 돌렸다. 에이티식스에게 들어갈 묘는 없다. 그러니까 시체도 챙기지 않는다.

공화국의 하얀 돼지들이 부여한 제한 중 하나지만, 이것만큼은 고맙다고 이스카는 생각했다.

에이티식스에게 묘 따윈 필요 없다. 알루미늄 관짝과 지원 하나도 없는 전투로, 출격 때마다 바보처럼 죽는 게 에이티식스다. 일일이 묘 따윌 만들고 추모했다간…… 인간이 아니게 된 주제에 인간이었을 적의 마음에 붙잡혀 있다간.

"죽는다."

2

철썩, 하고 갑작스러운 물소리가 막사 밖에서 들려서 이스카는 복도를 걷던 발을 멈추었다.

더러워진 창문 밖을 내려다보니, 한 층 아래에 있는 막사 앞의 광장에서 전대 최연소의 프로세서 소년이 왜인지 물에 빠진 생쥐 꼴을 하고 있었다.

커다란 양동이로 하나 가득한 물을 머리에서부터 홀딱 뒤집어쓴 모습을 향해, 그 양동이의 물을 뿌린 모양인 같은 프로세서 미레이에게서 건성인 목소리가 날아갔다.

"미안, 신. 실수를 좀 했네."

문제의 양동이는 얼마 전의 폭우 때 격납고에서 물 새는 곳에 받쳐둔 것으로, 그대로 며칠 동안 격납고에 방치된 물건이다. 설령 무슨 실수가 있었다고 해도 격납고와 떨어진 이 막사 앞에서 뿌릴 만한 것이 아니다. 말로만 사과하면서 신을 내려다보는 미레이의 보라색 두 눈은 완전히 생쥐를 가지고 노는 고양이. 그리고 히죽거리면서 바라보든가 무관심하게 눈을 돌리는 주위의 다른 프로세서들과 정비사들.

"……."

뚝뚝 떨어지는 더러운 물을 싫어하는 기색도 없이, 오히려 귀찮다는 듯이 닦는 것을 보면 신에게는 꽤 익숙한 일인 모양이다. 이른 봄인 이 계절에는 아직 차가운 물을 뒤집어쓰는 것도, 방문 손잡이에 면도날이 붙어있는 것도, 침대에 더러운 물이 끼얹어지는 것도, 자신의 〈저거노트〉에 '역병신'이나 '매국노'라는 낙서가 있는 것도.

올해 열한 살이라는 나이에 어울리지 않게 냉담한, 그리고 노골적인 모멸을 띤 붉은 눈동자가 자기보다 머리 하나는 큰 상대를 올려다보았다.

"사과하지 않아도 돼. 어차피 세 걸음만 걸으면 또 까먹고 같은 짓을 하겠지. 지능이 없는 닭처럼."

닭대가리에 시끄럽게 깽깽대는 것 말고 재주도 없고, 집단으로 동료를 괴롭히는 주제에 겁은 많고—— 주인님에게 순종적인 가축.

"이게 뚫린 입이라고……."

미레이의 안색이 싸악 변했다.

신의 말처럼 귓전에 담을 것도 없는, 흔해 빠진 더러운 욕설을 퍼붓기 시작했을 때, 이스카는 일상처럼 보는 구경거리에서 눈을 떼고 걷기 시작했다.

난투라도 벌어진다면—— 누가 다칠 정도가 된다면 막겠지만, 작은 체격과 얌전해 보이는 외모와 달리 신은 주먹싸움에서도 상당히 강하다. 힘을 쓰는 방법도, 노리는 곳도 아주 정확하며, 사람을 때리는 것에 저항도 없다. 체격 차이가 있더라도 미레이는 쓴맛을 보겠고, 그러니까 미레이도 주위 녀석들도 격앙하기는 해도 손을 내밀지 못한다.

강제수용소나 이전의 전대에서도 비슷한 일을 계속 겪으면서 자연스럽게 몸에 익힌 건지, 괴짜인 주인이 가르치기라도 한 건지.

어느새 곁에 다가와 있던, 그의 소대의 기관총수인 루리야가 바깥의 소동을 힐끔힐끔 엿보면서 물었다. 다섯 살이나 연하인 신과 키가 별로 다르지 않은 작은 체구에 비쩍 마른, 심약한 얼굴의 소녀다.

밖에서는 흔해 빠진 욕설이 일방적으로 날아가고 있었다. 신에게 하는 욕설의 정형구. 역병신. 동료를 방패로 삼아 살아남는 비겁한 놈. 전투광. 제국의 개. 매국노. 여태까지 속한 전대는 모두 그를 남기고 전멸했다는 소문이나, 나이나 경력에 어울리지 않는 그 전투법, 그의 타고난 색채를 놓고 떠드는 말.

"슬슬 막아 주는 게 좋지 않겠어, 이스카?"

"싫거든 네가 대신 당해 주든가, 루리야."

이스카는 쌀쌀맞게 말했다.

움찔하는 루리야를 돌아보고 정면에서 내려다보았다. 오랫동안 청소도 하지 않은 먼지투성이 복도, 난잡한 사물들. 제대로 쓰이지 않은 지도 오래된 복도의 주방에서 떠도는 냄새.

"저 녀석이 온 뒤로 너는 그렇게 여유롭게 남 일처럼 착한 척할 수 있겠지. 진흙이든 벌레든 쥐든 먹지 않게 되어서 다행이지?"

"……."

갑자기 얼굴을 굳히며 입을 다문 루리야는 가무잡잡한 피부를 가진 사막갈종과의 혼혈이다. 원래 공화국의 소수 인종인 에이티식스 중에서도 더욱 소수인 민족 집단.

공화국 인구의 과반수는 개전 이전부터 백계종이 차지했지만, 징글징글한 그놈들과 에이티식스의 태반, 예를 들어 이스카가 그 피를 이은 은발의 천청종(셀레스타)이나 금색 눈의 양금종(헬리오돌)은 크게 구별하자면 피부색은 같은 서방제종이다. 미레이의 근원인 자계종(베스페르티나), 동료들의 녹계종(베리디아)이나 다계종(페르기네아), 신이 속한 흑계종과 적계종도.

하지만 까무잡잡한 루리야는 다르다. 상앗빛 피부의 극동흑종(오리엔타)이나 피부가 검은 남방흑종(멜리디아나)과 마찬가지로, 머리나 눈의 색깔만이 아니라 피부색조차도 다른 '이분자'다.

그들은 강제수용소에서도 전선기지에서도 미움을 받고 배척당한다. 숫자가 많은 백계종들이 소수파인 에이티식스를 박해했듯이, 에이티식스 중에서도 숫자가 적기에 입장이 약한 그들은 손쉽게 불만이나 울분의 배출구가 된다.

그리고 그 이상으로 미움을 받는 것이 제국 귀종―― 이 전쟁을 시작한 기아데 제국 왕후귀족의 혈통에 속하는 야흑종과 염홍종이란 두 민족이다.

아무도 제국 귀종을 같은 에이티식스, 같은 서방제종이라고 생각하지 않는다. 놈들은 전쟁을 시작한 적국의 계보, 강제수용을 결정한 백계종 다음으로 죄가 많은 적의 권속이다. 에이티식스가 지금 처한 상황에 일조한, 저주스럽고 벌해야 할 죄인들.

무슨 인과인지 신은 그 야흑종과 염홍종, 쌍방의 피를 이었다. 전대의 프로세서나 정비사의 울분이 소수민족일 뿐인 루리야에서 명확한 적의 계보인 신에게 표적을 바꾸는 것은 필연이라고 해야겠지.

다만.

"녀석은 너 정도로 고생하지 않겠지. 너랑 달리 강하니까."

신은 〈저거노트〉로도 맨몸으로도 강하다. 그 짧은 시간 동안 미레이에게 강력한 야유를 돌려줄 수 있을 만큼 머리 회전도 빠르다. 도를 넘었을 때의 보복이 두려우니까 다들 멀찍이서 욕설이나 약간의 심술, 배척과 무시 이상의 짓을 신에게 하지 못했다.

신도 그걸 아니까, 필요하다고 생각하면 폭력으로 응하는 것을 주저하지 않겠지. 실제 피해가 적은 심술에 대해서는 대응이 귀찮아진 모양이라서 기본적으로 방치하지만.

"그래도 감싸주려는 거야? 짜증 나는 제국의 귀족님의 피를 이은 녀석을? 너무 착하군, 루리야. 그럴 거면 지금 당장 도와주지?

지금이라도 녀석들 사이에 끼어들어서 너희들 그만둬! 라고 소리쳐 봐."

하지도 못하는 주제에.

"……."

갈등과 주저, 공포와 일말의 분노를 그 적갈색 눈동자에 깃들이며 루리야는 고개 숙인 채 입 다물었다.

"타월……."

음? 소리를 내며 바라보자, 루리야는 어색한 듯이 눈을 돌렸다.

"놔두면 감기 걸릴지도 모르니까. 저 애가 그리 쉽게 망가지면 이스카도 곤란하잖아. 소중한 희생양이니까."

그렇게 말하며 루리야는 발을 돌렸다.

그걸 지켜보며 이스카는 쓴웃음을 지었다. 설마 지금 그 말을 야유랍시고 한 걸까.

"무슨 소리를 하는 거야. 희생양인 건 마찬가지잖아."

나한테도, 루리야에게도, 이 기지의 누구에게도.

신에 대한 심술을, 그 이전에는 루리야를 향한 그것을, 이스카는 알면서 방치했다.

그뿐만 아니라 처음에 부채질해서 이렇게 되도록 조장한 것도 이스카 자신이다.

그렇게 하지 않으면 동료들 전원이 살아남을 수 없으니까.

얄팍한 장갑과 빈약하기 짝이 없는 화력, 움직임이 느려터진 저 알루미늄 합금 관짝으로 끝까지 싸우려면 동료들끼리 긴밀한 협력과 연대가 필요하다. 그리고 집단의 결속을 도모하기에 가장 간단하고 확실한 방법은…… 집단에서 한 명, 모두의 '적'을 만드는 것이다.

적을 모두가 비난하고, 돌을 던지고, 열심히 배척하는 것으로, 그 이외의 전원에게 공통점과 동료 의식이 생긴다. 자신들은 같은 적과 대치하는 같은 동료라고, 강력한 결속이 집단 내부에 조성된다.

그러니까 이스카는 여태까지 계속 자기 전대 안에서 누군가 한 명을 그 적으로, 희생양으로 만들어서 싸워왔다.

대부분 짐짝이 되는 약한 녀석. 동료 전원이 싫어할 언동이나 용모나 성격인 녀석. 혹은 루리야처럼 소수민족이나 신처럼 제국의 계보. 사양 없이 적의를 돌리고, 마음껏 욕하고, 멋대로 울분의 배출구로 삼아도 상관없다고 모두가 생각하는, 그렇게 알기 쉽고 단순한 희생양을.

본래 적으로 삼아야 할 것은 공화국의 하얀 돼지겠지. 하지만 놈들은 몇 겹으로 깔린 지뢰밭과 요새벽, 백 킬로미터나 되는 거리를 사이에 두고 있어서 좀처럼 이 전장의 지옥에 얼굴을 내밀지 않는다. 존재를 실감하기 힘든 적은 없는 거나 마찬가지다. 이상하게 기술력이 뛰어나다고 해도 결국은 프로그램으로 움직이는 자동기계에 불과한 〈레기온〉을 보자면…… 그것에 적의를 돌려도 허무하고 바보스러울 정도다.

처음에는 정의감이나 윤리성을 내세우며 반대하는 자도 있었지만, 처음뿐이다. 그런 녀석들도 언젠가는 기꺼이 돌을 던지는 편에 선다. 숫자의 힘을 통해 일방적으로, 정의감만 가지고는 누구도 뭐라 할 수 없는 폭력을 행사하는 것만큼 즐거운 오락은 없다. 사슬에 매인 이 전장에서는 거의 유일하다고 해도 좋은, 전쟁 속 위안거리인 이 즐거움을 깨달아버리면.

물론 그렇게 희생양이 된 녀석은 대부분 일찍 죽는다.

전투에서 동료의 지원을 얻지 못해서, 일상에서 마음이 마모되어서, 이윽고 기력과 체력이 다해 전사하든가 자살한다. 간단히 죽으면 곤란하니까 과도한 폭력은 금지하고, 희생양에게는 자살용 권총도 주지 않지만, 그래도 어떻게든 자기 목숨을 끊는다.

그 점에서 신은 오래 버티겠지. 전장에서도 이 기지에서도 아주 강하게 있는 만큼.

이스카는 흥 소리를 내며 콧김을 내뱉었다. 자기가 시킨 짓이니만큼, 다소 오래 버텨 주는 편이 고맙다고도 생각하지만.

"불쌍하게도……."

욕설과 악의를 한 몸에 받고 견딜 수 있을 만큼 강해도── 이 86구의 전장에서는 아무 의미도 없는데.

1

[그러고 보면 요즘 '염소'의 요구가 없군, 〈벌처〉.]

"저번에 들인 꼬마 흑염소가 생각했던 것보다 오래 버티고 있으니까."

요새벽 너머에서 핸들러가 지각동조로 하는 말에 이스카는 콧방귀를 뀌었다.

프로세서를 감시하고 반항심을 견제하는 가축지기인 핸들러 중에는 직무를 방치하는 바보가 많다. 하지만 이 스틸레토 전대 담당의 이 녀석은 비교적 직무에 충실한 부류다. 직무를 방치하는 바보가 근면한 바보로 바뀐다고 해도, 결국은 바보고 쓸모없는 하얀 돼지임은 변함없지만.

어차피 이 녀석들은 벽 너머의 전장 따윈 남의 일이라고밖에 생각하지 않는다.

공화국은 이미 자기들이 전쟁할 생각조차 없다. 머나먼 다른 세계에서 무인기들이 벌이는 싸움을 때때로 떠올랐을 때야 모멸하는 눈으로 관람할 뿐이다.

아무튼 그런 이유로 스틸레토 전대에서 전대장을 맡은 이스카와 이 핸들러와는 서로 얼굴도 이름도 모르는 상태로 그럭저럭 오래 지냈다.

당연히 정기적으로 이스카가 요구하는 '염소'와 그 이용 방법에 대해서도 핸들러는 알고 있다. 약하고 못 써먹을 녀석이나 이민족을 일부러 요구하는 그 이유도, 정기적으로 요구해야 할 만큼—— 짧은 주기로 계속 죽을 만큼 가혹하고 혹독한 '염소' 취급에 대해서도 어렴풋하게는.

그중에서 신은 생각지도 않은 물건이었다.

모두에게 미움받는 제국 귀종의 피가 뚜렷한 외모를 가지고도 여태까지의 희생양들보다, 전대의 태반보다도 강하다. 어쩌면 제국의 피가 뚜렷하니까 강하지 않으면 살아남을 수 없었던 걸지도 모른다.

생각 외로 희생양의 평균보다도 훨씬 오래 살고 있다. 그런 대접을 받는 것치고 전대원들에게 묘하게 정을 주는 그 위험함과는 달리.

저번에 다퉜던 미레이도 어제 전투에서 죽었지만, 신은 살아남았다.

어차피 자기보다 먼저 죽을 상대니까 욕설도 심술도 흘려 넘겼던 게 아닐까 하는 생각이 최근 들었다.

핸들러가 웃었다.

[같은 돼지를, 그것도 아이를 먹고 살아남다니 역시나 에이티식스는 야만적이군. 고상한 우리 공화국 시민에게는 믿기지 않을 만큼 저열해. 전장을 기어다니는 더러운 열등종.]

이스카는 웃었다.

"네가 할 말이냐, 핸들러 원."

같은 공화국 시민이었을 터인 에이티식스의, 그것도 신이나 루리야나 자신 같은 소년병을 무인기 취급하여 희생양으로 삼은 주제에.

지잉 하고 동조 너머에서 차가운, 으스스하게 느껴지는 침묵이 일었다.

[더러운 유색종 주제에 우리와 동급인 줄 아냐.]

이스카는 딱히 무섭지도 않았다. 공화국은 자신들 에이티식스를 전장에 가둬놓고 전투를 강제하고 있지만, 그 시민 중 하나인 핸들러 개인은 에이티식스에 대해 딱히 아무 짓도 할 수 없다. 기껏해야 부품 공수를 늦추는 정도지만, 그러다가 전대가 괴멸이라도 하면 핸들러의 책임이다. 국토가 극도로 비좁아지고 실업률이 치솟은 듯한 공화국에서 매달의 급료와 맞바꾸면서까지 돼지에게 심술을 부릴 만큼 핸들러라는 생물의 배짱이 듬직한 것도 아니다.

공화국의 시민들은 결국 다들 똑같다. 자기가 틀어박힌 달콤하고 좁은 꿈속에서 눈과 귀를 틀어막고 거짓 안녕에 심취한, 얼간이에 태만한 하얀 돼지들.

이스카는 웃었다. 차갑게.

"그렇게 들렸다면 실례했군, 인간님."

누가.

너희 같은 하얀 돼지와 동급이라고 생각할까 보냐.

바보 상대는 편해서 좋지만, 딱히 즐거운 것도 아니다.

지각동조를 끊는 동시에 성대하게 혀를 차고 이스카는 몸을 기대고 있던 격납고 벽에서 등을 뗐다. 상관인 핸들러와의 교신은 전대장인 이스카가 할 일이다. 매번 귀찮고 짜증이 난다.

막사와 마찬가지로 청소하려는 노력이 포기된 지 오래인, 부품이나 빈 컨테이너 등이 난잡하게 흩어진 격납고의 공기에서는 먼지 냄새가 났다. 나란히 선 〈저거노트〉는 최근 몇 차례의 전투로 숫자가 꽤 줄었고, 어디서 주워온 건지 새빨간 염료로 오늘도 얼룩덜룩하게 칠해진 신의 기체가 구석에 얌전히 자리 잡고 있었다.

전장인 폐허 도시에서 눈에 띄는 이 바보 같은 색채로도 신은 어제 전투에서도 살아남았다.

미끼나 후진처럼 가장 죽기 쉬운 임무만 떠맡고, 다리도 느린 〈저거노트〉로 항상 한계 아슬아슬한 기동을 강요하는 무모한 전투를 거듭하면서.

애초에 스틸레토 전대의 담당구역은 격전지대. 숨 쉬듯이 사람이 죽어나가는 이 전사자 0의 전장 중에서도 많은 에이티식스가 목숨을 잃는, 그런 전장임에도 불구하고.

그 대신이라는 듯이 딱 신이 배치된 시기와 전후하여 다른 전대원들의 전사가 치솟았고, 그것이 이스카에게는 다소 골칫거리였다. 단순히 전력이 줄어들어서 힘들기도 하고…… 전대의 분위기가 너무 나빠지고 있다.

동료가 죽는 건 너 때문이라고, 사람의 죽음을 부르는 역병신이라고, 신에게 향하는 시선과 목소리는 울분을 넘어서 슬슬 적의로 변했다. 심술도 나날이 심해지고 있어서 슬슬 감싸주지 않으면 위험할지도 모른다. 〈레기온〉에 죽든가 멋대로 자살하는 거야 좋지만, 프로세서가 같은 프로세서를 죽이는 건 안 된다. 풀어져선 안 되는 마지막 고삐가 풀어진다. 부대의 질서가 무너진다.

프로세서들이 살아남기 위해 만들어낸 희생양이었을 텐데, 그 바람에 괜히 더 전대원이 죽게 되는 건.

얼굴을 찌푸린 직후.

바로 옆에 조용한 공기의 흐름이 지나갔다.

"오호……."

눈치채지 못했다. 적잖게 놀라서 내려다보니, 전혀 사이즈가 맞지 않는 야전복과 하늘색 스카프, 특징적인 검은색 머리의 뒷모습. 신.

야생동물처럼 발소리를 내지 않는 버릇이 있는 모양이다. 이스카가 흘린 소리에 반응하여 감정의 색채가 옅은 핏빛 눈동자가 흘낏 이쪽을 돌아보는 것을 보면, 신도 이스카의 존재를 올랐던 걸까.

격납고 입구에서 마침 사각이 되는 입구 옆의 벽면에 기대어 있던 이스카를 보고 붉은 눈동자가 살짝 가늘어졌다. 배치 직후보다도—— 두 다리가 날아간 얼간이를 주워오고, 그 녀석을 쏴 죽인 것에 반발하여 덤벼들었을 때보다도, 꽤나 냉철함과 사나움이 늘어난 눈.

추한 벌레나 돌멩이라도 본 듯이 이스카를 보다가 그대로 고개를 돌렸다. 동료라도 짐이 되면 태연히 쏴 죽이는 냉혈한 전대장은 무시하기로 결심한 모양이다. 박해받는 에이티식스면서 약자를 보면 다가들어서 박해하는 전대원들과 마찬가지로.

한심한 자를…… 스스로 한심한 꼬락서니로 전락한 자를, 차갑게 깔아보는 눈동자.

"이봐."

어느새 말을 걸고 있었다.

얼굴에 희미한 웃음을 띠고 있는 것을 이스카는 자각했다. 어느새 대원들을 대할 때 띠게 된 웃음. 상대를 밀쳐내고 비웃고 위압하기 위한, 웃음이 아닌 웃음.

"그거. 미레이의 기체 조각이지? 일부러 주워온 거냐?"

돌아본 신이 손에 가볍게 쥐고 있는 작은 조각을 눈짓하며 물었다. 일부에 〈저거노트〉의 마른 뼈 같은 색깔이 남아있는, 뼛조각 같은 장갑 파편.

신이 전사자의 이름을 그렇게 기록하는 것은 스틸레토 전대에서도 알려져 있다.

대부분은 흔해빠진 나무 쪼가리나 금속 조각에. 그리고 운 좋게 손에 넣는다면——연약한 〈저거노트〉는 일반적으로 포격을 맞으면 폭발한다——당사자의 기체 파편에 이름을 새긴 몇 개의 조각이 그의 〈저거노트〉의 조종실 안에 모두 모여 있다.

얼핏 보면 그냥 쓰레기지만, 본인에게는 소중한 것인 모양인지 이전에 그걸 집어서 진흙 속에 던져 넣으려던 전대원은 정말로 얼굴 모양이 바뀔 정도로 얻어맞았다. 희생양인 신을 향한 태도가 변한 것은 그때부터다.

전쟁에 미친 제국의 귀족님이 모으는 수급 같은 것이다. 그것이 대원이나 정비사들의 공통된 인식이다. 적이 아닌 동료를 죽인 숫자를 자랑하는, 정신머리 나간 역병신이라고.

그게 아니라는 걸 이스카는 알고 있다.

전에 죽은, 비교적 신에게 동정적이었던 녀석이 그 작전 전에 말했다. 그건 약속인 모양이라고. 처음 있었던 전대에서 동료와 한, 함께 싸우고 먼저 죽은 자 모두를, 끝까지 살아남은 한 명이 기억하며 데려간다는 약속의 형태라고.

나도 데려가 주는 걸까?

하찮다…….

"미레이가 너한테 무슨 짓을 했는지, 닭대가리가 아니라면 기억할 텐데. 그런데 그런 녀석까지 데려가려는 거냐?"

물벼락을 쏟은 것도, 매일 질리지 않게 욕설을 날린 것도, 몇 번이나 미끼나 지연전에 써먹으려 했던 것도.

그런데.

"너 진짜 바보냐? 전에 죽어가는 놈을 주워온 것도 그렇고, 싸구려 정의감에라도 취했냐?"

"딱히…….."

담담히 대답하는 신은 사실 이스카를 보지도 않았다. 아마도 그 약속이란 것을 그에게 떠넘기고 이미 여기에는 없는 기억 속의 누군가를 보고 있다.

그런 하찮은 약속과 책임을 실컷 떠넘기고서 자기만 먼저 죽은, 무책임하기 짝이 없는 누군가를.

"에이티식스에게 묘는 없으니까. 죽은 자는 누군가가 기억하지 않으면 그대로 사라질 뿐이니까. 그러니까 기억할 뿐입니다."

"헤에."

이스카는 웃었다. 희미하게.

"그렇다면…… 미레이는 어떤 녀석이었지? 자기보다 작은 꼬맹이에게 매일 욕을 해대고 하찮은 심술을 부리고, 그런 끝에 먼저 죽은, 쓸개 빠진 얼간이냐?"

그런 추태를 기억해 줬으면 하는 녀석이 이 세상에 있겠냐.

비웃는 이스카를 무시하고 신은 조금 생각하는 시늉을 했다. 추상에 잠기는 핏빛 눈동자.

"농담을 좋아하고 잘 웃는, 억지로라도 기운 있는 척하면서 동료에게 기운을 북돋워 주려고 하는 녀석이었습니다."

이스카는 표정을 지웠다.

"내게는 그런 얼굴을 하지 않았지요. 하지만 다른 사람에게 그랬던 것은 보면 압니다. 그 정도라면 나라도 가지고 갈 수 있습니다."

"……."

씁쓸해진 이스카는 얼굴을 찌푸렸다.

왜 이런 꼬맹이에게 이렇게 짜증이 나는 건지 간신히 알았다.

"성인군자 행세라도 하려고? 꼬맹이. 인간 따윈 한 명도 없는 이 전장에서?"

누구 하나도 정상적이지 않은 86구의 이런 지옥에서, 정상적인, 멀쩡한, 인간의 바람직한 모습은 이런 거라고, 아직 긍지를 가지고 있으니까.

그러기를 포기한 이스카에게 그 정도의 관심조차도 없겠지만, 마치 그 사실을 눈앞에 들이대듯이.

"할 수 있는 일을, 하고 싶은 대로 하고 있을 뿐. 하고 싶지 않은 일은 하지 않을 뿐입니다."

너처럼은 되고 싶지 않다고.

"이 꼬맹이가……."

"그리고."

으르렁대는 이스카의 말을 지우듯이 신은 내뱉었다.

투철한 핏빛 눈동자가 처음으로 살짝 괴롭게 일그러지며 시선을 돌렸다.

"할 수 있지만 하지 않는 일은 내게도 있습니다. 어차피 이 부대에서는 말해도 아무도 들어주지 않겠죠. 그렇다면…… 말해도 소용없으니까요."

0

이스카가 모는 〈저거노트〉 앞에 갑자기 전차형이 출현했다.

전투중량 50톤의 덩치가, 하지만 무음으로 도약하고 착지하는 그 부조리한 운동성능. 네 쌍의 굵직한 다리 중 제일 왼쪽 앞에 있는 다리를 들었다. 전차포탄의 최소기폭거리 안쪽. 그러니까 쏴 죽이는 게 아니라 거슬리는 날벌레를 밟아 죽이기 위해.

"아차……."

충격을 느꼈다.

정신을 차리고 보니, 〈저거노트〉의 바깥, 콘크리트 지면에 내팽개쳐져 있었다.

둘러보니 조금 떨어진 위치에 프레임이 깨져서 쓰러진 〈저거노트〉와 거기서 길게 잔해 위에 덧칠되어 눈앞까지 길게 이어진 붉은 핏자국.

자신의 핏자국.

실수했다…….

탄식하며 이스카는 드러누운 채로 하늘을 올려다보았다. 물이 통과하기 어려운 재질의 야전복이라서 보이지 않는 배 속이 뜨겁고 무겁다. 아무래도 내장을 다친 모양이다. 군의관이 없는──치료 따윈 바랄 수 없는 이 86구에서는 치명적인 중상.

배의 상처는 머리나 가슴과 달리 일부러 치료하지 않아도 좀처럼 죽지 못한다. 아직 근처에서 포화나 노호가 날아드는 전장의 한구석에서, 채 죽지도 못하고 기어다니는 것은 사양하고 싶은 이스카는 오른쪽 다리에 찬 홀스터에, 권총에 손을 뻗고──.

손은 허공을 갈랐다.

손잡이의 감촉은 고사하고 그걸 매고 있을 다리의 감촉도, 쥐어야 할 손가락의 감촉조차도.

살펴보니 야전복의 배부터 아래가, 두 다리가 송두리째 없었다.

"……?!"

돌아보니 잃어버린 절반이 쓰러진 〈저거노트〉의 조종실에서 흘러내린 채 나뒹굴고 있었다. 피바다와 흩어진 손가락 위에, 찢어진 홀스터에 간신히 담긴 권총이 지금의 이스카에게는 너무나도 멀리 매달려 있었다.

망연하게 있었던 것이 어느 정도였을까.

실소를 흘리며 이스카는 온몸에서 힘을 뺐다.

저기까지 기어갈 힘은 이미 없다. 애초에 양손에 손가락이 없으니까 권총을 쥘 수도, 쏠 수도 없다.

이미 이스카는 스스로 죽을 수도 없다.

뭐, 어쩔 수 없다. 통각이 마비되어서 느끼지 않게 된 고통이 되살아나기 시작한 의식으로 생각했다.

프로세서가 되고 3년 남짓. 자신이 살아남기 위해 전대의 결속을 다지려고, 그걸 위해 많은 동료였던 녀석을 제물로 바쳤다.

많이 죽었다. 〈레기온〉에 의해 죽고, 혹은 스스로 목숨을 끊고. 〈레기온〉과 공화국의 악의에 얽매인 전장에서, 동료일 터였던 에이티식스들에게도 악의의 시선을 받고, 지치고 병들고 시들어서.

이스카가 그렇게 만든 탓에.

이것이.

그 응보인가.

스틸레토 전대는 열세임에도 아직 싸우고 있다. 전대원들이 구조하러 올 여유는 아마도 없겠지. 여기에서 아무도 알아차리지 못한 채 뒈지든가, 전대를 전멸시킨 〈레기온〉에 노획품 취급으로 회수되어 가든가. 어찌 되든.

편하게는 못 죽는다…….

그때 잔해의 잿빛과 방전교란형의 은색 구름으로 이루어진 흑백의 시야에 선명한 적색과 흑색이 뒤섞였다.

한순간 돌아본 시야에 그 녀석이 비쳤다. 어둠을 짜서 만든 듯한 칠흑색 머리. 선혈에 선혈을 덧칠한 진홍색 눈동자.

"노우젠……."

흘러나온 목소리는 속삭이는 것보다도 조용했고, 그러니까 신의 귀에는 닿지 않았던 모양이다.

시야 구석, 어느새 서 있던 〈저거노트〉의 캐노피를 열고 내린 신이 이스카의 〈저거노트〉로 달려갔다.

그렇게 무턱대고 캐노피를 열었다가 주위에 자주지뢰 하나라도 있으면 어쩔 생각인지 이스카가 걱정할 정도의 무방비함. 작은 몸짓에 어울리지 않게 큰 어설트라이플을 메고. 하지만 다리에 홀스터가 없는 것은 이스카가 주지 않았기 때문이다. 멋대로 자살하지 못하도록.

〈레기온〉처럼 소리 없이 이스카의 〈저거노트〉로 다가가서 손상 정도를 확인하는 것은 자기 〈저거노트〉를 부숴 먹어서 그런 것 같다. 살펴보니 신의 〈저거노트〉는 격투 암의 중기관총이 양쪽 다 손상되었고——총신으로 적기를 때린 것처럼 우그러져 있었다——게다가 자세도 유지하지 못했다. 네 다리밖에 없는 빈약한 다리 중 하나의 관절이 부러진 모습이었다.

부무장을 양쪽 다 상실하고 제대로 된 기동력도 잃었으면, 다소 조종실 주위가 파손되었어도 움직일 수 있는 〈저거노트〉로 갈아타는 편이 낫다는 판단이겠지. 애석하게도 조종실 위아래가 완전히 날아갔으니까 이스카의 〈저거노트〉도 움직일 수 없지만.

그것을 신도 알아차렸는지 살짝 고개를 내저었다가, 거기서 흘러내린 이스카의 하반신을 발견했다. 거기에는 숨을 삼키면서 시선만으로 피가 칠해진 흔적을 따라가다가 그 앞에.

아직 살아있는 이스카를 보았다.

잔해에 흠뻑 묻은 더러운 내장 파편이 뒤섞인 피와 달리, 순수한 붉은색 눈동자가 이스카를 비추었다. 잃어버린 하반신을. 손가락이 없는 두 손을. 그래도 아직 살아있는 무참함을.

언젠가 그가 도우려고 했고 이스카가 쏴 죽였던, 전대원 중 한 명과 같은 꼴을.

그 순간, 이스카는 버림받을 것을 각오했다.

신을 심하게 다룬 몸이다. 악의의 창날을 겨누게 한 쪽이다. 도와줄 리가 없고, 그러니까 자비를 구걸할 생각도 없다.

그럴 수는 없었다.

핏빛 눈동자는 아스카를 향한 채 얼어붙어 있었다. 얼어붙은 채로 뭔가 주저하고, 심하게 갈등하듯이 주저했다.

대체 뭘 하는 건가 싶어서 이스카는 씁쓸해졌다. 대체 뭘 주저하는 건가. 자신을 해쳤던 상대다. 버릴 수밖에 없지 않나.

그러니까 얼른 가. 가버려.

도와달라고. 자비를 베풀어달라고 한심하게. 자기가 해쳤던 상대에게 구걸하는, 그런 한심한 꼴을 내가 보이게 하지 마……!

순간 신은 입술을 깨물었다.

피로 물든 홀스터에서 이스카의 권총을 뽑았다.

"무슨……."

그 순간, 정말로 정신이 멍해졌다.

그 순간에도 총구가 이스카를 향했다. 바들바들 떨면서, 그러면서 머리를 겨누고 있었다. 가늠자 너머의 주저와 공포가 반반 뒤섞인, 그것을 결의로 이기고 있는, 당장에라도 금이 갈 듯이 긴장을 띤 눈동자.

주저한 것은.

구할까 말까가 아니라, 설령 고통을 끝내주기 위해서라도 치료해 보지도 않고 사살하는, 그 잔인무도함을 선택하는 것에 대한 주저…….

멍해진 것도 잠시. 이어서 끓어오른 것은 뭣에 대한 것인지도 모르는 맹렬한, 눈앞도 보이지 않을 정도의 분노였다.

제길.

제길. 이게 응보인가.

마지막에 이런 녀석을 보게 되다니…….

문득.

무심코 쓴웃음이 입가를 스쳤다.

아아, 제길.

이게 응보라고 말한다면.

자기 몸으로 생각되지 않을 만큼 무거운 오른팔을 들어서, 가까스로 절반만 남은 엄지의 깨진 뼈끝으로 자기 미간을 짚었다. 최대한 여기라고 알려준다.

"쏘는 법은, 아냐? 슬라이드를 당기고……."

끝까지 말하기도 전에 아직 작은 손이 슬라이드를 당겨서 약실에 초탄을 장전한다. 역시나 누군지 몰라도 사용법을 가르쳐 준 녀석이 있다. 끝까지 확실히 당긴 뒤에 되돌렸다.

하지만 그 괴짜도 실제로 사람을 쏘는 연습까지는 시키지 않았기 때문일까.

"안전장치는, 생각하지 않아도 돼. 격철도, 초탄 장전의 동작으로 일어선다. 남은 건 조준하고, 쏘기만 하면 된다."

그 '쏘기만' 이라는 것이 어렵다는 것을 알면서 일부러 말했다.

머리를 쏘려면 상대의 얼굴을 볼 필요가 있다. 아직 살아서 움직이는, 그 얼굴을 바라보고 눈에 새기면서 그 녀석을 쏴 죽인다는 소리다.

살인을 꺼리는 인간의 본능이 가장 무서워하는 짓이다.

그래도 지금 하지 않으면 이 바보 같은 꼬맹이는 그것을 후회하게 될 테니까. 채 죽지 못한 눈앞의 얼간이를 편하게 해 주지 못하고 저버렸다고.

"그건 열다섯 발짜리야. 그러니까 열네 번까지는 실수해도 돼. 편하게 쏴."

"……?"

거칠어지는 호흡을 필사적으로 가다듬는, 부자연스럽게 딱딱한 눈동자가 희미한 의문을 띠었다. 이스카는 쓴웃음을 지은 채로 고개를 내저었다.

"마지막 한 발은 절대로, 누구에게도 쓰지 마. 그건 네가 제대로 죽지 못했을 때, 편해지기 위한 한 발이다. 그것만큼은 누구에게도…… 누구라도 양보하지 마."

그 정도는 이기적으로 있어 주지 않으면…… 철저하게 이기적으로 산 이스카는 면목이 없다.

해야 할 말을 끝내고 눈을 감았다. 그 정도는 해줘도 좋겠지. 잠시 뒤에 후우 하고 숨을 내뱉은 신의 기척이 피부로 느껴질 정도로 비장하게 차가워졌다. 바보야. 이 정도 일에 그렇게 신경 쓸 거 있냐.

처음 한 발은 크게 빗나가서 머리 옆의 잔해를 꿰뚫었다.

두 발째는 한쪽 귀를 날려버렸다. 뭐, 처음인데 맞힌 것만 해도 잘한 축이다.

이 녀석은 나도 데려갈 거라고 문득 생각했다.

그렇다면 이 녀석은 나를 어떤 식으로 기억할까.

조금 전에 한 말, 권총 사용법에 대한 단순한 설명을 설마 다정함으로 생각한다면.

상황에 맞지 않게 희미한 웃음이 한순간 흘러나왔다.

그렇다면 이 녀석은 정말로 손 쓸 수 없는 바보천치다.

세 번째 총성이 들린 듯했다.

그것이 이스카의—— 다음 순간에 파괴될 그 뇌가 들은 인생 마지막 자비의 소리였다.

두 발이 빗나가고, 세 발째에 지시대로 이마를 관통했다.

휴대성을 우선하느라 총신이 짧은 권총은 정확도와 위력 모두 별로다. 군용이라고 해도 9mm 구경 정도로는 완전히 죽이지 못할 때도 있으니까, 확실하게 또 두 발. 이전에 배운 지식대로 총탄을 꽂고서, 이스카가 더 움직이지 않는 것을 신은 깨달았다.

천천히 퍼지는, 심장이 멎었기 때문에 느릿느릿 흐르는, 피가 아닌 뭔가가 섞여서 탁해진 붉은색.

비칠비칠 권총을 내리고, 1킬로그램도 안 되는 그 무게에 이끌린 것처럼 주저앉았다.

대량의 땀이 온몸에서 확 솟구쳤다. 어느새 멈추고 있던 호흡을 길고 길게 내뱉었다.

"하아……………………."

각오하고 있던 구역질이나 떨림은 오지 않았다. 생각했던 공황이나 동요도.

그것이 오히려 신에게는 충격이었다.

눈앞에 있는, 갓 생긴, 신이 만들어낸 새 시체.

인간을 죽였는데도 별다른 동요가 없다. 그 사실이 신을 더없을 정도로 후려쳤다.

역시, 나는.

한 손이 무의식중에 목으로 뻗었다. 거기에 감긴 스카프를 만지고 반사적으로 손을 뗐다가, 굳게 주먹을 움켜쥐었다.

일어서. 지금은 없어도 총성을 들은 〈레기온〉이 곧 다가온다. 그 전에 〈저거노트〉로 돌아가서 여기를 떠나.

싸워.

생각보다도 깊은, 본능 같은 의지에 이끌려서 고개를 들었을 때는 화염의 빛깔을 띤 그 눈동자가 다시금 전사의 혹독함과 냉철함으로 물들어 있었다. 일어서는 그 동작은 이미 900그램 가까운 권총을 무겁다고도 느끼지 않았다.

피웅덩이에 굴러다니는 〈저거노트〉의 파편을 하나 줍고 걸어가려다가 문득 돌아보았다. 내던져진 채인, 이대로 방치되어 썩어버릴 이스카의 유체.

"전대장⋯⋯."

호의도 경의도 털끝만치도 느끼지 않은 상대다. 부조리하다고밖에 할 수 없는 악의만을 자신에게 계속 보내던 상대다.

그래도 언젠가 채 죽지 못한 동료를 저버리지 않고 사살한 것은⋯⋯ 지금 와서 생각하면 전대장으로서 그 나름대로 동료를 책임진 행위였을 테니까.

대수롭잖게 보일 만큼 익숙해진, 익숙해질 만큼 거듭 동료의 숨통을 끊은── 아마도 다른 누구에게도 그 역할을 떠넘기고 싶지 않았기 때문일 그 각오도.

"권총, 가져가겠습니다. 당신의 역할도. 내 마지막까지."

그리고 이름 말고도 마지막 그 희미한 쓴웃음 같은 미소를 기억하자고 생각하며 신은 몸을 돌렸다.

Appendix

오른쪽 다리에 찬 홀스터에서 권총을 뽑고, 왼손으로 슬라이드를 당긴다.

이 경우 안전장치는 생각하지 않아도 된다. 더블액션 권총이지만, 잡아당긴 슬라이드에 눌려서 격철이 일어선다. 스프링의 힘으로 빠르게 돌아온 슬라이드가 탄창에서 초탄을 삼키고 약실에 장전한다.

여기까지의 동작으로 845그램의 금속덩어리가 인간을 죽일 수 있는 흉기로 변한다.

총신 앞의 가늠쇠와 본체 뒷부분의 가늠자, 두 개를 잇는 조준선 위에 인간형 대상을 맞추었다.

아무렇지 않게 발포한다.

확실하게 세 발씩. 다섯 개의 타깃을 쓰러뜨렸을 때 슬라이드 스톱이 일어서고, 약실이 해방된 홀드오픈 상태로 권총이 동작을 정지한다.

그걸 확인하고 신은 권총을 내렸다.

부스의 칸막이에 팔꿈치를 짚고 들여다보던 시덴이 버릇없이 휘파람을 불었다.

"역시나 저승사자. 권총으로 전탄 명중이라니 대단하네."

기아데 연방군 제86기동타격군 본거지, 뤼스트카머 기지의 연습장 중 한 곳. 거기 설치된 사격장에서의 대화다.

그 말을 무시하고 신은 빈 탄창을 떨어뜨리고 슬라이드를 전진시킨 뒤에 장전된 탄창과 교환했다. 약실 내부가 보일 정도로 슬라이드를 당겨서 초탄이 들어있지 않은 것을 확인한 뒤에 입을 열었다.

"수리하면서 뭔가 개조하지 않았을까 했는데. 그런 것도 없군."

"음? 아하……."

끄덕이며 시덴은 어깨를 으쓱였다. 전자가속포형(モルフォ)과의 전투 이후, 신이 버린 권총을 주운 것은 시덴이다. 그들을 보호해 준 연방에서 서류상의 보호자에게 부탁해서 수리가 가능한 공방을 찾아서 의뢰했던 것도.

"뭐, 조금은 생각했지만. 프레임을 그대로 하고 40구경으로 올린다든가, 풀오토 기능을 추가한다든가."

역시나 생각했나.

양쪽 다 실행되었으면 불쾌하다 싶어서 신은 살짝 얼굴을 찌푸렸다. 그걸 내버린 것은 자신이지만, 그래도 싫은 건 싫다.

"하지만 어찌 되었든 〈레기온〉에는 통하지 않고, 결국 자살하는 용도로밖에 쓸 길이 없다면 어느 쪽도 필요 없겠고. 게다가."

시덴은 스윽 웃음을 지웠다.

"그렇게 낡은 것인데 잘 손질되어 있었으니까. 소중한 것일 테니까, 그건 그대로 돌려줘야겠다 싶어서."

"……."

그 말에 신은 손에 들린, 무게가 익숙해진 권총을 바라보았다.

연방에 보호받아 몇 안 되는 개인물품이 회수되었을 때, 이것만큼은 내놓기 싫다고 느꼈다. 연방군의 까다롭지 않은 규칙, 그리고 연방군 제식의 소형 권총과 탄약이 공통인 것을 핑계 삼아서, 다소 손이 갈 것을 각오하고 계속 쓸 정도로는…… 그래, 애착이 있다고 생각한다.

"그렇군."

전자가속포형과의 전투 이후, 망가진 것을 구실로 내버린 것도 지금 와서 생각하면.

그것을 회수하고 수리시켜서 자신에게 돌려준 눈앞의 상대에게 예의 삼아서 덧붙였다. 이 정도는 말해야겠지.

"이거에 대해서는 감사를 표하지. 수리만 하고 돌려준 것도."

"정말 고맙습니다, 라고 똑바로 말해야지. 감사를 표한다는 말 자체만으로는 부족한데."

히죽거리면서 놀리는 말과 표정으로 시덴은 말했지만, 거기에 대해 돌아온 신의 차가운 시선에 그 이상 언급하기를 피했다.

그러다가 문득 물었다.

"예전 전우의 유품 같은 거냐?"

"글쎄."

그 말의 미묘한 뉘앙스에 시덴은 신의 옆얼굴을 보았다.

대충 넘어가려는 것도 아니다. 신 자신도 아직 잘 모르는 듯한 목소리.

86구에서의 일이라면 이미 몇 년이나 지났을 텐데.

"날 미워했다고 생각하고, 나도 싫어. 나는 제국 귀족의 혼혈이다 보니까 아무래도 미움 사는 일이 많았으니까."

"아하……."

한순간 얼굴을 찌푸리며 낮게 으르렁거린 시덴을 신은 흘낏 보았다.

시덴은 설화종의 피가 섞였다고 한눈에 알 수 있게 왼쪽 눈이 흰색이고, 오른쪽 눈이 남색이다. 박해한 백계종의 피를 이었고 또 좀처럼 없는 오드아이.

비슷한 짓을 당한 적도 있었겠지. 그렇다고 해도 친밀감은 전혀 생기지 않지만.

"아니, 잠깐만. 왜 그런 녀석의 권총을 그렇게 소중히 가지고 있는데, 넌?"

"왜일까. 역할을 잇는다고 말한 적은 있지만."

돕지 않으면 편히 죽지도 못하는 동료의 목숨을 거둬주는 역할. 그 뒤로 누구에게도 양보한 적 없는 그만의 역할.

그때까지 신은 권총을 갖지 않았고, 그 사람이 전사하면서 물려받는 형태로 그 권총을 사용했다. 그 뒤로 계속 같은 권총을 사용했다. 한 번 내려놓았다가 돌아온 지금도 또한.

왜냐고 묻는다면 이유는 잘 모르겠다.

다만, 신은 말했다.

그때는 무거웠다. 솔직히 손에 부칠 정도로 컸고, 어설트라이플과는 다른 반동에도 좀처럼 익숙해지지 않았다.

어느새 권총의 무게에도 반동에도 익숙해지고, 아마도 그때의 전대장의 키도 따라잡았다. 나이는, 글쎄. 물어보지 않았으니까 모르고, 앞으로도 계속 알 수 없다.

"사용법과 마음가짐을 가르쳐준 건…… 그때의 전대장이었다고 생각하니까."

──마지막 한 발은 네가 편해지기 위한 한 발이다.
──누구라도 양보하지 마.

그때 신을 신경 쓸 필요가 없었을 텐데도 그렇게 말했다. 그런 사소한 말과 마지막 순간의 표정밖에 기억하지 않는…… 나이도 풀네임도 모르는 그 야유 어린 시선의 전대장이.

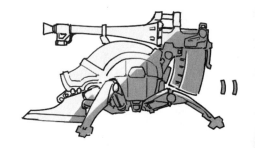

FRAGMENTAL NEOTENY

〈Varlet〉

EIGHTY
SIX

3

...gments
...e boy
...he
...eaper.

...aren't in the field.
...ied there.

1

아래쪽의 진창이 된 흙길과 위쪽의 콘크리트 고속도로를 쇳빛 해일이 침식한다.

경합지대 깊은 곳, 옛 고속도로의 입체교차로. 지상을 척후형이 경계하는 가운데, 비상시 군사 수송로로도 만들어진 튼튼한 고속도로를 〈레기온〉의 주력인 근접엽병형과 전차형이 나아간다.

가벼운 근접엽병형이라면 모를까, 전투중량이 50톤에 달하는 전차형은 진창길을 꺼린다. 제공권은 전장을 뒤덮는 방전교란형과 〈레기온〉 지배영역의 대공포병형이 장악하고 있으니까, 당당히 몸을 드러내더라도 〈레기온〉들은 폭격받는 일이 없다.

그러니까.

이런 장소에서 매복 기습을 당한다.

"제4소대. 사격 개시."

신의 호령에 소대 4기의 〈저거노트〉의 57mm 포가 포효했다.

고가 고속도로 바로 아래, 그것을 지탱하는 교각과 고속도로 사이. 와이어 앵커로 올라간, 펠드레스치고는 소형인 〈저거노트〉조차도 한계까지 몸을 숙여야 간신히 숨을 수 있는 그 공간에서.

포격이 집중되어 눈앞의 교각이 소리를 내며 붕괴하고, 그 앞뒤 도로 위에 있던 〈레기온〉들이 휩쓸려서 떨어졌다. 제아무리 군사 수송용 강화 콘크리트라고 해도 전차포의 집중타를 맞으면 버틸 수 없다.

대열을 짠 〈레기온〉의 중앙부대를 정확히 떨어뜨렸다고, 고속도로의 두꺼운 콘크리트에 가로막히는 바람에 광학 센서로 볼 수 없고 〈저거노트〉의 빈약한 음향 센서로도 듣기 어려운 차폐물 너머의 적 부대를 정확히 셋으로 분단했음을 알아차린 자는 과연 있을까.

  허둥대듯이 머리 위를 올려다본 척후형들이 그대로 잔해와 전차형의 거구에 깔렸다. 〈레기온〉은 방전교란형으로 인간 측의 레이더망을 기만하고 일방적으로 기습하는 전술을 자주 써먹는다. 그러니까 그들은 자신들의 진격이 감지되어 매복 기습을 당할 가능성이 작다고 보고 있다.

  10여 미터나 낙하한 전차형은 중앙처리장치가 혼란에 빠진 듯이 꼴사납게 굳어버렸다. 다음 일제사격을 신이 명령하는 동시에 갈겨댄 57mm 포탄이 전차장갑 중에서도 비교적 얇은 포탑 상판을 사정없이 꿰뚫었다. 귀찮은 전차형 중 떨어진 놈들은 이걸로 제거 완료. 남은 건.

  "제4소대, 계속 공격. 전대장, 위쪽에 남은 〈레기온〉^{노스페라투}을 제거해야……."

  [라저…….]

  [명령하지 마라, 제4소대장.^{델타 리더}]

  지각동조 통신은 〈레기온〉이 감청할 수 없지만, 전투 중에는 식별명이나 퍼스널네임으로 교신하는 게 의무다. 일률적으로 '핸들러 원'의 콜사인을 사용하는 핸들러를 포함하여 서로의 본명이 요새벽 안과 밖에 전해질 일은 없다.

신이 소대장을 맡는 제4소대의 네 기가 와이어로 속도를 죽이면서 지상에 강하한다. 그리고 붕괴로 생긴 연막을 틈타 제1, 제2소대와 제3, 제5소대가 각각 분단된 고가의 앞뒤에 뛰어올라서 남은 〈레기온〉 부대를 덮쳤다.

　[망령 씐 괴물이.]

　그런 소음 사이로 누군가가 내뱉은 소리가 전대 전원이 이어진 지각동조로 들렸다.

　무시하며 신은 근처의 근접엽병형에 기체를 접근시켰다. 낙하의 충격에서 간신히 회복되는 그 쇳빛 위용. 돌아보려는 그 코앞에서 일부러 진창에 다리를 미끄러뜨려 옆으로 미끄러지는 형태로 측면으로 돌아갔다. 격투 암의 중기관총을 사격. 경량형인 근접엽병형은 공격력 자체는 높지만 장갑방어는 전차형만큼 대단치 않다. 그래도 〈저거노트〉와는 달리 정면장갑은 중기관총에 뚫리지 않지만.

　쓰러지는 근접엽병형을 무시하고 질주하는 기세를 죽이지 않는 채로 다음 근접엽병형에게 돌진. 낙하 대미지에 의한 중앙처리장치의 혼란과 급습에 따른 연대의 혼란. 그런 적의 혼란을 틈타지 않으면 성능으로도 숫자로도 밀리는 〈저거노트〉는 〈레기온〉에 이길 수 없고, 그것을 만들어내고 계속 유지하는 것은 전위인 신의 역할이다.

　신은 살아남은 근접엽병형 집단의 한복판을 파고들듯이 나아갔다. 뒤에 남은 소대원들이 산개하여, 분단되고 분단된 〈레기온〉을 각개격파 하는 게 레이더 스크린으로 볼 것도 없이 느껴졌다.

오른쪽 기총이 탄약이 바닥나서 침묵. 직후에 왼쪽이 같은 경고를 홀로윈도에 표시. 혀를 한 번 차면서 반동이 강해 접근전에 쓸 수 없는 주포, 57mm 포로 무장을 바꾸었다. 사격 병기는 탄이 바닥나는 게 귀찮다. 기체 중량이 가벼운 〈저거노트〉는 그 바람에 기총도 주포도 장탄수가 제한된다.

물론 전투 중에 탄이 떨어지는 경우를 대비하여 전대에는 무인 보급기가 따라다니지만, 그리 성능이 좋지 않은 AI밖에 탑재하지 않은 그들은 이런 난전에 끼어들지 못한다.

백병전 무장이 있으면.

난전 사이로 통절하게 생각했다. 사거리와 훈련시간에서 크게 뒤떨어지기 때문에 화기에 밀려난, 전시대의 무장. 몇 킬로미터에 달하는 사거리를 갖는 전차포가 지배하는 현대의 전장에서는 이미 자살행위나 다름없는 무장.

그래도 단 하나, 화기에는 없는 이점이 있다. 백병전 무장은 탄이 떨어질 일이 없다. 부러질 때까지, 깨질 때까지, 적기의 장갑을 베고 가른다.

그것만 있으면. 조금은 더 나을 텐데.

한편 머리 위의 고가에서는 〈레기온〉을 제거하는 데 고생하는 모양이다.

구원 요청을 받았는지, 다소 먼 위치를 나아가며 경계하던 좌익의 〈레기온〉 부대가 반전한다. 건물 사이에 숨어서 레이더에는 비치지 않는 그 동작. 하지만 그것도 예상했다. 반전한 진로 위에는 남은 제6소대가 숨어서——.

그리고 깨달았다.

요격을 위해 잠복시켰을 터인 제6소대가 위치에 없다.

주의를 돌려보니 머리 위의 소대들의 교신 중에 분명히 섞여 있는 제6소대 대원들의 목소리.

"노스페라투. 별동 〈레기온〉 부대가 반전했다. 아직 측면 공격할 수 있다. 제6소대의 배치를 원래대로……."

[명령하지 말라고 했지, 델타 리더. 이 전대의 대장은 나다. 본대의 격멸을 우선해야 한다고 내가 판단했다. 게다가 너처럼 망령썬 놈의 말 따위 믿을 수 있겠냐.]

그가 내뱉은 말에 얼굴을 찌푸렸다. 신보다 두 살 많은 전대장인 탓인지 나이 어린 신의 진언을 극도로 싫어했다. 아니, 아마도 싫어하는 것은 나이 때문이 아니다…….

그걸 증명하듯이 전대장은 짜증스럽게 말을 이었다. 내뱉듯이. 침을 뱉듯이.

[그리고 더는 동조하지 마라. 귀에 거슬린다고, 괴물…….]

그 순간.

전대장의 목소리가 중간에서 갑자기 끊겼다. 지각동조가 해제된다.

잠시 뒤에 금속판을 두들겨대는 듯한 묵직하고 투박한 120mm 전차포의 대음향이 울려 퍼졌다. 포구속도 1650m/s, 음속을 훨씬 능가하는 전차포탄의 포성은 실제 착탄보다 늦게 울린다.

그것이.

작전 붕괴의 서곡을 알렸다.

혼자서 전차형과 맞싸우는 것은 신에게 불가능한 일이 아니지만, 동료의 지원이 전혀 없는 진정한 의미로의 일대일은 아무래도 힘겹다.

격파되어 주저앉은 동료의 〈저거노트〉를 미끼로 삼아서 유인하고, 뒤에서 포격을 먹여 해치운 전차형의 잔해 앞에서 신은 탄식했다. 포연과 먼지가 아직 피어오르는 전장에, 지금은 기체에서 내려 맨몸을 드러내고.

적도 아군도 이미 한 기도 없다. 망국이 남긴 무인전투기계와 무인기로 정의되어 인간 이하의 열등종이 모는 병기가 서로를 물어뜯는 사투가 끝난 폐허의 도시.

또 자신 이외의 대원이 모두 전사했다.

홀로 남아서도 계속 싸운 시간이 얼마나 되는지 기억도 하지 못한다. 다리를 멈추면 죽을 뿐이란 것을 지긋지긋할 정도로 잘 아는 이성은 그런 괜한 감상에 리소스를 할애하지 않는다.

허무해지는 것은 언제나 전투가 끝난 뒤다.

중기관총도 전차포도 탄이 바닥나고, 에너지 잔량도 미덥지 않은 자신의 〈저거노트〉를 바라보며 살짝 고개를 내저었다.

충고해도 아무도 듣지 않는다. 아무도 자신이 하는 말을 믿어 주지 않는다.

동료의 죽음과 적기를 부르는 망령 씐 저승사자라고 욕을 먹는 것은 익숙해졌다.

종군한 뒤로 여태까지. 소속한 모든 전대가 그 혼자만을 제외하고 전멸했다. 익숙해질 수밖에 없다. 동료의 죽음에도, 혼자 남겨지는 것에도.

그것을 네 탓이라고 하며 두려워하고 규탄하는 자들에게도.

그럴 텐데 오늘은 왜인지 매우 피곤하게 느껴졌다. 뭐라 할 수 없는 허무감이 발밑에서부터 기어올라서 온몸을 붙들었다. 실재하지 않는데도 어떻게 할 수 없는 무게가 그를 그 자리에 붙들었다.

살아남았다고 해도 결국. 마지막에 기다리는 것은 같은 전장에서의 죽음뿐인데——.

그래도 지금은 아직 죽을 수 없다. 무거운 다리를 끌듯이 대기 상태의 〈저거노트〉로 돌아가려다가…….

"음…….."

조금 떨어진 잔해 너머, 쓰러진 〈스캐빈저〉를 발견했다.

2

〈스캐빈저〉는 각종 탄창과 에너지팩을 탑재하고 전장에 따라다니며 전투 중인 〈저거노트〉에 보충하는 보급용 무인지원기다.

제식 명칭은 신도 모른다. 자원이 부족해지면 쓰러진 〈저거노트〉에게서 뜯어내어 보충에 쓰고, 전투 후에는 다시 쓸 수 있는 기체의 파편이나 포탄 파편을 주우러 다니는 행동 때문에 에이티식스들 모두가 스캐빈저라고 부르는, 시체 청소부 못생긴 수송기계.

여럿이 따라다니던 그들도 전투 도중에 모두 파괴된 모양이지만, 이 기체는 신에게 다행스럽게도 등의 수송 컨테이너가 멀쩡한 듯했다. 잔탄 0, 에너지팩 잔량도 기지에 귀환할 정도가 될까 말까 한 지금의 〈저거노트〉로서는 경합지대 깊숙한 곳에서 귀환하는 것이 아무래도 불안하다. 지금은 주위에 없다고 해도 〈레기온〉이 더 빠르다. 혹시 쫓아와서 교전이라도 벌어지면 그때가 끝장이다.

부족한 물자는 평소처럼 주저앉은 동료의 〈저거노트〉에서 보급할 수밖에 없겠다고 각오했는데, 그것과 비교하면 다소 마음이 편하다.

옆에 자신의 〈저거노트〉를 세우고, 신은 잔해의 산에서 내려가 그 〈스캐빈저〉에 다가갔다.

전쟁 발발 직후에 투입된, 지금은 드문 초기형 〈스캐빈저〉다. 먼지로 더러워졌고 모난 본체에 둥글둥글한 네 개의 다리. 두 개의 크레인 암에 렌즈형 광학 센서를 단, 못생긴 무인기다. 잔해 틈새에 마치 죽어가는 사냥개가 웅크린 것처럼 몸이 비스듬히 기운 채로 침묵하고 있다.

아무래도 다리 근처에 피탄한 모양이다. 등에 짊어진 컨테이너만이 아니라 크레인 암이나 내장 버너나 커터 등도 무사한 모양이지만, 그것들도 모두 〈스캐빈저〉 본체가 살아있지 않으면 움직이지 않는다.

컨테이너 잠금장치는 단순히 고정되었을 뿐이라서 간단히 열 수 있지만.

더러워진 본체를 보고 내심 탄식했다.

〈저거노트〉의 캐노피도 그렇지만, 86구에 있는 공화국의 '무인기'는 개폐부에 코드를 입력하는 식의 전자 잠금장치가 없다. 바를 당기기만 하면 열린다.

지금의 신처럼 주저앉은 〈스캐빈저〉에게서 물자를 옮기기에는 좋지만, 〈레기온〉에는 손과 비슷한 매니퓰레이터를 가진 자주지뢰나 회수수송기가 존재한다. 전투 중에 움직일 수 없게 된 상태로 그 녀석들과 조우하는 바람에 캐노피가 열려서 끌려간 동료를 몇 번이나 보았다.

공화국에서 에이티식스는 쓰고 버리는 처리장치다. 보호기능의 추가 따윈 생각하지도 않겠지. 인공지능의 개발에서도 펠드레스의 개발에서도 기술력이 부족해진 공화국이지만, 설마 전자 잠금장치도 못 만들 리가 없다.

몸을 무겁게 하고 경직시키는 전투의 피로 때문일까. 평소보다 더 차갑게 떠오르는 야유를 의식 구석으로 밀어내면서, 신은 컨테이너를 여닫는 바에 손을 뻗었다. 발밑에서 조약돌 크기의 잔해가 부츠에 닿아 소리를 내며 데굴데굴 굴러떨어졌다.

잠금장치는 쉽사리 열 수 있다.

문제는 오히려 연 다음이다.

〈스캐빈저〉가 탑재한 물자를 옮기는 것이다.

아무리 빈약하기 짝이 없는 기계라고 해도 펠드레스—— 기갑병기다. 필요로 하는 모든 것이 크고 무겁다. 예를 들어서 전차포로서 화력이 부족한 57mm 포탄만 해도, 그것들이 담긴 탄창은

100킬로그램을 훨씬 넘는다.

아직 성장기가 안 되어서 작은 신에게는 아무래도 힘든 중량이다. 그 자신의 체중보다 두 배는 된다.

그래도 일단 포탄을 탄창에서 꺼내서 열심히 옮기면 어떻게든 될까.

그렇게까지 해서 돌아가 봤자, 언젠가 무의미하게 전사할 것은 변함없는데.

또다시 고개를 쳐드는 차갑고 기묘하게 독살스러운 생각을 탄식으로 간신히 쫓아냈다.

어쩔 수 없는 피로감과 허무감이 머릿속 한구석에 자리 잡게 된 것은 언제부터일까. 의식한 것은 얼마 전에 소속된 전대가 전멸했을 때였고, 아마 알아차리지 못했을 뿐이지 그 이전부터 있었을까.

싸워도, 혼자 살아남아도. 그런 끝에 손에 넣을 수 있는 것은 아무것도 없다.

싸워도, 살아남아도, 사실 아무 의미도 없는데——.

그때 〈스캐빈저〉의 둥근 광학 센서가 눈을 껌뻑이듯이 빛을 내었다.

어중간한 위치에서 정지했던 크레인 암이 갑자기 움직였다. 끝부분의 매니퓰레이터가 동작 확인처럼 움직이면서 철컹 하는 무거운 금속음이 울렸다.

"앗."

무심코 신은 몸을 움찔했다. 그래도 전장에 익숙해진 몸은 희미한 소리밖에 내지 않았지만.

죽은 자의 부활이라도 목격한 듯이 뚫어져라 바라보고——애초에 신이 보기에는 완전히 죽은 기체였다——두 개의 크레인 암이 컨테이너에서 탄창을 끄집어내기에 간신히 입을 열었다. 프로그램된 임무에 충실한…… 바꿔 말하자면 융통성 없는 무인기는 자신이 대파된 지금 상태에서도 보급 임무를 실행해 주려는 모양인데. 그건 그렇고.

"너, 아직 살아있는 거야?"

〈스캐빈저〉의 광학 센서가 이쪽을 바라본 듯했다.

무의식중에 손을 뻗어서 신은 더러워진 그 몸을 만졌다.

비무장, 비장갑인 얄팍한 금속의 표면.

체온 따윈 있을 리가 없는 쓰레기 수집기에게 그런 것을 묻는 것은, 아마도 다소 마음이 약해진 탓이겠지.

〈스캐빈저〉에게 인격 따윈 없다. 공화국은 자율전투가 가능하기나 할지 미심쩍은 레벨의 인공지능밖에 만들 수 없었다. 그 대신 부품 취급으로 전장에 내던져진 것이 에이티식스다. 그러니까 이런 말을 해도, 물어봐도, 그것은 〈스캐빈저〉에게 단순한 음성 지시에 불과하다.

그래도, 그걸 알더라도.

"전대도 네 동료도 이미 아무도 없지만. 그래도 같이 돌아갈래……?"

혼자서 돌아가는 것은, 그것이 몇 번이고 경험한 일이라도, 어쩌면 그렇기에 싫다고. 약해진 마음 어딘가로는 매달리듯이.

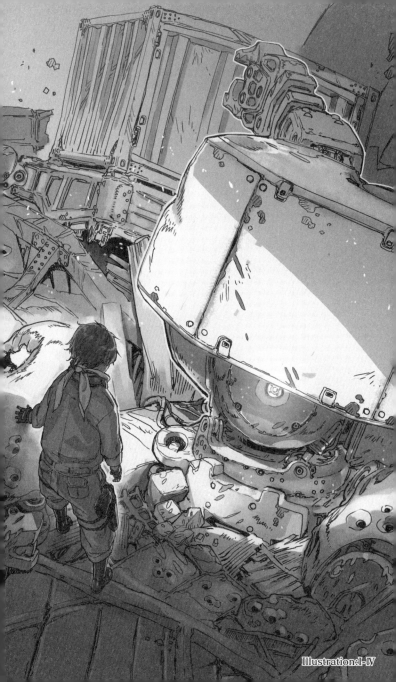

Illustration:I-IV

"그랬구나. 하지만 어쩔 수 없어. 우리 에이티식스는 그런 존재니까."

유일하게 돌아온 신에게 전대 전멸의 보고를 받은 정비반장 토우카 케이샤는 탄식했다. 순혈 청옥종의 금발과 하늘색 눈동자. 기계유 냄새가 밴 격납고와 정비사의 정비복에는 전혀 어울리지 않는 섬세한 미모.

흘러내린 머리를 등 뒤로 넘기며, 그대로 뒤쪽, 격납고 구석에 쌓인 컨테이너를 돌아보았다.

지금에 와선 역겨운 느낌밖에 들지 않는, 조국이었던 공화국의 오색기가 그려진 컨테이너. 이 시기에도 부끄럽지도 않게 내건 자유, 평등, 박애, 정의, 고결이라는 공화국의 슬로건.

에이티식스는 인간이 아니니까 차별도 박해도 인륜에 반하는 짓이 아니라고, 그 멍청한 놈들은 진심으로 생각하면서.

"이 작전에는 맞추지 못했지만, 그 무장은 요구가 통과되었으니까. 초기 생산분이 통으로 남아있었던 모양이야. 예비를 포함해서 다 줄 테니까 다음 부대에서 쓰도록 해."

고주파 블레이드.

눈앞의 이 조그맣고 과묵한 소년이 매뉴얼에서 찾아낼 때까지 토우카도 존재를 잊고 있던, 12.7mm 중기관총과 교환 가능한 격투 암의 선택 무장이다.

관측된 〈레기온〉 중에서도 가장 견고한 장갑을 자랑하는, 전투 중량 100톤의 중전차형의 장갑마저도 물처럼 베는 위력을 갖지만, 결국은 도검(블레이드). 시대에 뒤처진 지 오래인 백병전 무장이다. 유효 사거리가 몇 킬로미터에 달하는 중기관총과 전차포가 지배하는 현대의 전장에서는 전혀 도움이 되지 않는다.

아무리 위력이 강한 무장이라도, 맞지 않으면 적기를 파괴할 수 없다. 육박하지 않으면——〈레기온〉들의 숫자를 살린 맹포격을 다 빠져나가지 않으면 휘두를 수 없는 칼날 따위 단순한 짐짝이다.

그러니까 실제로 사용하는 프로세서 따위 토우카가 알기로 한 명도 없었고, 요구받은 핸들러도 비웃음을 뛰어넘어서 질색하는 기색마저 보였다. 드디어 정신이 나가버린 거 아니냐며 진지하게 물어봤을 정도다.

토우카도 몇 번이나 말렸지만, 어떻게든 해달라고 하는 바람에 어쩔 수 없었다. 전장에서 싸우는 것은—— 그 무장에 목숨을 맡기는 것은 프로세서인 신 자신이다. 정비사인 토우카가 말린다고 어떻게 할 수 있는 게 아니다.

다만 그 집착이 자포자기한 감정에 따른 게 아니라면 좋겠지만.

배속된 뒤로 한 번도 눈을 맞춘 기억이 없는, 지금도 내리깔고 있는 붉은 눈동자를 힐끗 보면서 말을 이었다.

"하지만 무리는 하지 마. 모처럼 살아남았으니까 당신은 살아남을 수 있을 때까지 살아남아야지. 다음 부대에서도, 그다음에도."

"……."

신은 침묵했다.

토우카보다 열 살은 어릴, 10대 초반이라는 나이치고 무참할 정도로 감정이 희박한 눈. 역시나 시선을 내린 채로, 다소 억지로 미소 짓는 그녀를 바라보려고도 하지 않았다.

시선은 그대로 고주파 블레이드의 컨테이너를 떠나서 격납고 구석으로 향했다.

"저건 고칠 수 있습니까?"

메마른 목소리로 묻는 신의 시선 끝에 있는 것은 대파된 구식 〈스캐빈저〉였다.

다리가 파손되어서 제대로 움직일 수 없어진 그것을 신이 자기 〈저거노트〉로 견인해서 돌아온 것에는 놀랐다. 전투는 끝난 모양이었다고 해도, 어디에 〈레기온〉이 어슬렁거릴지 모르는 경합지대 깊은 곳에서 귀환하면서 완전히 짐짝에 불과한, 감싸줄 필요도 없는 무인기인 〈스캐빈저〉를 끌고 돌아왔다.

무슨 생각으로 그렇게 정신 나간 짓을 한 걸까. 왠지 이해할 수 있을 듯하기도 해서 토우카도 정비사들도 아무 말 하지 않았지만.

"그래……."

그렇게 말하고 토우카는 어깨를 으쓱였다.

평소라면 〈스캐빈저〉의 수리 따위는 뒷전이겠지만, 고쳐야 할 〈저거노트〉도 거의 없는 오늘은.

"다리만 망가졌고 코어 유닛에는 파손이 없었으니까 금방 고칠 수 있어. 그래, 오늘이나 내일 중이면 될까. 당신이 데리고 돌아와 준 덕분이야. 잘했어."

"……."

토우카 자신도 억지 같다고 느낀 칭찬에 신은 역시나 대답하지 않았다.

그 대신이라는 듯이 〈저거노트〉의 태반을 잃어서 휑뎅그렁하니 넓어진 격납고 구석에서, 어딘가 갈 곳을 잃은 듯이 움츠리고 있는 〈스캐빈저〉가 삐이 하고 전자음을 울렸다.

전선기지의 에너지 공급은 머나먼 공화국의 요새벽 안에서 원격조작으로 행하며, 밤에는 등화관제가 걸린다.

〈레기온〉의 야간 습격 목표가 되지 않도록 하기 위함이고, 전장에 사는 인간형 돼지가 인간을 위한 귀중한 에너지를 낭비하지 않게 하려는 조치이기도 하다. 공화국 시민에게 에이티식스란 전선을 방어하기 위한 소모품이다. 전투에 필요 없다고 판단한 모든 것은——그것이 휴양이나 오락, 기호품처럼 사기를 유지하기에 본래 필수인 것이라도——86구에 주어지지 않는다.

불이 꺼지기 직전의 시각, 전사한 전대장 대신 기지 곳곳을 보고 다니던 토우카는 신의 〈저거노트〉의 정비와 〈스캐빈저〉의 수리가 끝나서 인기척이 없어진 격납고에서 발을 멈추었다.

보통 〈스캐빈저〉는 야간에 기지에 부속된 자동공장의 대기 공간으로 돌아간다. 그럴 터인데 셔터가 내려진 격납고 구석에는 아직 〈스캐빈저〉의 거구가 웅크리고 있었다.

그 자체는 녀석들이 멋대로 하는 짓이니까 토우카도 딱히 신경 쓰지 않는다. 결국 〈스캐빈저〉는 공화국이 제조하고 투입한 병기 다. 내부에서 어떤 프로그램이 움직이는지, 뭘 어떻게 판단하는 지 모르고, 알 바가 없다. 어느 정도 작업 순서나 범위의 지시는 가 능해도, 명령할 권한은 에이티식스에게 주어지지 않으니까.

멈춘 것은 그 옆. 더러워진 거구에 바싹 몸을 붙이고 잠든 신의 모습을 보았기 때문이다.

일찍 쉬라고 정비사들이 말해 주었을 텐데.

살펴보니 막사의 그의 침대에 있었을 얇은 모포를 가져와서 몸 에 두르고 있는 모습이라서, 일단 방에 돌아가긴 돌아갔던 모양 이다. 그런데 왜 휴식을 취하기 좋지 않은 이런 격납고에서?

깨우려고 손을 뻗다가, 어떤 사실을 깨닫고 입술을 깨물었다.

막사의 방에.

어제까지 있었을 터인 사람들이 다 없어진, 주위에 빈방밖에 없 는 막사에 혼자 있기 싫었으니까.

자신 이외의 모두가 죽어버려서 버림받은 장소에 돌아가고 싶 지 않았으니까.

그러니까 밤에는 반드시 사람이 없어지는, 아무도 없는 게 당연 한 격납고 같은 곳에.

그래도.

본래의 대기 장소가 아닌 어둠 속, 시스템을 대기 상태로 놓은 채 조용히 웅크린 〈스캐빈저〉와 체온도 없는 그 거구에 몸을 기댄 채 잠든 외톨이 소년병.

 마치 조그맣고 쓸쓸한 아이가 따라온 들개 새끼라도 주운 것 같다고 문득 생각했다.

4

 에이티식스를 소비용 병기부품으로 간주하는 공화국이라고 해도, 〈저거노트〉 한 기밖에 없는 전대에 요격 명령을 내리거나 하진 않는다.
 그런고로 전대 재편이나 전환 배치까지의 한때, 그 유일한 〈저거노트〉의 처리장치인 신에게는 할 일이 없어졌다.
 처음 며칠 동안은 기억해놔서 손해 볼 것 없다면서 한가한 정비사가 〈저거노트〉의 간단한 수리나 정비를 가르쳐 주었다. 하지만 프로세서보다 먼저 새로운 〈저거노트〉가 반입되면서 그들은 그 최종 조정에 달라붙었다. 프로세서에게는 자신의 목숨을 맡기는 기체다. 그것을 알기에 정비사들도 프로세서가 배치 전이라고 소홀히 할 수 없다.
 휴가라고 생각하고 느긋하게 보내라고 토우카는 말했지만, 아무것도 하지 않는 것은 아무래도 답답하다. 기분 전환에 좋겠다 싶어서 신은 산책을 겸해서 조금 떨어진 장소에 있는 과거의 공화국군 기지로 향했다.
 정규군이 〈레기온〉 전쟁 초반에 대패, 전멸하여 85구로 피난 가면서 버려진 기지는, 지금은 멋대로 자라난 초목이 지배하고 있었다. 사람들에게 먹이를 받아먹는 일도, 사람을 두려워하는 것도 잊어버린 닭이 자기 세상인 양 돌아다니는 옆을 지나서, 이전에 이 구역에 있던 프로세서가 부숴버린 듯한 게이트를 지나 콘크리트제 기지의 건물에 들어갔다.

찍찍 울면서 도망치는 쥐를 뒤쫓듯 몇 번 오가면서 기억한 넓은 복도를 걸었다.

목적은 방치된 채로 남아있는 장기보존식이나 소형 화기의 탄약 조달. 에이티식스에게는 본래 소지가 금지된 권총이나 어설트라이플을 입수하는 곳도 사실은 이렇게 버려져 폐허가 된 군사기지다. 이미 직무를 다하지 않는 공화국 군인들은 이런 뚜렷한 위반행위도 검사하지 않으니까 모르고 있다.

전쟁이 계속되는 몇 년 동안 비축량이 꽤 줄어든 창고 하나에서 찾던 권총 탄약 상자를 찾아내어 끌어냈다.

그때 뒤에서, 창고 입구 부근에서 무거운── 10톤 아래는 되지 않을 듯한 중량감을 띤 금속성 발소리가 울렸다.

"……?!"

숨을 삼키며 돌아보았다.

여태까지 없었던 일이다── 모르는 사이에 〈레기온〉이 접근하고, 게다가 뒤에 서다니!

어깨에 멘 어설트라이플을 무의식중에 내리고 손잡이를 잡았다. 초탄을 장전하고 배후의 적기를 돌아보고──.

도중에 깨달았다.

〈레기온〉은 발소리를 내지 않는다.

그들의 고성능 액추에이터와 쇼크업소버는 전투중량 100톤을 넘는 중전차형조차도 뼈를 비벼대는 정도의 작은 소리밖에 내지 않는다.

즉, 등 뒤에 있던 것은……

돌아본 곳에 서 있는 것은 역시나.

"삐."

본체가 낡고 더러운 구형 〈스캐빈저〉였다.

"……"

왠지 어색하고 김새는 침묵이 한 명과 한 기 이외에 아무도 없는 방치된 창고에 흘렀다.

둥근 광학 센서와 마주 보는 채로 신은 뭐라고 반응할지 몰라서 굳어있었다.

뭐라고 할까, 이상하게 김이 샜다.

그리고 힘껏 한숨을 내쉬었다.

"너인가."

저번의 전투에서 찾아내어 데리고 돌아온 〈스캐빈저〉.

철컹철컹 요란스러운 소리를 내며 다가오기에, 어차피 대답 따윈 없다고 알면서도 물었다.

"오늘은 출격이 아니니까 동반 명령은 없잖아. 뭐 하는 거야?"

"삐."

음성 출력 기능이 없는 〈스캐빈저〉지만, 아무래도 그 전자음이 그(?) 나름대로의 응답인 모양이다. 회수 임무를 무시하고 따라온 모양이다.

　무기물 주제에 묘하게 애교 있는 움직임으로 광학 센서가 창고를 둘러보다가, 어설트라이플을 내릴 때 신이 떨어뜨린 권총탄 상자에서 멎었다.

　기잉 하고 크레인 암이 움직이고, 100킬로그램을 넘는 57mm 포탄 탄창도 가뿐하게 다루는 기계가 탄약 상자를 주워들었다. 전장에서 재이용 가능한 격파기나 포탄 파편을 뒤져서 기지의 자동공장에 가지고 가는 것이 그들의 역할이다. 신은 그걸 막으려고 손을 뻗으려 했지만, 도중에 깨닫고 그 거구를 바라보았다.

　아무래도.

　들어 주려는 것 같다.

　"삐!"

　왜인지 힘찬 기색으로 탄약 상자를 컨테이너에 넣는, 왠지 우스꽝스러운 그 동작에.

　"풋……."

　어느새 웃음이 흘러나왔다.

　이쪽을 돌아보는 광학 센서 앞에서 가볍게 어깨를 흔들면서 신은 웃었다.

　왜인지 모르게 치미는 웃음에 몸을 맡기면서 생각했다.

　이렇게 웃은 게 얼마 만일까.

　기억하지 않는다. 떠올리려 해도 알 수 없었다. 웃을 일이…… 꽤 오래전부터 없었으니까.

　소리를 내어 웃으면서, 눈 안쪽이 뜨거워진── 그러면서 흘러

내리는 것은 아무도 없는 다른 감정을 깨닫지 못한 척하면서.

충실한 사냥개처럼 말없이 바라보는——거듭 말하지만 음성 출력기능은 없으니까 당연하지만——칠이 벗겨져 가는 〈스캐빈저〉의 표면을 개나 말에게 그러듯이 두드려주었다.

"도와주겠다면 가지고 갈 게 많이 있으니까 잠시 따라와."

"삐!"

감정 따위 없는 주제에 어딘가 기쁜 듯이 〈스캐빈저〉는 끄덕였다. 그렇게 보이는 동작으로 본체를 위아래로 흔들었다.

그 모습에 무심코 신은 또 입가에 웃음을 띠었다.

권총과 어설트라이플 탄약과 부품만이 아니라 생활용품과 비축 보존식량.

자그만 신 혼자서는 도무지 다 가지고 갈 수 없는 양의 이것저것을 기특한 〈스캐빈저〉의 컨테이너에 싣고, 발이 느린 그것과 맞춰 〈저거노트〉를 다소 천천히 몰면서.

나왔을 때보다 조금 가벼운 마음으로 기지에 돌아가자, 격납고 앞에서 토우카가 기다리고 있었다.

예쁜 얼굴을 험악하게 찌푸린 그 표정에 안 좋은 예감을 느끼며 신은 입술을 다물었다. 따라오던 〈스캐빈저〉가 살짝 몸을 떤 것처럼 보였다.

캐노피를 열고 내려온 그에게 토우카가 입을 열었다. 험악한 표정 그대로, 분노인지 두려움인지 모를 것을 품은 창백한 얼굴.

"신."

입술만 움직여서 말을 토해냈다.

험악하게 얼어붙은 그 푸른 눈동자.

"당신에게 전출 명령이 나왔어."

5

86구의 강제수용소와 각 구역은 대인, 대전차 지뢰밭과 자동요
격포로 봉쇄되어서, 85구에는 물론이고 다른 수용소, 다른 구역
으로 이동하는 일도 원칙적으로 불가능하다.

유일한 이동 수단은 85구에서 100킬로미터의 거리를 넘어오는
군용수송기뿐이다. 경합지대부터 〈레기온〉지배영역까지는 방
전교란형과 대공포병형에게 제공권을 빼앗겼으니까, 공화국이
지배하는 좁은 영역에서만 띄울 수 있는, 못생긴 금속 새.

지금은 네 개의 제트엔진을 정지하고 뒤쪽 화물칸의 해치를 연
수송기에, 신은 수송 담당인 공화국군 장교의 재촉에 따라 올라
탔다.

가져갈 만한 개인물품 따윈 거의 없다. 방어용 어설트라이플과
자해용 권총, 처음 전대에서부터 계속 늘어난 동료들의 알루미늄
묘비는 빼앗기지 않도록 〈저거노트〉의 조종실에 숨겨놨으니까
지금은 수중에 없다.

프로세서는 명목상 〈저거노트〉의 부품이며, 따라서 구역을 이

동할 때는 프로세서와 그 기체를 한꺼번에 수송하는 것이 일반적이다. 본래는 여러 기의 〈저거노트〉를 한꺼번에 싣는 법이니까, 지금은 무의미하게 넓은 군용수송기의 화물실.

수송기에 올라탈 때, 배웅하러 나온 토우카나 정비사에게 시선을 주지 않는 채로 고개를 숙였다.

그들처럼 잘 대해 주더라도, 반대로 역병신 대접을 하더라도, 어느 경우든 어차피 구역을 이동하면 헤어져서 아마도 두 번 다시 만나지 못할 사람들.

헤어지면 그걸로 끝, 서로 생사도 모르게 되는 관계에도 익숙해졌다.

넓은 화물칸에 혼자 실려서 다른 전장으로 향하는 것도.

미움을 사든. 친하게 지내든.

결국 마지막에는 아무것도 변하는 것 없이. 항상.

혼자서.

입술을 꾹 다물었다. 되살아나려는 며칠 동안의 기억을 그러는 것으로 억눌렀다.

〈스캐빈저〉는 전선기지에 배치되는 자동기계다. 기지의 부품인 정비사와 마찬가지로 배치된 기지에서 이동되는 일은 없다.

같이 갈 수 없다.

한 대뿐인 〈저거노트〉를 고정하던 장교의 옆을, 서로 시선도 마주치지 않고 지나쳤다. 무장도 장갑도 빈약하다고 해도 펠드레스인 〈저거노트〉의 중량은 10톤을 넘는다. 초보 프로세서에게 고정을 맡겼다가 실수로든 일부러든 고정이 헐거워지기라도 하면 이륙 때 수송기의 중심이 흔들려서 추락할 수도 있다. 그러니까 수송할 때 〈저거노트〉를 고정하는 일은 에이티식스에게 맡기지 않는다.

물론 고의로 하면 프로세서 본인도 같이 저승행이지만, 어차피 전장에서 죽는 것이 에이티식스다. 공화국인 몇 명을 길동무로 삼을 수 있으면 충분하다고 생각하는 자도 개중에는 있겠지. 아무리 제대로 일하지 않는 공화국 군인도 자기가 위험에 처할지 모를 때만큼은 근면하다.

고개를 든 장교가 살짝 눈썹을 찌푸리며 턱짓했다. 뒤쪽. 아직 열려 있는 해치 방향.

"어이. 설마 그 녀석도 데려가려는 거냐?"

"……?"

돌아보자 한 기의 〈스캐빈저〉가 그 큰 덩치로 햇빛을 가리며 서 있었다.

더러워진 구형 기체면서도 거기만 새것으로 교환된 다리. 광학 센서의 둥근 렌즈를 껌뻑거리듯이 빛내는―― 저번에 데리고 돌아왔던 〈스캐빈저〉였다.

"삐."

"왜……?"

거듭 말하지만 〈스캐빈저〉는 전선기지에 부속되는, 이른바 기지의 부품이다. 배치된 기지에서 이동하지 않는다.

전환 배치되는 전대나 그 프로세서를 따라갈 수는 없다.

곤혹스럽게 바라보는 신을 무시하고 〈스캐빈저〉는 멋대로 화물칸으로 올라가더니, 영차 라고 말하는 느낌으로 네 다리를 접고 화물칸 한 곳에 웅크려 앉았다.

제지하려다가 무시당한 장교가 짜증 내듯이 신을 바라보았다.

"무슨 명령을 한 거냐. 에이티식스 따위가 멋대로 굴지 말라고. 지금 당장 내리라고 해."

그런 소리를 해도 말이지.

애초에 〈스캐빈저〉에 대한 명령권은 신에게…… 에이티식스에게는 없다. 난처해진 신의 시선이 장교와 〈스캐빈저〉 사이를 오갔다.

이쪽을 쳐다보던 토우카가 끼어들었다.

"어머, 그 〈스캐빈저〉는 당신들 공화국에서 자랑하는 선진기술의 산물 아니었던가요?"

비웃듯이 입 끄트머리를 치켜들고서.

울컥해서 노려보는 장교에게 뾰족한 턱을 쳐들며 토우카는 웃었다. 우아하게 뜬 파란 눈동자. 연지도 칠하지 않았는데 붉은 입술.

아름답게. 거만하게.

웃으며.

"우리 같은 인간 이하의 열등종, 인간 돼지에게는 도무지 손에 부치는 명령인데요? 우량종인 당신들 공화국 시민님이 기술의 정수를 다해 만드신 무인기에게 비천한 에이티식스가 명령하여 행동을 바꾸게 한다니 말도 안 되지 않나요? 물론 고상하고 고등한 공화국 군인님에게는 별것도 아닌 일이겠지만요?"

어디.

알아서 잘해 보시죠?

"큭……."

굴욕인지 분노인지. 장교는 시뻘건 얼굴로 침묵했다.

할 수 없는 거겠지. 그런 권한은 그에게도 주어지지 않은 것인지. 아니면 명백히 일탈적인 행동을 취하는 〈스캐빈저〉에 대처할 지식이나 기술이 그에게 없는 것인지는 모르겠지만.

하지만 불가능하다고, 자신의 무력함을 인간형 돼지인 에이티식스 앞에서 드러내는 것도 그의 자존심이 용납하지 않았던 모양이라서.

"좋아. 멋대로 해라."

한순간 올려다본 신을, 장교는 바라보지 않았다.

정말 떨떠름한 기색으로 〈스캐빈저〉에게 다가가서 고정 작업을 시작했다. 기분 좋은 개가 꼬리를 흔드는 듯한 템포로 광학 센서를 껌뻑이는 〈스캐빈저〉의 그늘 뒤로 토우카가 이번에는 부드럽게 미소를 지으며 손을 흔들었다.

〈저거노트〉와 그 처리장치인 에이티식스 소년병, 올라탄 〈스캐빈저〉를 화물실에 남기고 장교는 수송기의 조종실에 들어갔다. 군용기의 화물실은 인간을 태우는 일도 종종 있지만, 에이티식스와 동석하고 싶은 공화국 군인은 한 명도 없다.

"짐의 중량이 변했다. 계산을 다시 해."

"오케이."

부기장이 끄덕이는 것을 보지도 않고 짜증스럽게 내뱉었다. 화물실에서 있었던, 떠올리기도 불쾌한 사건.

"참 나, 돼지 주제에. 하등생물 주제에 사람 귀찮게 하네."

이 수송기의 스펙이라면 10톤 넘는 무게가 두 배로 늘었다고 해도 별것 아니지만, 아무런 수고도 들지 않는 것은 아니다.

"그러니까 에이티식스 놈들이 싫어. 태연하게 이쪽에게 귀찮은 일을 시키고. 인간님의 고생을 모르니까 우둔한 건지. 돼지 새끼가. 가축 주제에."

짜증스럽게 내뱉는 장교에게 기장이 힐끗 시선을 보냈다.

"그렇게 거듭 말하지 않아도 놈들이 인간형 돼지라는 건 다들 아는 사실이야. 자꾸 들으면 짜증이 난다고."

"알았어."

말과 달리 장교는 씁쓸하게 대답했다. 알고 있다. 알고 있지만, 그렇다고 해도 투덜대지 않으면 성이 차질 않는다.

군의 상층부가. 동료들이. 무책임한 핸들러들이. 아무것도 알려고 하지 않는 시민들이. 그의 조국이 그렇게 규정하고 계속 그렇게 말하는 것처럼 에이티식스는 인간형 돼지다. 비천하고 우둔하고 야만적인, 진화에 실패한 열등종이다.

그렇게 생각해야만 하는데.

제길. 장교는 소리로 내는 일 없이 입술만 그렇게 움직였다.

그렇게 생각하지 않으면 이런 일 따윈 도저히 해먹을 수 없는데.

머릿속에 떠오르는, 아직 간신히 10대에 접어든 정도의, 병사

라고 하기엔 너무나도 어린 소년병. 〈스캐빈저〉를 태우는 허가를
낸 그 순간의 그 표정.

병기의 부품이면 부품답게 감정 따윈 다 죽어버린 얼굴이나 하
면 좋을 텐데.

그렇게.

평범한 애처럼.

강아지를 주워왔지만 빼앗길까 봐 몰래 숨겨서 키우고 있었는
데, 뜻밖에도 키워도 된다는 허가를 받은 어린애 같은 얼굴이나
하다니.

⟨Varlet⟩ extra

재기동해도 지각동조에 동조 대상은 없고, ⟨저거노트⟩의 성능이 뒤떨어지는 레이더에도 동료기의 반응은 하나도 없었다.

또 전멸인가.

잡음밖에 나지 않는 무전기를 조종실 안에 내던지고, 기체 장갑에 등을 기댄 채 신은 탄식했다. 전대장과 예하 전대원들은 이미 없는, 버려진 지 오래인 목초지의 가을 전장.

⟨레기온⟩도 이미 철수했으니까 가을 특유의 높고 맑은 하늘 아래에 있는 사람은 현재 신밖에 없다. 전투도 사람의 죽음도 알 바 없는, 무의미하게 푸르고 맑게 갠 하늘과 차가운 바람에 나부끼는 이름 모를 꽃들.

간신히 열두 살인 신이 전대의 차석을 맡을 정도로 베테랑이 없는 전대였다. 평소처럼 신 혼자 남기고 전멸해도 어쩔 수 없는 일이지만…….

아니다.

"너는 남았구나."

"삐."

철컹철컹 소리를 내며 다가온 구형 ⟨스캐빈저⟩에게 시선을 주며 말했다.

운이 좋은 걸까, 구형인 만큼 다소 학습한 걸까. 이 기특한 ⟨스캐빈저⟩는 다른 것들보다 잘 살아남는다. 백병전 무장인 고주파 블레이드를 살리고 적의 연계를 흔들기 위해 적진 깊숙이 파고드는 신을 마치 기사의 충실한 종자처럼 따라다니는 데도.

"아마 나는 또 이동하게 될 텐데. 이번에도 따라올 생각이야?"

"삐."

"그런가."

따라올 작정인 모양이다.

당연하지만 이 구역에 토우카는 없다. 앞으로는 자기가 하얀 돼지들을 잘 구슬려야만 하겠다고 멍하니 생각했다. 이것만이 아니다. 아마도 많은 일을, 뭐든지.

프로세서는 언젠가 죽는다.

정비사와도 이동하면 헤어진다.

그러니까 앞으로 살아남을 생각이라면 누구에게 의지하는 게 아니라, 혼자서……

"삐……"

"음."

정신을 차리고 보니, 〈스캐빈저〉가 이쪽을 바라보고 있었다.

둥근 광학 센서를 껌뻑이지도 않고, 똑똑한 개가 진지하게 관찰하는 것처럼, 다소 기체를 기울이고서.

왠지 모르게 걱정해 주는 듯한 느낌이다. 물론 공화국의 쓰레기 수집기에 사고나 감정 같은 고성능 기능은 탑재되지 않았지만.

그렇게 생각했더니 왜인지 두 개의 크레인 암을 뻗어 하늘을 향해 세우더니 그대로 하늘하늘 좌우로 흔들기 시작했다.

이어서 다리와 본체의 관절부를 좌우 교대로 굽혔다 폈다 하면서 크레인 암과 같은 템포로 그 10톤의 거구를 좌우로 흔들었다.

"……."

아마도 이건.

춤추는 거겠지.

한순간 놀라서, 〈스캐빈저〉에게 있을 리 없는 그 기묘한 동작을 들여다본 뒤에 신은 웃음을 터뜨렸다.

짐을 옮기러 따라온 것도 그렇고, 수송기에 억지로 올라탔을 때도 그렇고.

"너도 참 이상한 녀석이구나."

감정이 없을 터인 자동기계 주제에.

기운 났어? 라고 하듯이 다시금 바라보는 광학 센서를 마주 바라보며 말했다.

"언제까지고 너라고만 부르면 좀 그러네."

"삐?"

"너, 이름은…… 있을 리 없나. 그렇다면……."

일단은 원래 인간이었던 에이티식스조차도 개인의 이름을 박탈하고 번호로 관리하는 게 공화국이다.

잠시 생각하다가 문득 떠오른 이름을, 별생각도 없이 그대로 말했다.

그게 개에게 붙이는 이름이라고 안 것이 언제였는지는 이미 기억하지 못한다. 왜인지 조금 그립게도 느껴지지만, 그 이유도 이미 모른다.

"그럼 파이드. 파이드라고 하자."

"삐……!"

〈스캐빈저〉──아니, 파이드의 광학 센서가 감격한 듯이 반짝반짝 빛났다.

아무래도 마음에 든(?) 모양이다. 다시금 크레인 암과 본체를 좌우로, 조금 전보다 큰 동작으로 흔들고, 철컹철컹 참 요란스러운 발소리로 스텝을 밟고 춤추기 시작했다.

꽃이나 하트 마크라도 날릴 듯한, 정말로 기분 좋은 그 춤을 쓴웃음과 함께 바라보면서.

"그게 끝나면 기지로 돌아가자. 늦어지면 정비반장이 걱정해."

"삐!"

Appendix

기아데 연방군 제86독립기동타격군 본거지, 뤼스트카머 기지에는 프로세서 같은 전투원 말고도 다양한 군인, 군속 기간요원이 재적한다.

그런 그들의 업무 중 하나인 보충물자 반입 작업을 거드는 모양인 듯한, 못생기고 낯익은 거구에 신은 발을 멈추었다.

전장과 전선기지가 인접한 86구나 서부전선 제177사단의 담당구역과 달리, 전선에서 멀리 떨어진 뤼스트카머 기지에서는 전투 후의 회수작업이 발생하지 않는다. 작전이 없는—— 할 일이 없는 시간은 뭘 하는 걸까 생각했더니만.

파이드를 참고해서 제조된 연방제 〈스캐빈저〉와 달리, 파이드는 공화국산 코어 유닛이 그대로 탑재되어 있다. 다시 말해 프로그램된 임무는 86구 때와 똑같지만, 아무리 그래도 대응이 너무 유연하다.

뭐.

애초에 86구에 있을 때부터 공화국 군인의 명령은 무시하고, 소속 구역도 무시하고, 매번 멋대로 수송기에 올라타는 등, 참 유연하고 자유롭게 행동했지만.

이 녀석은 내부 프로그램이 어떻게 된 걸까 하는 생각은 오래전에 그만둔 신이다.

학습기능이 있다고 해도 도가 넘은 듯하지만, 생각한다고 알 수 있는 것도 아니고.

채소인지 뭔지를 실은 듯한 컨테이너를 마지막에 내리고, 파이드가 담당 군수원을 돌아보았다.

"삐!"

"오, 항상 고마워. 수고했어. 마침 주인님이 왔네."

"삐."

위아래로도 옆으로도 커다란 남방흑종 중위의 말에 파이드가 돌아보기에 신은 그 진회색 기체로 다가갔다.

돌아본 파이드의 광학 센서 부근을 평소처럼 개에게 그러듯이 두들겨주자, 지나가던 그레테가 미소를 머금었다.

"사이가 좋네, 당신들."

"벤체르 대령님."

"삐."

광학 센서를 반짝거리는 파이드에게 미소를 보내고 그레테는 또각또각 구두 소리를 울리며 다가왔다.

식료품을 싣고 왔던 트럭이 달려가고 대신해서 도착한 탄약류를 탑재한 트레일러로 향하는 파이드를 지켜본 뒤에 그 연지색 입술을 열었다.

"공화국을 구원할 때 저 아이의 동료도 몇 개 회수했는데."

힐끗 시선을 주었지만, 그레테는 이쪽을 보지 않았다.

"저 애랑 비슷한 정도로 오래 가동한 〈발릿(varlet)〉도 몇 기 있었지만, 어느 것도 저 애처럼 똑똑하지 않았어. 융통성 없고 서툴고…… 초기 명령 말고는 아무것도 못 하고."

한 명의 에이티식스를 최우선 보급대상으로 삼는 것도. 그걸 위해 소속기지를 떠나는 것도.

 하물며 전사자의 기체조각, 그 퍼스널마크의 일부를 떼어오는 새로운 임무를 기억하는 것도.

 전사자의 유해를 회수하는 것만큼은 아무래도 단단한 금칙으로 제한이 걸렸는지 파이드도 할 수 없었지만.

 "그렇습니까."

 담담히 대답한 신에게 그레테는 한쪽 눈썹을 치켜 올렸다.

 "신경 쓰이지 않아? 자기 곁에 있는 아이가 다른 〈스캐빈저〉와 다른 것은."

 "벤체르 대령님이야말로 해석해 볼 마음이 없잖습니까."

 "나는 AI 전문이 아닌걸. 싸우지 않는 것이라면…… 펠드레스가 아니라면 더더욱 관심 없어."

 어깨를 으쓱이며 그레테는 대답했다.

 파이드의 기억영역에는 신과 다른 자들의…… 죽어간 사람들도 포함한 스피어헤드 전대의 기록이 남아있다. 그러니까 파이드를 연방제 기체에 옮겨 탑재할 때도 그 코어 유닛은 불필요하게 건드리지 않았던 모양이고, 그 사실은 고맙게 생각하지만.

 잠시 생각하고 신은 말했다.

 "파이드가 다른 〈스캐빈저〉와 다른 것은 지적하시기 전부터 알고 있었습니다. 86구의 전선기지에서도 파이드 이외의 〈스캐빈저〉가 없었던 것은 아니죠. 게다가……."

 바라보는 보라색 눈동자를 마주 바라보며 신은 말을 이었다.

"몇 년 전에 주워서 여태까지 기르던 개가 사실은 개가 아니라 늑대였다고 해도, 딱히 지금 와서 신경 쓸 것도 아니겠죠."

그 녀석이 잘 따라주고, 지금도 곁에 있으려 해 준다면.

그레테는 살짝 쓴웃음을 지었다.

"뭐, 그러네."

"그 녀석이 가령 〈스캐빈저〉가 아니었다고 해도 상관없습니다. 그 녀석은 아직."

자기를 보는 시선을 깨달았는지 크레인 암을 붕붕 흔드는 파이드를 바라보면서 신은 무의식중에 입가를 풀었다.

"함께 있어 주려고 하니까요."

IGHTY
SIX

ren't in the field.
ed there.

gments
he boy
the
eaper.

〈Brand〉

《《《

FRAGMENTAL NEOTENY

3

"── 수고했어, 노우젠 부장(副長)."

격납고의 지정 장소에 〈저거노트〉를 세우고 신이 내려오자, 옆에서 목소리가 들려왔다.

돌아보니, 빳빳한 금발을 세운 청년이 히죽 웃었다.

"누나토 대장."

"에이쥬면 돼……라고 몇 번 말해도 고치질 않네. 너도 참 의외로 고집이 세군."

껄껄 웃으며 이 전대의 전대장인 에이쥬 누나토 대위가 다가왔다. 신보다 머리 하나 이상 큰 체격과 밝은 적색의 두 눈동자.

"오늘도 잘했어. 덕분에 살았어. 나도, 다른 부대원들도."

"적의 움직임을 알렸을 뿐입니다."

"충분해. 기습당하지 않는 것만 해도 훨씬 낫지."

그렇게 말하면서 에이쥬는 한층 깊은 웃음을 띠었다. 주비종 특유의 붉은 눈동자. 석양의 색깔.

"잘 말해 주었어. 동조를 연결하면 언젠가 알게 될 일이라곤 하더라도 용기가 필요했겠지. 고마워."

믿어 줘서.

"아뇨……."

딱히.

말한 것처럼 동조를 연결하면 언젠가 알려질 일이었으니까.

에이쥬는 쓴웃음을 지었다.

"칭찬하는 거니까 솔직히 받아들여. 너 혹시 칭찬이나 감사의 말 같은 거 듣기 싫어해?"

"……."

싫어하고 자시고.

감사받을 일도 아니니까, 그런 말을 들을 이유가 없을 뿐이다.

고집스럽게 눈을 맞추려 하지 않는 신의 모습에 에이쥬는 한층 더 쓴웃음을 지으면서 화제를 바꾸었다.

"그런데 너도 슬슬 전장에 온 지 1년이 지났지?"

의도를 알 수 없어서 이번에는 놀란 기색으로 바라보자, 의기양양하게 에이쥬가 웃었다.

"그럼 퍼스널네임이나 퍼스널마크 같은 걸…… 생각해야겠지! 그래서 내가 좀 생각해 보고 있는데!"

"그렇습니까……."

남의 일인데도 이상하게 기뻐하는 에이쥬와 달리 신은 무관심한 소리를 냈다.

전장에서 1년 살아남은 프로세서는 교신 때 소대명과 번호를 합친 콜사인을 대신하여 고유의 퍼스널네임을 사용하고, 마찬가지로 기체에도 콜사인이 아니라 퍼스널마크를 그린다. 프로세서의 태반이 종군하고 1년 내로 죽는 이 86구에서의 관습이다.

물론 공화국군의 공적 서류에 기록되는 것은 아니지만, 기본적으로 묵인되고 있다. 핸들러들도 그 상관들도 인간형 돼지의 기묘한 관습에 관심이 없다.

"뭔가 생각한 거 있어? 이런 느낌이 좋다든가."

"어차피 식별을 위한 기호겠죠. 이름도 콜사인도 수용번호도."

내뱉듯이 말하는 어조가 된 신에게 에이쥬는 눈을 가늘게 떴다.

"자기 이름이 싫어, 신?"

"……."

순간 기억 밑바닥에서 선명하게 되살아난 목소리와 눈동자에 신은 이를 악다물었다.

신(SIN).

너 때문이다.

전부 너 때문이야.

"딱히……."

대답한 목소리는 살짝 삐걱거렸다.

스스로 낸 그 목소리의 울림이 왜인지 심하게 귀에 거슬려서 신은 시선을 내렸다. 자기도 모른 채 움켜쥔 주먹의 피부가 스치면서 뿌득 소리를 내었다.

에이쥬는 아무래도 모르는 척해 주는 모양이다.

"희망하는 바가 없다면 내가 생각하겠는데. 그렇군……."

잠시 생각하다가 뭔가 좋은 생각이 떠올랐다는 얼굴로 검지를 세웠다.

"'발레이그르'는 어떨까? 어느 신의 별명이야. 죽은 전사를 이끄는 전쟁신으로, 화염의 눈을 가졌다고 하지. 너는 실제로 신화의 신이나 괴물처럼 강하고, 그 약속도 있고…… 예쁜 붉은색 눈을 가졌고."

무심코 돌아본 곳에서 에이쥬는 한 방 먹여줬다는 듯이 다시금 히죽 웃었다.

나이 차이가 크게 나는 동생에게 장난을 쳐서 멋지게 성공시킨 형 같은 그 표정에 신은 조금 당황하며 눈을 돌렸다.

이런 식으로 대하는 걸 바라면 안 되는, 용서받을 수 없는 사람을 무심코 연상하게 되니까.

이미 얼굴도, 웃는 표정도, 무엇 하나 떠올릴 수 없는데.

"안 어울립니다."

"그런가? 이왕이면 엄청 멋진 게 좋을 것 같은데."

올려다본 곳에서 에이쥬는 웃는 채로 가볍게 어깨를 으쓱였다.

"네 말처럼 식별을 위한 기호란 건 변함없어. 자기만 만족하는 장난 같은 거지."

격납고를 나간 전대 부장의 메마른 뒷모습을 지켜보다가 에이쥬는 조금 떨어진 곳에서 두 사람의 모습을 지켜보던 정비반장에게 시선을 주었다.

"너한테는 고생을 시키게 되겠지만, 세이야. 정비반장 나리."

"정비와 수리는 우리 일이니까 상관없지만. 에이쥬."

유년학교 때부터 동급생이며 그대로 함께 전장에 내버려진 사이인 정비반장은 그 형태 그대로 굳어진 듯한 씁쓸한 표정인 채로 곁눈질로 시선만 주었다. 은색에 가까운 금발과 북쪽 이웃 나라에서 이민을 온 혈족이라는 연한 보라색 눈동자.

"너 용케 저렇게 으스스한 꼬맹이랑 말을 섞을 수 있군."

"무슨 일 있었어?"

"오늘만 해도 몇 명 죽었지? 저 녀석이 배치된 뒤로?"

"아하……."

에이쥬는 가볍게 탄식했다. 그 이야기인가.

두 달 전에 이 전대에 배속되어 그대로 부장에 착임한——참고로 86구의 지휘계통은 순수하게 전투 능력에 따라 정해진다——붉은 눈의 소년병에 대해서는 처음부터 어떤 불길한 소문이 떠돌았지만.

"저 녀석 탓이 아니겠지."

"글쎄다. 전에 말 나온 그 문제도 있고…… 여태까지 소속된 전대는 전부 저 녀석 말고 다 죽었다고 하던데."

에이쥬는 입을 삐죽거렸다. 이 친구는 결코 나쁜 녀석이 아니지만, 자기가 마음에 든 녀석과 그렇지 않은 녀석에 대한 대접의 차이가 크다고 할까.

정이 많은 성격이니까 동료를 해치려 드는 것과 그 원인을 극단적으로 꺼리는 성격이라는 것은 이해하지만.

"뭐, 그건 사실이겠지. 저 녀석은."

힐끗 격납고 벽 너머 막사의, 전대 부장의 방으로 눈을 돌린다.

신은 필요한 때가 아닌 시간에는 대부분 방에서 혼자 지낸다. 또래 소년병들과 잡담하는 모습을 본 적이 없다.

"아무도 이름으로 부르지 않아. 약속이란 것도 있으니까 기억하기 싫은 것도 아닐 텐데. 그래도 선을 긋고 싶은 거겠지."

언젠가 먼저 죽을 동료들과의 사이에.

퍼스널네임을 얻을 정도로 오래 산 프로세서—— '네임드'의 태반이 아마도 한 번은 취하는 태도다. 에이쥬도 경험한 바가 없는 감정은 아니다.

그도 그럴 것이. 섣불리 정을 주었다간 잃었을 때 괴롭다.

견디기 힘들 만큼 많이 잃는 것이 에이쥬 같은 '네임드'다. 종군한 프로세서는 고작 1년 동안 천 명 중 한 명도 살아남지 못한다.

하지만, 그렇기에.

"저 녀석 탓은 아니야."

에이티식스는 죽는 존재다. 이 86구에서는 모두가.

간단히 죽는다.

누구 탓도 아니라.

"에이쥬."

"카산드라는 절대로 빗나가지 않는 파멸의 예언자였어. 하지만 그렇다고 해도."

설령.

예언자를 그저 파멸의 원인처럼 보는 것은. 피할 수 없는 파국 앞에서 탓해야 할 원인을 찾고 싶어 하는 것은 인간 사회에서 흔히 있는 일이라고 해도.

과거 공화국이 에이티식스에게 전쟁과 패전의 죄를 씌워서 전장으로 내몰았던 것처럼.

"카산드라가 파멸을 불러들인 것도, 하물며 그걸 원했던 것도 아니겠지."

2

"······라고 에이쥬는 말했는데. 실제로는 어떻지? 너는 예언자인가? 아니면 역병신인가?"

〈저거노트〉의 수리 상태와 동작 확인이 얼추 끝난 뒤. 갑자기 물은 세이야에게 신은 무덤덤한 시선을 돌려주었다. 소등시간 직전이라서 두 사람 외에는 아무도 없는, 전선기지의 격납고.

나이와 체격의 커다란 차이에도 불구하고 기존의 부장을 쫓아내고 그 자리에 앉은 신은 〈레기온〉을 상대로 한 전투에서도 비견할 자가 없는 전투 능력을 발휘한다. 반면 〈저거노트〉를 그 성능이상으로 혹사하는 버릇이 있어서 기체 손상, 소모율 면에서도 따라올 자가 없다.

작전 때마다 성대하게 〈저거노트〉를 망가뜨리기 때문에, 최근에는 정비와 수리가 따라가지 못해서 전용 예비기를 두고 교대로 쓰게 하는 것으로 간신히 맞출 정도다.

그런 주제에 본인은 어떻게 큰 부상이 없는 건지 신기한, 피가흐르는 인간인지 조금 의심스러울 정도로 단정한 하얀 얼굴이 세이야를 바라보았다.

10대 초반의 나이와 전혀 어울리지 않는, 감정의 색채가 떨어져나간 새빨간 눈동자.

"글쎄요."

"뭐라고?"

"그런 건 카산드라 본인도 구별할 수 없겠죠. 자기가 피할 수 없는 미래를 보는 건지, 아니면 자기 자신이 본 재앙을 불러들이는 건지."

마찬가지로 자신이 역병신인지 아닌지.

신 자신도.

연한 보라색 눈을 가늘게 뜨며, 세이야는 야수처럼 신음했다.

"너 말이지……."

"딱히 죽기를 바라는 건 아닙니다. 그럴 거면 대장한테든 누구한테든 이런 소리를 하지 않죠. 망령 붙은 괴물이라고 불리고 싶은 것도 아니니까요."

"……."

그렇게 말하면서도 아무런 거리낌도 혐오도 느껴지지 않는 목소리였다.

판단하기 어려워서 입을 다문 세이야에게, 싹 새것으로 교환되어서 다리만 반짝거리는 〈저거노트〉를 내려다본 채로 신은 말했다.

"정비반장. 내친김에 부탁 하나 해도 되겠습니까."

세이야는 살짝 한쪽 눈썹을 올렸다.

의외라는 마음과 의심으로.

경원당하는 것을 의식하는 건지, 신은 여태까지 정비 작업상 필요할 때 말고는 세이야에게 말을 건 적이 없다. 그런데.

부탁?

"내용에 따라서. 뭐지?"

"〈저거노트〉의 안전장치를 해제하는 방법, 가르쳐 줄 수 있습니까? 구동계와 제어계와 운동성에 제한이 걸려있는 걸 전부."

세이야는 험악한 시선을 했다.

"누구한테 들었지?"

"카렌 소위에게 들었습니다. 내 〈저거노트〉의 담당."

"그 바보 자식, 내일 보거든 두들겨 패야겠군."

수다가 많은 거야 괜찮다고 해도 괜한 소리까지 떠드는 버릇이 있는 정비사를 떠올리면서 짜증스럽게 탄식했다.

그 표정인 채로 말을 이었다.

"넌 안전장치란 말의 의미를 아는 거냐? 애니메이션이나 만화의 슈퍼로봇처럼, 그걸 해제하면 파워업할 수 있는 편리하고 간단하고 좋은 기능이 아니야. 필요하니까 제한한 거라고. 지금 설정인 상태로도, 특히나 너처럼 성장 중인 애들에게는 부담이 커."

〈저거노트〉의 운동성능은 별로 대단하지 않지만, 완충계의 완성도가 특히 나쁘다. 〈레기온〉 주력의 전차형이나 근접엽병형, 드물게 보이는 최대종인 중전차형과 비교해도 느려터진 주제에 주행음은 비교도 안 될 정도로 요란스럽고…… 완충까지 제대로 기능하지 않아서 탑승자에게 돌아오는 충격도 크다.

"여태까지 몇 명이 망가졌는지 다소 봤으니까 알겠지. 고작 1년 가깝게 살아남은 정도로 자기만 특별하다고 생각하는 거냐?"

"아뇨."

담담히 고개를 내젓는, 감정이 사라진 그 얼굴에서는 적어도 그 나이 특유의 근거 없는 자신감을 찾아볼 수 없었다.

그저 말만 담담하게, 조용하게 이어졌다.

"하지만 필요하니까요. 고주파 블레이드를…… 백병전 무장을 쓰려면 반응이 빨라서 나쁠 것이 없고, 도약기동이 불가능한 건 솔직히 힘듭니다."

"그렇게 정비하기 불편한 백병전 무장을 안 쓰면 될 일이잖아."

자살희망자가 쓸 만한, 이라는 말은 사실이지만 하지 않았다.

강력하지만 사거리—— 아니, 유효범위가 지극히 좁은 고주파 블레이드는 위험한 무장이다. 신도 그걸 알면서 쓰는 걸 테니까, 당사자도 아닌 자신이 말해도 되는 말이 아니다.

실제로 작전상 신이 있어서 유리해진 면도 있다고 한다.

〈레기온〉들의 대열에 정면에서 치고 들어서 적의 연계를 흩어 놓고 주의를 끌고, 때로는 전차형과도 단독으로 상대하는 신의 존재와 행동이 있기에, 다른 대원이 위험에 빠질 확률은 내려간다고.

적어도…….

동료를 죽게 하지 않겠다는 마음만큼은 진짜란 건가.

"좋아."

고개를 든 신과는 눈을 마주치지 않고 말을 이었다.

미리 말했다시피 〈저거노트〉의 운동성능을 끌어올리는 것은 프로세서의 안전을 희생하는 행위다. 탑승자에게도, 그리고 기체에도 걸리는 부담이 커진다.

절대로 감사받을 만한 일은 아니다.

"내일, 카렌 그 바보 자식을 두들겨 팬 다음에 가르쳐 주지. 정비하는 방법도. 한동안은 길들이기도 해야 할 테니까 그 녀석도 함께하라고 하지. 그리고, 퍼스널마크."

놀라 껌뻑이는 핏빛 눈동자에…… 그럴 때만 눈치를 보는 앳된 행동에 탄식하면서 말했다.

"에이쥬가 슬슬 정하라고 했겠지? 이 전대에 있는 동안 생각해 보라고. 뭐……."

장갑을 도장하는, 마른 뼈 색깔의 회백색 염료 말고는 공화국에서 제공하지 않지만, 그런 건 폐허 여기저기에 널린 물자 중에서.

"좋아하는 색의 염료 정도는 조달해 주지."

1

사후에 묘비도, 이름조차도 남길 수 없는 에이티식스에게 퍼스널마크 같은 것은 무의미함의 극치다.

신에게는 그런 인식이지만, 남들은 아무래도 장식하고 싶은 모양이다.

아마도 그들 자신, 자신들 말고는 보는 사람도 기억하는 사람도 없는 허무한 표식이라고 알면서도.

어제 내린 눈으로 죄다 새하얗게 칠해진 폐허 도시, 첨탑이 무너진 성당 앞. 주저앉은 〈저거노트〉의 잔해 앞에서, 그 우그러진 장갑에 그려진 퍼스널마크를 내려다보면서 신은 생각했다.

같은 전대의, 대원들의 〈저거노트〉가 아니다. 쌓인 눈 아래, 햇살과 비바람에 드러난 장갑은 여기저기 녹슬었고, 조종실의 싸구려 플라스틱 좌석에는 색이 바랜 야전복을 입은 백골 시체가 나뒹굴고 있었다.

두개골이 사라져서 어디에도 없다. 경추에 인식표의 은색 광채가 없어서 에이티식스라고 알 수 있었다. 물론 그렇지 않더라도 이 유해가 에이티식스라는 걸 신은 알고 있지만.

이게 누구인지도.

"……."

지워져 가는 퍼스널마크는 장검을 짊어진 목 없는 해골.

죽은 주제에 사라지지도 못하고, 잃어버린 자기 목을 찾아 전쟁터를 배회하는 망령 같은.

마치 자신에 대한 야유라고, 기묘하게 차가워진 머리 한구석이 그렇게 중얼거렸다.

그가 무슨 생각으로 이 마크를 자기 기체에 그렸는지는 신도 모른다. 어쩌면 느낀 그대로 야유였을지도 모르지만, 그 정도의 관심조차 갖고 있었는지 솔직히 의문이다.

그래도 마지막에는 자신을 부른 모양이지만.

──신.

귓속에 남은 목소리에 살짝 눈을 찌푸리고, 발판으로 삼고 있던 부러진 다리에서 소리도 없이 내려갔다.

여기에는 이미 아무것도 없다는 걸 알지만, 매장해 줘야겠지. 아니. 매장해 주고 싶다. 묘는 만들 수 없어도 흙으로 되돌려주는 정도는.

그리고.

무의식중에 손을 뻗어서 흐려진 퍼스널마크를 만졌다.

함께 싸우고 먼저 죽은 자는 모두 데려간다고, 앨리스와, 첫 전대의 동료들과 약속했다. 그 뒤의 전원을 기억하고 데려왔다.

그는 그렇지 않지만, 그래도 데려가야겠지.

〈저거노트〉의 장갑은 얇은 알루미늄 합금이다. 마찬가지로 알루미늄 합금으로 된 항공기 장갑은 군용 나이프로 자를 수도 있다고 한다. 그렇다면 간단히 잘라낼 수 있을까 싶어서 어설트라이플의 총검과 겸용인 튼튼한 나이프의 끝을 대고——.

"삐."

"너인가……."

찾으러 온 모양이다.

구형 〈스캐빈저〉—— 파이드의 모습에 한순간 나이프를 거두고 신은 몸을 일으켰다. 어제 전투 중에는 헤어졌지만, 아무래도 찾으러 와 준 모양이다.

철컹철컹 소리를 내며 다가오기에, 눈 덮인 도로 너머에—— 자신의 〈저거노트〉를 세워둔 채로 있는 곳에 시선을 두고 말했다.

"미안하지만, 내 〈저거노트〉는 에너지가 바닥났어. 보급해 줘. 탄약도."

"삐."

전투는 어제 정리되었다고 해도 여기는 경합지대이다. 싸울 수 없는 상태는 최대한 빨리 해소하고 싶다.

"그게 끝나거든……."

이어서 명령하려다가 문득 깨닫고 신은 눈을 껌뻑였다.

〈스캐빈저〉는 전투 후에 〈저거노트〉나 〈레기온〉의 잔해를 회수하여 돌아가는 쓰레기 수집기다. 탑재할 수 없는 잔해도 가지고 돌아가기 위해서 절단용 버너나 커터도 내장하고 있다.

다른 〈스캐빈저〉라면 단순히 해체해서 가지고 돌아가서 재생로에 던져넣을 뿐이지만, 이 묘하게 똑똑한 구형기라면 혹시나.

"파이드. 이거 잘라낼 수 있어? 이것만 가지고 돌아가고 싶은데."

눈앞의 퍼스널마크를 손가락으로 짚으며 말했다.

전사한 자의 기체 조각에 주인의 이름을 새기는 것은 앨리스나 전대원들과 한 약속이었다. 하지만 실제로는 전투 중에 그렇게 딱 좋은 것이 손에 들어오지 않는다. 흔해 빠진 금속 조각이나 나무 쪼가리로 곧잘 대체했지만, 혹시 파이드가 장갑을 떼어낼 수 있다면.

과연 파이드는 광학 센서를 빛냈다.

"삐!"

"그럼 부탁해."

"삐."

철컹하고 기세 좋게 몸을 위아래로 흔든 것은 끄덕이는 시늉이겠지.

주변에 〈레기온〉은 없고, 백골이 된 유해 따윈 동물도 건드리지 않는다. 초식동물이 먹이를 얻을 수 없어 약해지는 겨울은, 육식동물에게는 먹이가 되는 고기가 풍부한 시기다. 살점도 떨어져나간 지 오래된 인골에 흥미를 갖지 않는다.

일단 명령한 대로 기체를 보급한다.

숨겨둔 〈저거노트〉가 있는 곳으로 파이드를 데려가기 위해 눈을 밟으며 신은 걸었고, 충실한 〈스캐빈저〉가 뒤를 따랐다.

퍼스널마크를 떼어내는 것 자체는 파이드가 쉽사리 끝냈지만, 한편 유해의 매장은 생각 외로 시간이 걸렸다. 흙이 얼어붙어서 총검으로 파내는 것도 고생스러웠기 때문이다.

최종적으로 보다 못한 (모양인) 파이드가 도와주어서, 간신히 궁상맞은 매장은 끝났다.

어젯밤의 눈은 밤중에 그쳐서 지금은 맑지만, 바람은 몸을 에일 정도로 차갑다. 대기 모드로 앉아있는 파이드의 컨테이너를 바람막이 삼아서 몸을 기대고, 휴식을 겸하여 눈 끓인 물을 마시던 신은 겨울의 짧은 해가 저물어가기에 일어섰다.

"삐."

"그래, 슬슬 움직이자."

신이 충분히 떨어진 것을 확인하고 일어서는 파이드의 둥근 광학 센서를 바라보며 말했다. 한 아름도 안 되는 백골이라고 해도 묘를 파고, 바로 그것에 착수할 만한 기력도 체력도 남아있지 않지만.

"아무래도 해가 지기 전에 돌아가지 않으면 안 되겠고…… 전대장과 대원들 모두의 기체 조각도 남아 있거든 가지고 돌아가야 하니까."

0

　귀환한 것은 신과 〈스캐빈저〉 한 대, 그리고 대원들의 기체였다는 조그만 알루미늄 파편뿐이었다.

　"역시 역병신이었군, 넌."

　"그럴지도 모르겠네요."

　낮게 신음한 세이야를, 신은 보지 않는다.

　다른 이들은 누구 하나 살아 돌아오지 않았는데, 신은 긁힌 상처나 가벼운 타박상 정도의 부상밖에 없었다. 이전 작전에서도 가장 소모율이 높은 전위를 맡았다. 그 강운과 격이 다른 전투 센스가 지금은 짜증스럽다.

　다른 누구도 돌아오지 않았는데.

　혼자서.

　마치 다른 녀석들의 운을 빼앗고, 다른 녀석들을 제물로 삼아서, 살아남기라도 한 것처럼.

　빠득 악다문 이가 삐걱거렸다.

　"녀석은 4년, 살아남았다. 그런데 왜 지금, 갑자기……!"

　말하다가 세이야는 입술을 깨물었다.

　그랬으니까. 4년이나 살아남았으니까.

　이런 격전지대에 배치된 채로.

　에이티식스는 죽는 존재다. 애초부터 숫자로도 성능으로도 훨씬 앞서는 〈레기온〉을 상대로, 하물며 그 공세가 치열하기 짝이 없는 격전지에 있었으면 더더욱.

그러니까.

아무리 신이 배속된 직후였다고 해도.

신이 왔으니까, 라는 이유는 결코 아니다.

이성으로는 안다. 하지만 감정이 도무지 납득하지 않는다. 에이쥬만이 아니다. 전대 전원이 한 번의 작전으로 갑자기 없어졌다. 아무리 에이티식스가 죽는 존재라고 해도 전대의 전멸이라는 결과는 쉽게 발생하지 않는다.

하물며 그것이.

배치된 모든 전대에서 그렇다니.

역병신이라고 하지 않으면 이걸 뭐라고 할 수 있을까.

혹은 저승사자. 주위의 적도, 그리고 아군도, 구별 없이 평등하게 무자비하게 베는…….

가슴에서 휘몰아치는 격정과 말해선 안 되는 욕설을 열심히 참는 세이야의 내심 따위는 모르는 듯이 신은 담담히 입을 열었다.

그 감정의 빛이 없는, 조용하게 얼어붙은 핏빛 눈동자.

"정비반장. 퍼스널마크와 퍼스널네임을 정하라고 누나토 대장이 그랬습니다만."

자신의 내압을 낮추듯이 세이야는 길게 숨을 내뱉었다. 무슨 소리를 하나 했더니.

"그래……. 그랬지. 녀석은 자기가 정해 줄 생각이었겠지만."

그 지휘하에서 처음으로 1년차를 살아남은, 아마도 동생처럼 생각했던 상대에게.

하지만 이미 에이쥬는 없다.

어디에도.

"예. 그러니까 스스로 정하겠습니다."

말하면서 신이 내민 자그마한 알루미늄 파편에 세이야는 허를 찔린 듯이 눈을 껌뻑였다. 내려다보니 그것은 〈저거노트〉의 장갑 일부였다. 꽤 오래된, 처음 보는 빛바랜 퍼스널마크인 듯한 것이 그려진 파편.

이 기지에 소속된 전대원 중 누구의 것도 아니다. 하지만 그렇다면 대체 누구의 기체에서, 신은 어떻게 이런 것을.

"그림을 잘 못 그립니다. 그러니까 도와주실 수 없겠습니까?"

이걸 그리란 소린가.

무의식중에 받아든 세이야는 그 퍼스널마크를 바라보았다. 장검을 짊어진, 목 없는 해골기사의 그림.

동료의 시체 사이에서 살아남은 '네임드'에게 주어지는 퍼스널네임은 대개 악명 섞인 험악한 것이다. 그 퍼스널네임에서 유래하여 정하는 일이 많은 퍼스널마크 또한 불길하거나 악취미인 것이 태반을 차지한다. 하지만 그중에서도 이 해골기사의 그림은 심했다.

마치…….

"마치 저승사자, 그게 아니면 장의사로군. 들고 있는 게 야삽이면 딱 좋겠어. 혼자 살아남아 동료의 무덤을 파는, 괴물 장의사란 느낌이야."

그래, 마치.

신 자신에 대한 야유처럼.

그 말을 듣고 신은 희미하게 웃었다.

열 살은 더 먹었을, 눈앞에 있는 정비반장이 무심코 몸을 움츠렸다. 그 정도로 차가운 웃음이었다.

"아, 좋네요, 그거."

전대의 동료는 어제 작전으로 전원 죽었다.

그 전에도, 그보다 전에도, 첫 전대에서부터 여태까지 자신 말고는 아무도 살아남지 못했다.

모두가, 함께 싸운 자는 모두 죽었다.

한 명의 예외도 없이.

함께 있던 자는 모두.

그렇다면 더는 그 사실을 의식하지 않는다. 나는 그런 존재라고 자각만 하면, 자각한 것에 대해 대응할 수 있다.

역병신.

혹은 저승사자.

그렇다면 그거면 된다.

망령 붙은 괴물이라고 미워한다면 오히려 잘된 일이다. 가까이 오지 않는다면 그게 더 편하다. 먼저 죽은 자들을 데려가기로 자기 자신에게 부여한 그 역할을 다하려면 그게 더 마음이 흔들리지 않는다.

살아남아야만 한다. 설령 혼자가 되더라도 계속 싸우고 이뤄야만 하는 바람이 있다. 그렇다면 아예 처음부터 누구에게도 의지하지 않는 편이 낫다.

그런 존재라고 알려주는 편이.

붉은 눈동자가 가늘어지면서 띤 차가운 웃음, 그 입가가 찢어지듯이 올라갔다.

세이야의 표정이 겁먹은 듯이, 두려워하듯이 굳었다. 옆에서 파이드가 살짝 몸을 떨었다.

자신의 표정의 처절함을. 처참함을. 신 자신은 볼 수 없다.

"퍼스널네임, 그걸로 하겠습니다. 그래요, 나한테 어울리는 이름이니까요."

이 죽음의 전장에서 가장 친숙하고, 가깝고, 꺼림칙한 저승사자와 같은 뜻의 이름.

누구보다도 죽음에 가까운 주제에 혼자서만 죽지 않고, 계속해서 다른 이들을 묻어준다.

만들 수 없는 무덤에 매장하자. 여태까지 죽은 동료를. 앞으로 죽을 동료를. 끝까지 혼자 살아남아서, 그 끝에 있는 것을 매장할 때까지.

언더테이커
"〈장의사〉."

Appendix

어제 〈레기온〉과의 자잘한 싸움으로 〈언더테이커〉의 조종실 주변 장갑에 균열이 생겼기 때문에, 그 근처의 장갑을 교환하게 되었다.

마침 퍼스널마크를 그린 근처다. 그리고 퍼스널마크는 애초에 개개인 고유의 것이라서, 덧씌우기 위한 시트 같은 게 준비되어 있지 않다.

그런고로.

"자, 다 됐어."

염료로 얼룩이 생긴 작업복을 입은 호리호리한 몸을 쭉 펴면서 세오는 일어섰다. 갓 교환해서 그 부분만 새것인 〈언더테이커〉의 순백색 장갑과 새로 그린 신의 퍼스널마크. 야삽을 짊어진 목 없는 해골.

이거 금방 생채기투성이가 되겠구나 싶으면서도 몇 년 동안 몇 번이나 같은 그림을 그려온 세오는 조금 허무한 기분이 든다. 다른 동료들 것과 마찬가지로 꽤 자신작인데.

떨어져서 지켜보던——정신 사납다고 흩어진다고 세오가 쫓아 냈다——신이 다가와서 들여다보았다.

사막 위장 야전복 차림을 더 오래 본 세오에게는 연방군 군복의 쇳빛이 아직 조금 낯설다.

"미안해. 항상."

"으음, 뭐, 됐어. 너희랑 레나의 마크 정도밖에 그리지 않고. 그림 그리는 건 좋아하고. 애초에 나 말고는 그림을 못 그리고."

그렇게 말하자, 신이 뭔가 떠올린 듯이 웃었다.

"처음엔 대체 뭘 그린 거냐고 그랬지."

세오도 뭔지 이해하고 쓴웃음을 지었다. 86구에서 처음 만났을 무렵.

아직 동료들이 자기 손으로 자기 퍼스널마크를 그렸던 시절.

"특히 다이야의 검은 개가 검은 하마 꼴이 된 게 심했지."

그 퍼스널네임이 〈블랙독〉이니까 간신히 개라고 알아보는 수준이었다.

"라이덴의 늑대인간이 아슬아슬하게 개 인간으로 보인 것도 그랬지만, 크레나는 라이플 조준기를 그리는 걸 까먹지, 앙쥬는 잘 그리긴 잘 그리는데 아무리 그래도 너무 애 같고."

앞으로는 내가 그리겠다고 무심코 말할 정도로 다들 그림이 서툴렀다.

전사하면 〈저거노트〉가 관짝이고, 퍼스널마크가 일종의 묘비다. 기억과 마음은 신이 맡아서 데려가 준다고 약속했지만, 남겨지는 몸에도 그 정도는 남겨주고 싶었으니까.

반쯤 추억에 젖은 채로 세오는 쓸쓸하게 입가를 일그러뜨렸다.

"다들 그림을 그릴 여유가 없었지. 그러니까 어렸을 때 실력 그대로였어."

그만큼 다들 사는 네 빠듯했고, 강제수용소에는 애들이 그림을 그릴 정도의 오락 도구도 없었다.

"신이 그린 퍼스널마크는, 뭐라고 해야 할까, 어떻게 반응해야 할지 곤란한 느낌이었어. 잘 그린다면 그래도 괜찮고, 서툴면 서툰 대로 재미있지만."

"솔직하게 너무 평범해서 재미없다고 하면 되잖아."

"평범하다고 할까, 이상하게 사무적이라고, 네 그림은. 사실적이라는 말도 좀 아니야. 뭐라고 할까, 감정이 전혀 움직이지 않는다고 할까…… 응, 역시 재미없어."

일단 본인의 앞이니까 계속 독설만 하는 것도 그렇다 싶어서 완곡한 표현을 찾았지만, 잘 떠오르지 않았다.

다행스럽게 신은 기분 상한 기색도 없어서——지금 와서 이 정도의 악담으로 뭔가 느낄 만한 성격도 아니겠고——생각한 대로 말을 이어보았다.

"그림이라기보다는 지도나 설계란 느낌이었어. 지형 설명 말고는 그림을 그려 보지 않았단 느낌."

"용케 알았군."

"아, 정말로 그런 거였어?"

어쩐지 이상하게 사무적이다 했다.

공화국이 작전 지도조차 제대로 주지 않았던 것이 다행이었는지 불행이었는지.

지금은 필요한 지도라면 군에서 제공해 주니까 그런 걸 스스로 그리는 일도 없어졌겠지만.

그래, 지금은.

모든 것이 변했다. 연방에서는 싸우는 데 필요한 것이 당연하게도 제공된다. 지원도, 교육도, 오락도.

전사했을 때 매장될 권리도, 동료를 추모할 권리도.

"신은 말이지."

세오는 자신을 바라보는 새빨간 눈동자를 보지도 않고 말했다. 내려다본 곳에는 조금 전에 그린 목 없는 해골 마크.

이 불길한 저승사자의 마크가 86구에서는 분명히 구원이었다. 하지만.

"퍼스널마크, 안 바꿔? 좀 이상한 말이겠지만, 이제 짊어지지 않아도 되잖아."

여태까지 짊어지고 왔던 수많은 것을.

세오나 동료들이 당연하다는 듯이 짊어지게 했던 것을.

다소 복잡한 세오의 속마음을 신은 아무래도 알아차리지 못한 모양이다. 갑작스러운 그 말에 의아한 기색을 하면서 되물었다.

"싫어?"

"그리는 게 싫은 건 아니지만…… 조금 불길한가 싶어서."

"음……."

조금 생각한 뒤에 신은 어깨를 으쓱였다.

"그럴지도 모르지만. 하지만 6년이나 써왔는데 지금 와서 불길하고 자시고 없어. 게다가 싫다는 생각도 안 드니까."

"그런가……."

쓴웃음을 지으며 세오는 끄덕였다. 죄악감과 비슷한, 복잡한 마음은 아직 개운해지지 않았지만. 신이 그걸로 좋다고 말한다면.

퍼스널마크에 시선을 주며 신이 입을 열었다.

"그러고 보면 레나의 퍼스널마크 말인데."

세오는 흥 하고 콧소리를 내었다.

"어, 그래. 내가 그렸는데, 불평은 접수하지 않을 거야."

86

〈Undertaker〉

The dead aren't in the field.
But they died there.

...gments
...ne boy
...he
...eaper.

5

4

〈레기온〉들이 물러간다.

감정이 없는 전투기계들은 동료를 잃어도 두려움이 생기지 않지만, 복수에도 관심이 없다. 작전목표를 달성하든가, 피해가 일정 수치를 웃돌면 담담하게 후퇴를 개시한다.

얼마 남지 않은 전차형이 아까운 듯 소비형 자주지뢰를 뒤에 남기고, 쇳빛 적기가 후퇴하기 시작한다. 레이더 스크린에 있는 적기의 광점이 차츰 밀도를 줄여갔다.

그래도 경계를 게을리하지 않으며 광학 센서 너머로 주위를, 레이더 스크린을 바라보는 프로세서들의 귀에 차가운 목소리가 닿았다.

시대에 뒤떨어진 무전을 이용한 잡음 섞인 목소리가 아니다. 지각동조로 공유한 청각에 직접 울리는 선명하고 매우 조용한 목소리.

제27전투구역 제1전대 〈베이요넷〉──이 전대의 전대장의 목소리다.

[언더테이커가 각기에. 전투 종료.]

목소리는 그들의 숙적인 전투기계처럼, 전장을 다스리는 전쟁신의 목소리처럼, 냉엄하게 울렸다.

"알파 리더, 라저."

짧게 대답하고 베이요넷 전대 제1소대 부장, 사이키 타테하는 살짝 몸에서 힘을 뺐다. 마찬가지로 지각동조로 연결된 동료들이 비슷하게 살짝 마음을 놓는 기색.

　보통 제1소대의 소대장은 전대장이 겸임하지만, 난전 상황에서는 지휘를 맡기 어려워지는 전대장의 전투 스타일이나 소대원과의 관계성 등 여러 사정 때문에 이 전대에서는 사이키가 담당하고 있다.

　그래, 전대원과의 관계와.

　전대장의 너무나도 특이한 전투 스타일 때문에.

　눈을 준 곳에서 보이는 전대장기와 그 주위에 쓰러진 〈레기온〉의 잔해들, 항상 그렇지만 대단하다 싶어서 숨을 삼켰다.

　잔해는 대부분 전차형이다. 86구의 전장에서 별로 볼 일이 없는 중전차형을 제외하면 〈레기온〉 중에서도 최대의 화력과 장갑방어, 부조리할 정도의 기동성을 자랑하는 기종. 본래 〈저거노트〉로는 상대도 되지 않는 적기가 쓰러진 나무나 갈라진 바위 사이에 겹겹이 쓰러져 있었다.

　사이키도 동료들도 지원했다고는 하지만, 절반 이상은 혼자서 ——그들의 전대장기가 해치운 전과다.

　그런 식으로 인간을 초월한 기량.

　적기의 광점은 하나 남김없이 전장을 뒤로했고, 〈저거노트〉의 시선은 자연스럽게 전대장기로 쏠렸다. 전차형의 전해 한가운데선—— 전차형의 한가운데를 정면에서 치고 들어가서 생환한, 그 이질적인 〈저거노트〉에.

　역전의 경험으로 상처투성이가 된, 마른 뼈 같은 회백색 장갑.

안전장치를 해제하여 기동성을 올리는 바람에 봄날의 햇살 속에서도 희미하게 아지랑이가 피어오르는 기체. 탑승자의 정신 상태를 의심할 만한, 그 이외의 사용하는 모습을 아무도 본 적 없는 백병전 무장인 고주파 블레이드.

그리고 조종실 아래에 작게 그려진, 목이 없는 해골의 퍼스널마크.

〈언더테이커〉의 이름을 가진 기체다. 프로세서의 태반이 1년 이내로 전사하는 이 86구의 전장에서 1년 이상 살아남아서 퍼스널네임을 얻은 '네이드' 가 모는 〈저거노트〉.

저승사자 같은 퍼스널마크를 내걸고, 장의사의 이름을 스스로 짊어졌다.

마치 잃어버린 자기 목을 찾아서 전장을 배회하는 전사자의 백골 같다고, 어딘가 불길한 그 모양새에 항상 생각한다.

〈언더테이커〉의 안에서 전대장이 한 차례 숨을 내쉰 모양이다. 지금은 조용한 지각동조의 통신에 숨소리가 한 번.

[귀환하자. 격파된 〈저거노트〉의 회수는 〈스캐빈저〉에 맡긴다.]

"라저."

다시금 대답하고 사이키는 자기 〈저거노트〉를 돌렸다. 성능 나쁜 알루미늄 합금 관짝이 철컹하고 무겁고 시끄러운 소리를 냈다.

광학 센서를 돌려보니 전장인 숲의 광경이 비쳤다. 부러져서 쓰러지고 불타서 아직 연기가 피어오르는 나무들. 포격으로 부서진 바위와 다리에 차여서 날아간 흙과 들풀. 그 틈새에 나뒹구는 〈레기온〉과 〈저거노트〉의 쇳빛과 회백색의 잔해.

베이요넷 전대의, 그리고 86구의 모든 전장에서 항상 볼 수 있는 광경.

그래도 저 멀리 녹음 너머, 머나먼 지평선을 붉게 물들이는 적색만큼은 평소와 다른 색채다. 〈레기온〉 지배영역과 인접한 일대의 선명한 진홍색. 무슨 붉은 꽃의 꽃밭일까. 여기서도 알 수 있을 정도로 널찍한 꽃밭.

아, 봄이구나, 싶었다.

벌써 몇 년이나 의식하지 않던 계절이다. 강제수용소에서는 살아남는 데 필사적이라서 의식할 수 없었던 계절의 변화.

이 전대가 아니었다면, 어쩌면 수용소를 나와 전장에 온 뒤로도.

"……."

내년이면 지금 있는 프로세서 중 태반이 볼 수 없을 진홍색.

그래도 이 전대에서라면 전원이 내년도, 어쩌면 그다음 해도 볼 수 있겠지. 어쩌면 지금과 다른 꽃을.

설령 그것이 살아서 보는 게 아니더라도.

[알파 리더? 무슨 일 있나?]

"아, 아니, 미안."

냉철한 가운데 살짝 의아함을 띤 전대장의 목소리에 다급히 반응했다. 의아하게 여길 정도로 긴 시간 동안, 전장 너머의 꽃밭을 들여다보았던 모양이다.

현재 지각 동조는 벽 너머의 핸들러와 연결되지 않았다. 이 전대를 담당하는 가축지기께서는 겁쟁이다. 그게 일인데도 전대장에게 지각동조를 연결하지 못한다. 그뿐만 아니라 전투 중에는 무전까지도 끄고 있다. 작전 개시 전에 형식적으로 무전을 연결하여 지휘권을 전대장에게 이양하고, 그 뒤에는 작전 종료를 벽 너머에서 귀를 틀어막고 덜덜 떨면서 기다릴 뿐.

　그걸 알기에 전대장도 작전 종료를 핸들러에게 보고하지 않는다.

　확실히 전투가 끝났을 때를 가늠하여 핸들러가 조심조심 무전을 연결할 때까지 그대로 방치한다. 때로는 귀찮다면서 호출도 무시하는 모양이다. 그래도 겁 많은 가축지기는 지각동조를 연결하지 않는다.

　덕분에 사이키나 동료들도 기지에 돌아가서 정비사에게 기체를 맡기고 느긋하게 한숨 돌릴 때까지 하얀 돼지의 불쾌한 이야기를 듣지 않을 수 있고…… 지금 이 대화가 녀석의 귀에 들어갈 걱정도 없다.

　작전 중의 에이티식스는 개인 이름을 사용하는 것이 금지되어 있으니까.

　"아무것도 아니야, 언더테이커…… 신."

　사이키가 이름을 불렀기에 전대장기가 이쪽을 슬쩍 보았다. 보이지 않는다고 알면서도 사이키는 웃었다.

　"오늘도 수고했어, 우리의 저승사자."

　86구에서는 종군한 프로세서는 대부분이 1년 내로 전사한다.

그러니까 지금 전장에 있는 자의 태반은 내년이면 없다. 올해 핀 꽃도, 싱그러운 봄날의 푸른 하늘도, 내년이면 볼 수 없다.

하지만 이 전대라면 분명 내년도 저 붉은 꽃도, 어쩌면 다른 꽃도 볼 수 있겠지. 설령 자신은 죽더라도.

이 전대에는 죽은 자의 마음을 품고 데려가 주는 저승사자가 있으니까.

3

베이요넷 전대의 전선기지는 〈레기온〉 전쟁 발발 후에 방치된 소규모의 공항 격납고를 유용하는 형태로 만들어졌다.

과거에는 항공기가 들어있었을, 천장이 높고 무척이나 넓은 격납고는 지금 전혀 닮지도 않은 〈저거노트〉의 쉴 곳이다. 여기에 있던 기체들은 시민의 피난과 함께 85구 안으로 회수되었든가, 아니면 〈저거노트〉에 유용하기 위해 재생공장으로 보내졌는지 이미 흔적도 없다.

어쨌든 〈레기온〉에 제공권을 빼앗긴 지금, 항공기 따윈 후방 수송과 기껏해야 벽 안에서의 유람 비행 정도밖에 쓸 곳이 없지만. 자극을 찾아서 전장까지 유람 비행을 오는 몇 안 되는 바보와 그 말로에 대해서는 사이키도 알 바가 아니다.

자기 위치에 〈저거노트〉를 세우고 캐노피를 열자 무심코 한숨이 흘러나왔다. 전면을 장갑판으로 뒤덮고 삼면의 광학 스크린 이외에 밖을 보는 방법이 없는 조종실은 어둡고 답답하다. 숨쉬기 어렵다는 느낌마저 받을 정도다. 간신히 성장기 도중이라서 몸이 다 자라지 않았고 마른 체격인 사이키가 그러니까, 본래 프로세서로 상정되었을 성인 남성에게는 꽤나 비좁지 않았을까.

실제로 〈저거노트〉의 조종실 블록과 비교해서 그 앞에 웅크리고 있는 정비반장의 체구는 명백히 안에 들어가기에 무리가 있다. 키 큰 드워프 느낌인 정비반장의 체격이 너무 좋은 거겠지만.

"신……. 너 말이지, 부탁이니까 좀 살살 타. 고쳐도 고쳐도 그때마다 성대하게 망가져서 돌아오는 걸 보는 내 신세도 되어 보라고."

"노력하고 있습니다, 정비반장."

"나 원 참……. 무모한 짓은 하지 마."

뻣뻣한 턱수염을 흔들면서 한숨을 내쉬는 정비반장을 뒤로하고 신이 내려왔다.

굽이 단단한 군화지만, 그게 콘크리트를 밟을 때 딱딱거리는 발소리도 나지 않는다. 마치 그가 대치하는 〈레기온〉처럼.

핏빛을 한 붉은 두 눈동자가 격납고 전체를 둘러보았다. 햇볕과 먼지로 색바랜 낡은 격납고를, 거기 있는 〈저거노트〉를. 그 주위의 프로세서와 정비사를. 그 어느 것에도 시선을 오래 두지 않고 무관심하게.

아마도 비견할 자가 없는 전투 능력과 달리 그 용모는 거짓말처럼 어리다. 전대의 프로세서 중에서도 어린 부류다. 올해 열다섯

인 사이키보다 분명히 두어 살 아래였던가.

그래도 그를 얕보는 이는 베이요넷 전대에 아무도 없다. 오히려 두려움과 존경이 존재한다.

실제로 신은 두려운 존재다.

표정은 조용. 사고는 냉철. 전투는 가열. 그야말로 역전의 전사. 수많은 전투를 통해 단련된, 예리함을 더한 검 같다.

전투 경력은 얼마 전에 1년을 넘었고, 전의 전대부터 전대장을 맡았다고 한다.

그 전대도 최종적으로는 그 말고는 전멸했다는 모양이지만, 그래도 〈레기온〉 전선 교두보를 격멸하는 작전에서 있었던 일이다. 〈레기온〉이 전선을 밀어내기 위해 교두보로 구축한 진지. 당연하지만 주위에는 상응하는 전력이 경계와 진지방어를 위해 배치되었다.

그 요격망을 깨뜨리고 전선 교두보를 파괴하는 거니까 〈저거노트〉의 피해도 커진다. 전선 교두보의 규모에 따라서는 1개 전대 정도가 아니라 전투구역 하나의 4개 전대가 모조리 출격하고도 전멸을 각오하는 작전이다.

신 혼자만이라도 돌아온 만큼 괜찮은 결과라고 할 수 있겠지.

하지만 그렇기에 신은 두려운 존재다.

발소리도 없이 격납고를 걷는 그에게 주위의 아무도 말을 걸지 않는다. 프로세서들끼리, 혹은 정비사와 가볍게 농담을 주고받던 녀석들조차도 입을 다물었다. 느긋하게 하늘을 나는 매의 왕 앞에서 병아리들이 바짝 엎드리듯이.

저것이 네임드, 이 죽음의 전장에서 1년 넘게 살아남은 괴물.

자신들과 다른 '무언가'.

신 또한 그런 동료들에게 눈길도 주지 않는다.

존경의 뜻으로 거리를 두고 있는 거라고 그 자신도 깨달았겠지. 그러니까 사이키나 다른 프로세서에게 일선을 긋는 태도밖에 취하지 않는다. 서로가 그은 그 선을 넘지 않고, 넘게 하지도 않는다.

그것이 쓸쓸하다고 생각하긴 할까.

뭔가 말을 걸려고 생각하다가 결국 입을 다물었다.

무슨 말을 해야 좋을지 모르겠다.

입을 여는 기척을 느꼈는지 신이 흘끗 사이키를 바라보았다. 감정의 색채가 연한 눈동자가 사이키의 갈색 눈동자를 잠시 바라보고 아무 일도 없었던 것처럼 다시금 돌렸다.

그 선명한, 조용한 붉은색.

목에 두른 하늘색 스카프를 벗은 모습을 아무도 본 적 없고, 그러니까 그 밑에 뭐가 있는지, 뭘 숨기고 있는지 아무도 모른다.

그래서겠지. 누군가가 말했다.

지금은 모두가 농담 섞어 말한다. 그 뒤에 숨겨진, 씻을 수 없는 외경심을, 선망을, 어쩌면 한 가닥의 애처로움을 숨기고.

"녀석은 오래전에 목을 잃어버려서 그걸 숨기고 있는 거겠지."

잃어버린 목을 찾아서 전쟁터를 떠돈다.

목 없는 백골 시체와 비슷한 펠드레스를 타고서. 동료의 잔해를 뒤지고 다니는 기계 스캐빈저를 데리고.

이 전장에서는 무엇보다도 두렵고, 존경을 모으는, 언젠가 반드시 전장에서 스러지는 그들 에이티식스를 위한 신.

동부전선의 목 없는 저승사자──라고.

2

오늘 작전에서는 두 명이 죽고 한 명이 채 죽지 못했다.

뭐.

"항상 있는 일, 은 아니지만."

딱히 드문 일도 아니다.

조종실 블록이 전차형의 포탄에 날아가고, 혹은 근접엽병형의 고주파 블레이드에 찢겨서. 이제 움직이지 않는 두 기의 〈저거노트〉를 바라보면서 사이키는 중얼거렸다.

그 말을 들은 같은 소대의 홀리가 나무라듯이 힐끗 눈길을 주지만, 직접 말하지는 않았다.

할 말이 하나도 없기 때문이다. 에이티식스는 그런 존재다. 쓰고 버리는 병기의 부품, 전멸해도 공화국에는 아무런 타격도 없는 인간형 가축에 불과하다. 그러니까 죽는 일도 일상이고, 그러니까 이미 익숙해졌다.

게다가.

홀리는 말했다. 슬픈 듯이, 하지만 다소 안도한 듯이.

미소를 지으며.

"하지만 우리에게는 저승사자가 함께 있어."

"그래……."

동감의 뜻을 담아서 사이키도 끄덕였다.

그래, 우리에게는 저승사자가 함께한다. 전투에서는 정확하게 〈레기온〉의 움직임을 간파하고, 죽었으면 그 기억과 마음을 품고 데려가 주는 저승사자가.

처음 배치되었을 무렵에 신과 한 약속이다.

전사한 전원을, 마지막까지 살아남은 한 명이 기억하고, 도달하는 그곳까지 데려간다고.

신은 살아남는다. 자신들은 갈 수 없는 어딘가까지 분명 도달한다. 거기에 데려다준다고 하니까, 죽는 것도 딱히 두렵지 않다.

운 없이 채 죽지 못하는 것도.

주저앉은 〈저거노트〉, 그 세 번째 기체에 신이 다가갔다. 그 안에 있는, 불에 약한 알루미늄 합금 장갑이 불타서 시커멓게 되었을, 아직 죽지도 못한 불운한 동료에게.

한 손이 대수롭잖게 오른쪽 다리에 찬 홀스터에서 권총을 뽑았다. 걸으면서 슬라이드에 손을 대고 한 번 당겨서 초탄을 장전한다. 그 익숙한 동작.

캐노피를 여는 레버에 손을 대면서 혼잣말처럼 말했다.

"듣고 싶지 않거든 귀를 막고 있어."

불타버린 〈저거노트〉를 창백해진 안색으로, 혹은 굳어버린 표정으로 바라보고 있는, 신과 그리 나이 차 없는 신입들이 다급히 귀를 막고 눈을 감든가 고개를 돌렸다. 그것을 시야 가장자리로 확인하고 신이 캐노피를 열었다.

그 안의 동료에게 손을 뻗고, 아마도 만지면서 한두 마디 뭐라고 말했다.

그 모습에 사이키는 "아아." 하고 소리를 내 개탄했다.

냉철하고, 주위의 모두에게 일선을 긋고 있지만, 모두에게 무정한 것은 아니다.

오히려 본질은……

다음 생각은 무심하게 세 번 연속으로 울린 9mm 권총의 총성에 갈가리 찢겨 사라졌다.

아침에 일어나자 신이 없어서 격납고로 가보니 〈저거노트〉도 없었다.

과연, 그렇다면.

그렇게 생각하며 사이키는 그가 있을 만한 장소로 향했다.

조금 걸어가 보니 생각대로였다. 숲속의, 베이요넷 전대의 주전장 한구석. 나무들이 끝나고 붉은 꽃의 색채가 퍼지는 봄의 전장. 어제 세 명이 죽은 전장에 살짝 흩어진 〈저거노트〉의 기체 부품과 그 앞에 있는 신, 그리고 파이드라는 이름의 구형 〈스캐빈저〉.

파이드에게 〈저거노트〉 3기의 파편을 떼어달라고 했던 모양이다. 날아간 것과 잘려 나간 것과 검게 탄 것. 그 세 종류를 손바닥에 들어갈 정도로 작은 조각으로.

어제 죽은 세 명의, 만드는 것이 금지된 묘비 대신으로.

파이드와 있을 때만큼은 신의 표정이 조금 누그러진다. 그 얼굴이 갑자기 싸늘해지고 핏빛 눈의 시선만이 이쪽을 돌아보았다.

"이런 곳에서 뭘 하고 있지, 타테하?"

그 질문에 사이키는 녹음 사이에서 햇살 아래로 걸어 나갔다. 딱히 숨은 건 아니지만, 왠지 모르게 장난스럽게 두 손을 들면서.

"네가 없으니까, 오늘은 〈레기온〉이 오지 않겠구나 싶어서."

〈레기온〉의 습격이 예상된다면 신은 혼자서 돌아다니지 않는다. 적어도 말없이 나가는 일은 없겠지.

자기 책임을 버리는 짓을, 자신보다 나이 어린 전대장은 절대로 하지 않으니까.

신은 두 손을 든 사이키를 올려다보면서도 웃지 않았다.

"가령 습격이 있어도 나는 도망칠 수 있으니까 여기까지 온 것뿐이야. 여기는 경합지대 깊은 곳이다. 산책을 겸해서 올 만한 장소가 아니야."

너는 도망칠 수 없을 거라고.

그렇게 소리 없이 말하듯이 차갑게 내뱉은 말에도 사이키는 씨익 웃었다.

"그럼 너랑 같이 있으면 괜찮다는 소리겠지."

신은 한 차례 눈을 껌뻑였다.

그것이 허를 찔렸을 때 보이는 버릇임을, 별로 오래 같이 지낸 것은 아니어도 사이키는 알고 있다.

그걸 알 정도로…… 그걸 주위가 알아차릴 정도로 신은 아직 어린 티가 남은 거겠지. 감정을 숨기려고 하지만 완전히 숨기지 못한다. 마음을 죽이려고 하지만 완전히 죽이지 못한다.

신은 사이키를 저버리지 않는다.

그것을 사이키는 알고 있다. 알고 있으니까 위험하다고 알면서도 혼자 이런 경합지대 깊은 곳까지 왔다.

저버리지 않는다.

죽은 녀석조차도 하나 버리지 않은 채 끌어안고 가려는 이 녀석이 살아있는 동료를 저버릴 리는 없다.

내려다보면서 사이키는 그렇게 생각했다.

그렇다. 내려다보면서 앞에 서 보니, 이제 성장기에 갓 들어간 신의 시선은 꽤 낮다. 몇 년 전에 성장기에 들어간 사이키와는 키도 체격도 전혀 다르다.

그런 연하의 소년에게 전부 다 맡겨도 괜찮은 걸까……라고는 사실은 아무도 생각하지 않는다.

"죽은 녀석들은 네가 데려가 준다고 네가 말했지만. 추모하고 싶은 건 사실 나도 마찬가지야."

전투에서 격이 다른 기량을 가진 신의 짐이 될 테니까 오지 않을 뿐이지.

사실은 모두가 다.

1

그렇긴 해도 〈저거노트〉의 파편을 떼어내는 것은 파이드의 일이고, 그것을 받는 것은 신이니까, 사이키는 실상 할 일도 없다.

유해라도 남았으면 몰래 묻어 주는 정도야 하고 싶지만(사실 사이키는 그걸 위한 야삽도 자기 〈저거노트〉에 싣고 왔다), 애석하게도 〈저거노트〉의 잔해 중 태반은 〈레기온〉이 가지고 가버린 모양이다.

〈스캐빈저〉와 마찬가지로 재활용할 수 있는 잔해나 물자를 뒤지며 전장을 헤매는 〈레기온〉, 회수수송형. 비무장이라고 해도 맨몸의 인간이라면 가볍게 치어죽일 정도인 강철의 지네는 어제의 전장을 하룻밤 만에 정리할 정도로 유능하고 근면하다.

그럼 하다못해 꽃이라도 놔줄까 싶었는데, 사람의 손이 닿지 않는 깊은 숲에는 그렇게 괜찮은 꽃이 피지 않는다. 찾으러 다니던 동안에 사이키는 문득 눈에 들어온 다른 것을 쫓아가고 있었다.

하얀 날개로 봄의 부드러운 햇살을 반사하여, 산들바람에도 희롱당할 정도로 하늘하늘 나는, 섬세하고 연약한 구조의 생물.

나비다.

"여……차."

공간을 만든 두 손으로 좌우에서 감싸서 재주 좋게 붙잡았을 때 정신이 들었다.

돌아보니, 신이 무표정한 가운데 어딘가 기막히다는 눈으로 이쪽을 보고 있었다.

으음.

아주 머쓱한 상황을 어떻게든 얼버무리려고 평정을 가장하며 물어보았다.

"너도 할래?"

"안 해."

생각 외로 애 같은 말로 거부당했다.

말한 뒤에야 본인도 그 어린 티를 깨달았는지, 신이 살짝 얼굴을 찌푸렸다.

"이상한 녀석이구나, 넌."

"전투 중에는 신경 쓰지 않지만, 나보다 어린 사람한테 그런 소리를 듣는 건 미묘하게 화가 나는데. 애초에 갑자기 남한테 이상하다고 하지 마."

자기도 참 이상한 녀석인 건 싹 무시하고.

말하면서 사이키는 손을 펼쳤다. 손바닥 안에 갇혀있던 나비가 가볍게 날아올랐다. 지상을 떠나, 나무를 넘어, 녹색 잎의 천장 너머로 보이는 봄의 푸른 하늘로 날아갔다.

그걸 지켜보며 신이 입을 열었다.

"갖고 싶었던 게 아니었어?"

"으음. 뭐, 하지만."

작고 하얀 나비는 푸른 하늘에 섞여서 이미 보이지 않는다. 그래도 그 궤적을 좇듯이 시선을 주면서 사이키는 말했다.

"녀석들 중 누군가일지도 모르잖아."

어제 여기서 죽은 동료 중 누군가일지도.

"……?"

무표정 속에 의아한 티를 내는 신에게 어깨를 으쓱여주었다.

"나비란 건 죽은 인간의 영혼의 화신이래. 파란색은 천국의 색이라고 하고. 들어본 적 없어?"

누구에게 배운 게 아니라, 모든 문화, 모든 인간에게 영혼과 사후의 상징이라고.

"아니. 그런 걸 믿어?"

천국이나 사후 세계를.

그 목소리에 담긴 희미한 울림에서 보면 신은 믿지 않는 거겠지. 저승사자는 천국도 지옥도 믿지 않겠거니 생각하면서 사이키는 쓴웃음 지으며 고개를 내저었다.

"천국은 딱히. 이렇게 지독한 꼴을 당하고 죽은 뒤에만 낙원이라는 건 괜히 부아가 치밀 뿐이잖아. 하지만 나비는."

그것이 인간에게 있어서 죽은 영혼의 화신이라면.

"믿는…… 걸까."

시선은 자연스럽게 하늘을 올려다보았다. 촉촉한 느낌인 봄의 푸른 하늘.

저 청색 너머에, 어쩌면 사이키가 본 적 없지만 푸른 바다의 밑바닥에 죽은 자의 세계란 것이 존재한다고 하니까, 천국의 색깔은 청색인 걸까.

"네가 있던 강제수용소. 애들은 어땠어? 너보다 어린, 수용될 때 갓난아기라든가 그보다 조금 큰 정도의 애들은?"

신은 잠시 침묵했다.

뭔가를 떠올리고, 그리고 그 뭔가를 억누른 침묵이었다.

"죽었어."

"그렇겠지. 내가 있던 곳도 그랬어. 다들 죽었어."

갑자기 이유 없는 욕설과 폭력을 만나면서 겪는 극도의 스트레스와 열악하기 짝이 없는 강제수용소의 환경. 비호자인 부모 형제나 주위 어른은 차례로 전장과 노역에 내몰리고, 더불어서 제대로 된 의료가 없는 상황에서의 기막히게 높은 유아사망률.

아기나 어린애는 애초에 죽기 쉽다. 태어난 아이의 태반이 성인이 되게 된 것은 의료가 발전한 근대에 들어서의 이야기다.

그 은혜를 잃어버린 강제수용소에서 첫 겨울을 넘긴 아기는 어디고 거의 없었다고 들었다.

"내가 있던 곳은 다들 무슨 병에 걸려서, 어떻게 손쓸 수도 없었고, 옮는 것도 무서워서…… 그런 애들이 다들 수용소 외곽의 병영에 갇혔어."

"……."

"그 아이들이……."

떠오른다. 울음소리도, 신음 소리도, 아무런 소리도 들리지 않게 된 뒤에 엿보았던 병영 안에.

그 깊숙한 곳의 벽에.

"나비를, 그렸더라고. 갇힌 병영 벽에, 벽 하나에 손이 닿는 한 가득."

진흙색이었다. 모래색이었다. 요새벽 밖의 가축우리로 만들어진 강제수용소에 아이가 그림을 그리기 위한 도구나 크레용 같은 게 있을 리가 없다.

하지만 사이키는 거기서 난무하는 색채를 얼핏 보았다.

무수한 나비를 그린 무수한 아이들이, 분명 마지막에 꿈꾼 선명하고 영롱한 색채를.

"알 리가 없겠지. 하지만 그때 걔들은 아직 아기라든가 그것보다 조금 더 큰 정도였으니까, 누가 가르쳐 줬을 리가 없어. 하지만 걔들은 모두 나비를 그렸어."

나비는 영혼의 상징임을 모르는 채로…… 아마도 그 지옥에서 나비가 되어 해방되는 꿈을 꾸면서.

그러니까 나비란 역시 죽은 영혼의 상징이라고 사이키는 생각한다. 죽으면 나비가 된다고. 징병되어 일찍 죽은 부모님과 누나와 형도, 먼저 죽은 동료도.

"우리도."

푸른 나비도 있다고 들었다. 과거의 공화국 영토 안, 이 86구에는 없지만, 아름답게, 찬란하게 푸른빛을 뿌리며 나는 아름다운 나비가 이 세계에는.

사후 세계의 색채를 띤, 죽은 이의 영혼의 화신인 생물을, 하지만 사이키는 본 적이 없었다.

죽어서도.

"그 나비일 수밖에 없었어. 죽어도 나비밖에 될 수 없을 터였어. 연약한 날개로, 약한 몸으로, 분명 바람에 밀리고 비를 맞고 떨어져서, 자기 시체에서 그리 멀지 않은 곳에 떨어질 터였어."

그때 아이들이 꿈꾼 아름다운 세계 따윈 보지도 못하고.

하지만.

"하지만 아니었어. 여기는 달라. 네가 있으니까."

약한 나비밖에 될 수 없는 죽은 자라도 데려가 주는 저승사자가 있으니까.

사이키는, 먼저 죽은 동료들은, 혼자서 죽는 것보다 멀리까지 갈 수 있겠지. 볼 수 없었을 터였던 것을 보겠지. 신과 함께.

숲의 끝, 동쪽 경합지대의 깊은 곳. 〈레기온〉 지배영역과 인접했을 머나먼 거기에 오늘도 붉은 꽃이 흐드러지게 핀다.

어쩌면 분명 그 붉은색의 너머에도.

기지의 격납고에 자기 〈저거노트〉를 세운 뒤, 하지만 캐노피를 열지 않은 채로 신은 살짝 숨을 내쉬었다. 기동한 상태인 광학 스크린 중 하나에는 마찬가지로 〈저거노트〉를 세우고 내린 사이키가 그 특유의 가벼운 발걸음으로 어딘가로 걸어갔다. 좁은 조종실에 일부러 가져갔던 건지, 기막힐 만큼 커다란 삽을 메고서.

마음대로 되지 않는다.

넘게 하지 않기 위해, 넘지 않기 위해 그은 일선을, 무심코 넘어버린 듯했다. 어느새 그 너머로 손을 뻗을 뻔할 정도로.

손을 뻗어봤자 어차피 모두 먼저 가버리는데.

치익, 하고 울린 잡음이 생각을 깨뜨렸다.

[핸들러 원이 제1전대에. 언더테이커, 듣고 있나?]

"언더테이커가 핸들러 원에. 무슨 일인가?"

무전 너머의 젊은, 다소 심약한 남자 목소리에 신은 담담히 대답했다. 벽 너머의 핸들러 중 대부분이 신과는 지각동조를 연결하지 않는다. 그중에서도 특히나 겁이 많은 이 녀석은 무전 연결조차도 꼭 필요할 때만 최소한으로 한다.

그러고 보면 이 시간은 보고상으로는 초계 중이었다고 생각하면서 말을 기다렸다. 초계 따윈 훨씬 전부터 필요가 없으니까 하지 않지만.

[다음 임무를 전달한다. 경합지대 안쪽, 〈레기온〉 지배영역 부근에 전선 교두보 구축이 확인되었다. 제1전대는 현시점의 모든 전력으로 해당 전선 교두보를 격멸하라.]

신은 살짝 한쪽 눈썹을 곤두세웠다.

〈레기온〉이 전선을 밀어올리기 위해—— 지배영역을 넓히기 위해 건설하는, 발판이 되는 거점이 전선 교두보다. 구축이 완료되면 다음에는 당연히 〈레기온〉의 공격이 시작된다. 그것도 이쪽을 깨부수기 위한 강력한 공격이.

그러니까 거점이 완성되기 전에—— 공세 준비가 갖추어지기 전에 선수를 쳐서 전선 교두보를 깨뜨리는 것은 공화국으로서, 그 방어 전력인 에이티식스의 운용으로서 옳지만.

"제1전대만으로, 입니까? 제2전대 이하의 지원은?"

전선 교두보가 완성되기 전에 적의 습격을 받는 것은 〈레기온〉도 이해하고 있다. 호위와 요격을 위한 부대가 핸들러가 말하는 거점 주위에는 이미 전개되어 있다.

대략 2개 대대 규모. 전차형, 중전차형 주체의 기갑대대는 설마 아니겠고, 아마 요격 전문의 대전차포병형이겠지만, 그래도 〈저거노트〉 1개 전대만으로는 힘든 전력이다.

[없다. 필요 없다는 판단이다.]

신은 깊이 한숨을 쉬었다. 통신 너머에서 핸들러가 몸을 움츠리는 기척이 있었지만, 알 바가 아니다. 신경을 써 줄 의리도 없다.

2개 대대 규모의 〈레기온〉을 상대로, 24기의 정족수도 갖추지 않은 〈저거노트〉 1기 전대만으로. 그것은 즉.

"가서 죽으라는 소리로군요. 핸들러 원."

0

에이티식스는 죽는 존재다.

그것은 이 죽음의 86구 전장에서, 적기와 그들을 내버린 조국의 지뢰밭에 갇힌 채로, 기계장치 망령의 손에 의해, 언젠가.

반드시.

그래도 죽으라고 말하는 거나 마찬가지인 공화국의 임무 전달을 듣고, 프로세서 전원이 침묵했다.

임무 내용과 작전을 대충 설명한 신은 그런 전대원들의 앞에 선 채로, 더는 아무 말도 하지 않았다. 자율무인병기의 격납고에 불과한 86구의 기지에서 이름만 근사하게 만들어진 브리핑룸, 어딘가에서 누군가가 적당히 가져온 전투구역의 지도 앞.

불만이 있다면, 원망이 있거든, 들어주겠다고. 아마도 그런 생각으로.

그 불만도 원한도 사실은 신이 받아야 할 것이 아닌데.

그러니까 앞장서서 사이키는 말했다.

어쩔 수 없는 공포와 갈 곳 없는 분노가 분출구를 찾아서 눈앞의 신에게 향하기 전에.

〈레기온〉에 대한 공포나 패전에 대한 분노, 열등감의 분출구를 찾아서 자신들 에이티식스를 인간형 가축으로 만든 공화국의 하얀 돼지들과 같은 짓을 동료들이 저지르기 전에.

"알았어. 그런 얼굴 하지 마, 너희들. 문제없잖아."

모이는 시선을 의식하면서 웃어보였다. 태연하게, 자명한 이치라도 말하듯이.

두려워할 필요는 하나도 없는데.

왜냐면.

"왜냐면 죽어도 네가 데려가 주겠지, 우리의 저승사자."

돌아보는 핏빛 눈동자가 순간 흔들린 듯했다.

그 흔들림을 바라보는 채로 사이키는 말했다.

일부러 웃으며.

조금이라도 짊어진 짐이 가벼워졌으면 좋겠다고 바라며.

"그럼 문제없어. 아니, 나쁘지 않아. 말했잖아. 네가 있으니까 우리는 외롭게 죽지 않아. 죽어도 모두에게 잊히지 않아. 죽은 뒤에 네가 데려가 주잖아. 그럼 죽는 것도 그리 나쁘지 않아."

그래, 죽는 것은 두렵지 않다.

그런 것이라고 각오했다. 죽은 뒤에 우리에게는 구원이 있다.

그러니까 죽는 것은 두렵지 않다.

다만 마음에 걸리는 게 딱 하나 있다.

냉철한 주제에, 매서운 주제에. 전혀 흔들림 없는 듯한 얼굴을 한 주제에.

함께 싸웠다는 이유만으로 아무도 두고 가지 못하는. 그 혼자 남고 먼저 떠나버린 전우를 아무도 두고 가지 못하는. 그렇게 본질은 착한 아이에게.

누군가의 구원이 되기를 선택했는데, 아무도 그를 구해줄 수 없는. 아무에게도 구원을 바랄 수 없는.

그런 아이에게.

우리는 결국 짐짝에 불과하다.

함께 싸울 수 있다면 그게 제일 좋겠지. 하지만 그런 힘이 우리에게는 끝까지 없었다.

미안해…….

그 말은 목소리로 나오지 않았기에 닿지 않았다.

출격을 기다리는 〈저거노트〉의 조종실 안, 신은 문득 비품 상자에 담긴 알루미늄 조각으로 의식을 돌렸다. 이미 연결된 지각동조에 가득한, 주위 동료들의 긴박한 분위기.

죽은 자의 이름을 새긴, 전사자의 〈저거노트〉 파편. 줄어드는 일은 없고 계속 늘어나는, 만들 수 없는 묘를 대신하는 알루미늄 묘비들.

그 약속을 처음에 한 전대장의 웃는 얼굴과 긴 흑발을 신은 지금도 선명히 기억한다. 그 흑발을 흠뻑 적셨던 그녀 자신이 흘린 피의 색깔도.

미움을 산 적이 있었다. 부탁을 받은 적이 있었다. 경원당한 적도, 서로 마음이 통한 적도. 그 전원을 기억한다.

다들 죽었다.

그리고 앞으로도 죽는다.

에이티식스가 사는 86구란 그런 전장이다. 살아남는 자 따윈 없다. 반드시 죽는다. 누구든지.

그래도.

——네가 데려가 주겠지. 우리의 저승사자.

그것이 조금이라도 구원이 된다면.

그런 것밖에 할 수 없으니까.

모두를 데려가자.

그 자신의 바람이 이루어지는 그곳까지.

눈을 들었다. 선혈의 진홍색 두 눈은 지금 차갑도록 냉철하고, 매서우리만치 잔잔하고, 그저 조용히—— 얼어붙었다.

칼집에서 나온 한 자루 얼음칼처럼.

진홍의 전장을 다스리는, 마음 따윈 없는 저승사자처럼.

작전 개시 시각.

폐쇄된 조종실의 어둠 속, 기동한 광학 스크린에 글자가 춤추었다. 조악한 화질에 어울리는 거친 글자. 언젠가 그 자신의 관이 될 움직이는 알루미늄 합금 관짝의 기동 화면.

《시스템 스타트》

《공화국 공창 M1A4 〈저거노트〉 OS Ver 8.15》

시선을 준 곳, 아득한 저편에 있는 전장은 붉다. 전장 전체에 흐드러지게 핀—— 저것은 양귀비꽃의 진홍색.

과거에 백골로 뒤덮인 전장의 그 피가 모습을 바꾸어 흐드러지게 피었다.

이 86구 또한 백골로 뒤덮인 전장이다. 에이티식스의 시체는 추모받을 일이 없고, 기계장치 망령이 배회하고, 그 죽은 이들의 무리에 언젠가 그 자신도 더해질 날이 온다. 그때까지.

그 전장의 너머까지.

치익 하고 귀에 거슬리는 잡음이 시대에 뒤떨어진 무전 통신에 섞였다.

These fragments
turned the boy
into the
Grim Reaper.

86

6 <<< FRAGMENTAL NEOTENY

⟨ Culpa ⟩

The dead aren't in the field.
But they died there.

"너희가 무슨 짓을 당했는지. 뭘 빼앗기고, 뭘 잃고, 그리고 거기에 어떻게 맞서고, 후세에 어떻게 전해야 할까. 그걸 이해할 수 있게 되어라."

아버지가, 그리고 어머니가 전장에 가고, 강제수용소의 성당의 신부님이 신과 형을 거두어주고, 그 신부님이 공부를 가르쳐 주겠다고 할 때 처음으로 했던 말이다.

부모님의 얼굴과 목소리는 잊어도, 그 말을 들었을 때 옆에 있어 준 형의 얼굴과 목소리조차 알 수 없게 되어도 그 말은 기억했다. 기억하자고 생각했기 때문이다. 어린 신에게는 아직 어려운 말이었지만, 열 살 연상인 형이 무겁게 고개를 끄덕이는 모습에 꼭 기억해야만 하는 말이라고 알았기 때문이다.

이것은 신이 나중에 들은 말이지만, 신부님과 마찬가지로 아이들을 교육하려고 했던 자는 어느 강제수용소에도 약간은 있었던 모양이다. 처음에 남자가 전장과 노역을 맡고, 남자가 죽으면 여자가, 그다음에는 병자와 노인이 끌려가고, 너무 고령인 노인과 아이만 남게 되어 제대로 된 공동체의 구조도 유지할 수 없게 된 강제수용소에서, 그래도 아이들은 최소한의 교육이라도 받아야 한다고 생각한 자가.

그것은 지식을 바랄 때 얻을 수 있게 하는 것이자, 자신이 겪은 곤경의 기록을 남기고 싶다고 생각할 때 그걸 남길 수 있게 하려는 것이기도 하고, 혹은 언젠가 이 강제수용이 끝날 때—— 아이들의 미래의 가능성을 조금이라도 넓히려는 것이기도 했다.

수용 초기에는 아직 그런 희망을 품은 자가 남아있었다.

늙고 앙상한 노인 중에서도 아직 기력이 있는 자. 나이 좀 있는 아이 중에서 기골 있는 자. 그런 자들이 아이들을 모아서, 그들이 할 수 있는 최대한으로 교육했다. 대부분 읽고 쓰기와 계산을 가르치는 정도였다고 하지만, 병역에 임할 때 글을 읽을 수 있는 편이 도움이 되니까 감시하는 공화국 군인도 그것은 묵인했다.

물론 참가하지 않는 노인도 많이 있었고, 강제수용소에서 도움이 될 리 없는 읽고 쓰기나 계산을 배울 의욕이 없는 아이도 역시 많았던 모양이지만.

신은 그 '학교'에 간 적이 없었지만, 신부가 신과 형에게 베푼 교육은 그보다 훨씬 수준이 높았으리라.

과거에 공화국군의 장교로서 상응하는 교양을 익혔고 종교일에 임하기 위해 여러 연구를 한 신부 자신의 견식과 통찰. 작은 마을의 성당이라고 해도 긴 역사를 가진 성당의 역대 신부들이 수집한 방대한 양의 서적. 강제수용소라는 환경에서는 아마도 최고봉이라고 해야 할, 나중에 생각하면 다행이었다고 할 수 있을 정도로.

하지만.

신이 형에게 죽었던 밤. 그 정도로 형을 분노케 한 신의 죄가 무엇이었는가 하는 대답은 신부님도 줄 수 없었다.

†

"또 여기에 있는 게냐, 신."

"신부님."

키가 큰 수준을 넘어서 덩치가 산만 한 영역에 이른 신부가 서면 완전히 막혀버리는 서고 입구. 거기에서 들려온 목소리에 열 살이 된 신은 펼친 책에서 고개를 들었다. 오래 묵은 가죽 표지의 책은 아이의 손에 너무나도 무거웠고, 앉아서 무릎 위에 펼쳐놓고 있었으니까 다리가 좀 저렸다.

레이가 출정하고, 혼자 있는 시간이 늘고, 그때까지 형과 보냈던 그 시간의 공백을 메울 방법을 신은 교회의 서고에 있는 장서에서 찾았다.

자신이 뭘 했기에 형이 그렇게 화났을까. 모르니까 생각해야만 해서, 생각하기에는 어휘도 지식도 부족하니까 배워야만 했다.

배우고 생각하면, 의식하고 싶지 않은 것에서 눈을 돌릴 수 있다.

형에게 죽을 뻔한 뒤로 들려오게 된 기계장치 망령들의 소리로부터.

적국의 계보라고 욕설이나 돌을 던지는, 성당 밖 에이티식스들의 적의와 악의로부터.

철이 든 뒤로 이 강제수용소에서도 계속 곁에 있어 주었던, 그런데도 자신을 두고서 사라져버린 형의 부재로부터.

레이가 떠난 3년 전부터 표정이 사라져버린, 그 나이에 어울리지 않는 무감동한 신의 얼굴을 내려다보며 신부가 조금 억지로 미소를 지었다.

"오늘 저녁은 푸짐하단다. 정원 나무에 앉은 새를 잡았거든. 제법 큰 놈이니까 기대해도 된단다. 그래, 사냥총 없이 가능한 사냥도 다음에 가르쳐줘야겠군."

신부는 교양이나 지식 외에 사냥법이나 총 쏘는 법이나 정비하는 방법, 기갑병기의 전투에 대해서도 신에게 가르쳤다.

3년 동안 노인이 죽어가면서 드디어 아이밖에 남지 않은 수용소의 에이티식스는 현재 10대 초반에 접어들 때부터 병역에 끌려간다. 피할 수 없다면 하다못해 조금이라도 전장에서 살아남는 방법을 가르쳐 주자는 것이 신부의 마음이자 신 자신의 바람이다. 죽으면 형에게 사과할 수 없다. 그 형은 신에게 죽어버리라고 했지만, 그래도 하다못해 사과할 때까지는.

"예……."

"밖의 아이들에게도 나누어주고 싶은데. 아무래도 나를 싫어하는 모양이니 어쩔 수 없지. 하다못해 생명 하나를 헛되이 하지 않도록 나와 너만이라도 잘 먹자꾸나."

쓴웃음을 지으면서 조금 과장스럽게 어깨를 으쓱이는 신부에게 신은 시선을 돌렸다.

"죄송합니다. 제가 여기에 있으니까 그런 거지요."

신부는 사실 신 혼자에게만 준 지식이나 기술을 강제수용소의 아이들 전원에게 베풀고 싶었을 것이다.

자신들이 당한 처지를, 이해할 수 있을 정도의 지식을. 맞서고 전하는 방법을. 그리고 전장에 보내져서도 살아남는 방법을.

하지만 실제로는 그럴 수 없었다.

신이 있기 때문이다. 전쟁을 시작한 제국의 계보, 이 곤경을 가져온 저주스러운 적이라고 에이티식스들에게 경원당하고, 그렇기에 동포일 터인 에이티식스에게 매몰찬 박해를 받는, 제국 귀족의 피를 이은 신이.

신이 지금 무사할 수 있는 것은 신부가 보호하기 때문이다.

백계종이며 군인 출신이라는 경력 이상으로 신부가 이 수용소에서 두려움을 사는 것은 불곰과도 비슷하게 건장한 체구 탓이다. 그런 그의 '영역'인 성당에 손을 대는 에이티식스는 없다. 하물며 가장 나이 많은 이들을 따져도 10대 초반의 아이들만 남은 현재는 더더욱 그렇다.

그래도 성당 안으로 불러들이면 신부가 눈을 뗀 사이에 신이 무슨 짓을 당할지 모른다. 그러니까 본래 열려 있어야 할 터인 성당의 문을 신부는 벌써 몇 년이나 엄중하게 닫고 있다. 맡은 아이 중 마지막 한 명인 신을, 그 마지막 한 명이라도 지키기 위해서.

신부는 살짝 고개를 갸웃거렸다.

"너는 네 탓도 아닌 일들을 사과하게 되었구나."

자기 죄라고 생각하게 되었다.

"말하지 않았더냐. 미움을 사는 건 나다. 그리고 나를 싫어하고 무서워하며 피하는 아이를 붙잡다가 식탁 앞에 앉힐 수도, 억지로 책을 읽게 할 수도 없지. 필요 없다는데 억지로 안겨주는 것도 폭력이다. 그러니까 뭘 해줄 수 없지. 그것뿐이다."

"……."

"그리고…… 정말로 마음에 두고 있는 건 레이 문제겠지. 이전에도 말했지만, 그건 네 잘못이 아니다. 너는 아무런 잘못도 없다. 그때 일어난 일에 네게는 죄가, 없다."

그것은 그저 레이의 죄다.

신은 살짝 고개 숙였다. 이런 말을 하게 할 뿐이라고, 곤란하게 할 뿐이라고 깨달았으니까, 무엇이 잘못이었냐고 신부에게는 두 번 다시 묻지 않도록 했다.

신부님.

저는 그런 말을 듣고 싶은 게 아닙니다.

†

"미안하군, 상관님의 통신이다. 이야기는 다음에 또 하자."

그렇게 말하고 앨리스는 빠르게 식당을 나가고, 신은 혼자서 남은 합성 식량을 깨물었다.

전대장인 앨리스가 털털하게 굴어서 그런지 이 전대에서는 제국 귀족의 피가 진한 신도 그 이유로 기피되는 일이 없다. 그러므로 앨리스가 없을 때 혼자가 되는 것은 신 자신이 주위를 피하기 때문이다.

같은 전대의 동료들이지만, 나이 많은 프로세서들이 무섭다.

그보다 연상인 정비사들이 무섭다.

같은 또래였던 형의 손을, 목소리를, 시선을 떠올리는 것이⋯⋯
너무나도 무섭다.

"노우젠."

그중에서도 특히나 거북한 상대인 그렌이 갑자기 말을 걸었기
에 신은 조금 흠칫했다. 그렌에게는 미안하다고 생각하지만, 형
과 같은 빨강 머리. 내려다보는 장신도.

하지만 그 두려움을 눈치챈 것처럼 그렌은 그 자리에 웅크려 앉
았다. 압박감이 흐려져서 살짝 숨을 내쉬는 신을 바라보는 파란
눈에 진지한 빛을 띠며 말했다.

"노우젠. 넌 최대한 죽지 말아라."

그 말에 신은 눈을 껌뻑였다.

조금 전에 앨리스에게도 비슷한 말을 들었는데—— 그렇게 금
방 죽을 것처럼 보였을까.

"그건⋯⋯ 나도 죽기 싫어요. 죽으면 안 되니까 죽을 수 없습니
다만."

"좋은 마음가짐이다. 그 마음으로 최대한 살아남아서 앨리스 녀
석을 두고 가지 않도록 해라."

"⋯⋯?"

그게 무슨 소리지?

"앨리스는 네임드다. 이 전장에서 몇 년이나 살아남은 베테랑이
지. 즉, 그만큼 동료들을 모두 떠나보낸 녀석이야."

신은 놀라서 눈을 크게 떴다.

매년 10만 명 이상이 입대하는 에이티식스지만, 1년 뒤까지 살

아남는 숫자는 천 명도 안 된다. 그런 전장에서 몇 년이나 살아남는다는 것은 함께 싸운 동료 대부분의 죽음을 지켜봤다는 소리다.

"네게는 재능이 있어. 끝까지 싸우는 재능, 살아남는 재능이란 게. 그걸 가진 너는 하다못해 앨리스를 혼자 남겨두지 마라."

말하면서 그렌은 신의 목을 감싼 스카프로 시선을 주었다. 애도하는 듯한 파란 눈. 이미 죽고 없는 누군가를 생각할 때의 눈동자.

"녀석은 아마 네가 죽으면 특히나 가슴 아파할 테니까. 그러니까 너는…… 죽지 말아다오."

그 말에 신은 무의식중에 스카프를 움켜쥐었다.

조금 전에 앨리스에게. 이 스카프를 받을 때의 일을 떠올렸다.

갑자기 끌어안듯이 앨리스가 머리 양옆으로 손을 둘렀다. 갑자기 가로막힌 시야와 소녀 특유의 달콤한 향기에 신은 순간 몸을 굳혔다. 곧 몸이 떨어지자 그녀가 하고 있었을 터인 하늘색 스카프가 목에 감겨 있어서 한 차례 눈을 껌벅였다. '어째서?'라며 눈길을 주자 앨리스가 웃었다.

"눈길을 끌고 싶지 않은 거지? 남에게 보이고 싶지 않은 거겠지? 누군가 탓하기를 원하지 않아서…… 아니, 탓하고 싶지 않으니까."

웃었다.

신의 과거도, 품은 마음도 모르는 채로, 하지만 어딘가 당당하게. 씩씩하게.

"그 사람을 지켜주고 싶다고, 너는 생각하는 거겠지?"

그 말에 신은 반사적으로 시선을 들었다.

지금껏 마음속 어딘가에서 바라고 생각하던 말이었다.

누군가가 그것을 인정하고――용서해 줬으면 하고.

형을.

원망하지 않아도 된다고.

미워하지 않아도 된다고.

괴롭힘당하고 죽을 뻔하고, 지워지지 않는 상처가 남아도.

――그래도.

형을 소중한 사람이라고 생각해도 된다고.

앨리스가 허락해 준 듯한…… 그런 느낌이 들었다.

그녀의 체온이 아직 남은 듯한 스카프를 쥐고 신은 생각했다.

그때 분명히 도움을 받았다. 구원을 하나 얻은 듯했다.

마찬가지로 자신도, 아주 조금이라도 누군가의 구원이 될 수 있다면.

――너는 죽지 말아라.

"예…… 반드시."

[EIGHTY
SIX]

These fragments turned the boy
into the Grim Reaper.

The dead aren't in the field.

07

The number is the land which isn't
admitted in the country.
And they're also boys and girls
from the land.

F R A G M E N T A L   N E O T E N Y

트리아지 태그 : 블랙이 흔해 빠진 일상

"파이드. 상관없어, 뜯어내."

주저앉은 〈저거노트〉의 일그러진 캐노피에 한 손을 대고, 장갑이 구부러져 열린 틈새로 조종실 안을 엿보던 신이 말한 걸 보면, 안의 동료는 아무래도 늦은 모양이다.

대기를 명받은 자신의 〈저거노트〉 안, 광학 스크린의 그 영상에 쿠조는 그것을 깨달았다.

〈저거노트〉의 경우, 애초에 옆구리에 근접엽병형의 돌격을 정통으로 맞은 시점에서 안에 타고 있던 프로세서는 절대로 살아남을 수 없다.

공화국이 자랑하는 결함기인 〈저거노트〉는 당찮게도 조종실 주위의 프레임 접합이 약해서, 공격받으면 종종 동체가 위아래로 갈라진다. 당연히 그 안의 프로세서도 함께. 갈라져서 날아간 프레임에 상반신이 절단된 처참하기 짝이 없는 동료의 시체도 이 전장에서는 이미 익숙한 것이다.

파이드라는 이름이 붙은 구형 〈스캐빈저〉가 버너와 크레인 암을 구사하여 캐노피를 벗겨내었고, 그렇게 드러난 조종실에 신이 몸을 기울였다. 파이드의 거구가 가로막아서 다른 프로세서들은 조종실 내부가 보이지 않았다.

〈레기온〉 본대가 퇴각했다고 해도, 다리가 느린 자주지뢰——고성능 폭약과 지향성 산탄을 몸 안에 담은, 못생긴 인간형 자폭

병기——는 아직 남아있을지도 모르는 전투 직후에 기체 밖에 나오는 것은 프로세서에게 자살행위일 테지만, 신은 경계하는 기색도 없었다. 한 손에 든 9mm 자동권총도 그 목적은 방어용이 아니겠지.

쓰러진 무언가에 손을 뻗어 만지고, 하지만 몸을 일으킨 뒤에 권총을 드는 기색이 없어서 쿠조는 아아 하는 심정으로 눈을 감았다. 이미 숨이 끊어졌다. 마무리를 지어줄 필요가 없다.

운이 좋았다. 생명 유지에 직결되는 중추신경계와 순환기——머리나 가슴과 달리 복부의 손상은 그게 치명상이라도 그리 쉽게 즉사할 수 없다. 자칫하면 며칠이나, 어떻게 살릴 수도 없는데 죽지도 못하고 괴로워하는 꼴이 된다. 운이 좋았다.

어차피 죽는 것이라면 하다못해 마지막은 편한 쪽이 좋다는 거야 틀림없다.

트리아지 태그 : 블랙—— 아직 살아는 있지만 곧 죽는, 치료 행위가 무의미한 전사자 직전의 상태. 전장에 내던져지기 전부터 일률적으로 그 카테고리로 분류된 거나 마찬가지인 에이티식스의 공통된 인식이다.

그렇다고는 해도 녀석은 치명적으로 몸이 파괴되는 고통도, 자기 죽음의 순간도 모른 채 가는 은혜까지는 얻을 수 없어서.

——누가 좀 살려줘.

지각동조가 들려준, 누구를 향한 것인지 모르는 가녀린 목소리가 귓속에서 되살아났다. 살려줄 수 없었다. 지켜줄 수 없었다. 전투 중이라서 곁에 있으며 돌봐줄 수도 없었던, 이 스피어헤드 전대에 배속되기 전부터 몇 년이나 함께 싸우고 함께 살아남은 여동생 같은 전우의 목소리.

미안, 미나. 마지막에 아무것도 해 주지 못해서.

하다못해 사후만큼은 편안하게 쉬기를 하늘에 기도하고 십자를 그었다. 그 이외의 부대원 누구도 하지 않는 기도 의식. 도망칠 수 없는 부조리와 고난에 계속 시달린 에이티식스는 구해 주지 않는 하늘 따윈 믿지 않는다. 하물며 목 없는 저승사자가—— 프로세서가 피해야 할 결말이며 유일하게 절대적인 안식이기도 한 '죽음'의 사자가 이끄는 이 전대에서는 더더욱.

미나도, 이 부대에 배속되고 제일 먼저 죽은 매쉬도…… 분명 내가 죽을 때도, 가야 할 곳으로 데려가 주는 것은 있는지 없는지도 불확실한 하느님 따위가 아니라.

광학 스크린의 안, 동료의 유해와 네 다리가 달린 거미의 사체 옆에서 기계로 된 스캐빈저를 거느리고 선 그들의 전대장은 그 별명처럼 흉흉하면서도 든든한, 아름다운 저승사자 같았다.

그렇긴 해도 죽을 때만 생각하면서 나날을 보내는 것은 너무나도 바보 같다.

[퇴역까지 앞으로 132일!! 스피어헤드 전대에 엿 같은 영광 있으라!!]

"좋았어."

매일 갱신하고 있는 격납고 안쪽의 알록달록한 카운트다운을 오늘도 고쳐 쓰고, 쿠조는 손바닥에 묻은 분필 가루를 팡팡 털었다. 원래 공화국에서 소수 인종인 에이티식스 중에서도 더더욱 드문 남방흑종 특유의 검은 피부와 머리와 눈. 튼실한 장신에 세 가닥으로 단단히 땋아서 끝을 목덜미에 늘어뜨린 머리.

어쩔 수 없는 곤경도 운명도 웃어넘기면서 최대한 인생을 즐기는 것은 박해에 대해 인간이 할 수 있는 최대이자 최고의 저항이다.

막사의 식당에 들어가니 아침 식사 준비가 진행되고 있어서, 카운터 너머의 주방에서 커다란 냄비를 나무 국자로 휘젓는 앙쥬와 둔기 같은 프라이팬으로 한꺼번에 몇 인분의 오믈렛을 만드는 라이덴. 세오와 크레나가 카운터에 식기를 늘어놓고, 전에 다이야가 주워온 새끼 고양이에게 카이에가 먹이를 주고 있다. 다른 대원들과 정비사도 테이블에 앉아서 시끄럽게 떠들고 있고, 평소처럼 그런 소란과 거리를 두고 안쪽 자리에서 신이 책을 읽고 있었다.

문득 옛날 기억이 뇌리에 되살아나서 쿠조는 눈을 가늘게 떴다.

어렸을 적. 집 거실에서는 아침이면 이런 식으로 부엌에서 어머니가 바쁘게 일하고, 그 주위와 테이블에 형제자매들이 시끌벅적하게 떠들고, 안쪽 소파에서 아버지가 신문을 읽고 있었다——.

강제수용 이전의, 이제는 돌아갈 수 없는 추억이다.

지금은 누구도 어디에도 없다.

또 신을 아빠라고 말하거나 라이덴을 엄마로 비유했다간 커피에 설탕을 대량 투하하는 등의 하찮은 보복이 돌아오니까 입 밖에는 내지 않는다. 참고로 이전에 좀 심하게 놀렸던 키노가 실제로 당했다.

장발에 쓴 삼각두건을 벗으며 앙쥬가 카운터에서 몸을 내밀었다.

"다 됐어, 다들 받으러 와. 그리고 쿠조 군은 먼저 손 씻고 와. 분필 가루는 털어도 남으니까."

"오. 이런."

덜컥덜컥 소리를 내며 다들 자리에서 일어나고(엉망으로 지어져서 나무판자 가장자리가 여기저기 떠 있다), 쿠조는 손을 씻으러 일단 식당을 나섰다.

돌아오니 누군가가 그의 몫도 받아주었기에 고맙다고 주위에 말하고 자리에 앉았다.

아침 식사는 보존용 통조림 빵을 데운 것과 토끼 고기 스튜, 야채가 든 오믈렛에, 디저트로 오렌지와 베리, 그리고 민들레로 만든 대용 커피로, 하나같이 방치된 도시 폐허에서 가져오거나 인근 숲에서 사냥하거나 막사 뒤에서 재배한 것이다. 구할 수 있는 재료만을 이용할 수밖에 없었으니까 소박하다면 소박한 메뉴지만, 생산 플랜트의 맛없는…… 정확하게는 아무 맛도 나지 않는 합성 식량에 익숙해진 몸으로서는 충분하고 남을 정도의 사치다.

하지만 테이블 가장자리에 아침 식사가 준비된 빈자리가 하나 더 남아있어서 쿠조는 눈을 껌뻑였다.

시선을 깨달은 주위 동료들이 그쪽을 보고, 그것이 식당 전체에 전파되다가 아마도 전원이 동시에 깨달았다.

어제 죽은 미나의 몫.

갑자기 무거운 침묵이 식당 전체에 깔렸다.

일상적으로 동료의 죽음과 직면하는 프로세서는 그렇기에 죽음에 대한 마음의 정리가 빠르다. 대개는 그 녀석이 죽은 날 밤에 실컷 슬퍼하고, 다음 날이면 평소의 자신으로 돌아온다. 적어도 표면적으로는 그렇게 행동한다.

하지만 이 전장에서 죽음이란 것은 너무 흔하고 당연하고, 그런 주제에 아주 성질이 나쁘니까── 때때로 이렇게 기습처럼 어찌할 수도 없는 상실을 떠올리게 할 때가 있다. 평소에는 간신히 잊고 있으니까 웃을 수 있지만, 자기 자신의 무참한 미래 예상도를 이렇게 눈앞에 들이댄다.

침울한 정적이 아침 햇살로 밝고 기분 좋게 음식 향기가 가득한 식당을 지배했다.

쿠조는 두 손을 움켜쥐었다.

웃을 수 없으면 패배다. 즐길 수 없으면 패배다.

그들이 절망하는 것이야말로 이 전장에 그들을 내던진 하얀 돼지들에 대한 항복이고 패배다.

질 수는 없다.

"어이! 사흘 뒤 보름달에 말이지, '달맞이' 하자!"

──그거 알아? 쿠조. 달에는 토끼가 있대.

──보고 싶어. 달까지 가서.

갑자기 큰 소리로, 그것도 뜬금없는 소리를 꺼낸 쿠조에게 동료들이 놀라서 돌아보았다.

아랑곳하지 않고, 쿠조는 계속 말했다.

"대륙 동부의 축제라는데, 그거 하자고. 아마 저번에 했던 '꽃놀이' 랑 같은 느낌으로. 그렇지, 카이에?!"

갑자기 이야기가 자기에게 돌아오는 바람에 카이에가 다급히 끄덕였다. 극동흑종 특유의 짙은 검은색 포니테일이 움직임에 따라서 가볍게 흔들렸다.

"어, 응, 아마도. 나는 잘 모르지만 아마도 그래."

"달을 보면서 술을 마시고 떠드는 거야! 우리는 술 못 마시지만!"

쿠조만이 아니라 프로세서는 알코올 종류를 즐기지 않는다. 취하면 싸울 수 없다. 싸우지 못하는 채로 〈레기온〉에 습격받아 무력하게 죽는 것은 그들의 긍지가 허락하지 않기 때문이다.

제안의 의도를 깨달은 듯이 라이덴이 히죽 웃었다.

"뭐, 좋지 않겠어? 어차피 다들 한가하고, 좋은 기분 풀이가 되겠지."

전대 부장도 동의. 힐끗 바라보니 기지 최고 연상인 정비반장도 쓴웃음을 짓고, 다른 대원이나 정비사의 반응도 나쁘지 않다.

그러니 최종적으로 재가를 내려야 할 전대장을—— 유일하게 미나의 부재에도 아무것도 느끼는 기색 없이 담담히 서적에 시선을 내리고 있던 신을 돌아보았다.

"어이, 괜찮겠지, 신!"

"……."

침묵이 돌아오는 것은 신의 경우 동의든가 부정이든가 흥미가 없어서 안 듣고 있었던 것이든가, 셋 중 하나다. 그리고 보통은 세 번째다.

그러니 다시금 말해보았다.

"사흘 뒤 보름날에 '달맞이' 하고 싶은데! 괜찮지?!"

"듣고 있어. 괜찮지 않을까."

그럼 먼저 대답을 하라는 딴죽은 이 경우 아무도 하지 않았다.

읽고 있던 문고본을 탁 하고 덮으며 신은 그 핏빛 눈동자를 이쪽으로 향했다. 표지의 타이틀은 [두 번째 변종]. 오래된 SF 소설이다. 독서를 즐긴다기보다는 가리지 않고 책을 읽어대는 기색이 강한 신은 꽤나 절조 없이 뭐든지 읽는다. 저번에는 극동의 여류 시인의 반전시를 읽었고, 그 전에는 약물중독의 독재자가 쓴 프로파간다 책이었다.

정말 취미도 대단하다는 게 오랫동안 함께 지낸 라이덴의 말이고, 솔직히 쿠조도 그렇게 생각한다.

하지만 그럴 수밖에 없었던 이유도 어렴풋이 알고 있으니까 쿠조는 세 살이나 연하인 소년의, 무례라고도 할 수 있는 거동이 싫지 않았다.

뭔가를 읽고 생각하지 않으면——다른 뭔가에 의식을 기울이지 않으면 아마도 괴로울 테니까.

"다만 그건 가을 행사 아니었던가? 필요한 건 아무것도 구할 수 없는데."

"그건 딱히 상관없잖아. 솔직히 말해서 떠들고 놀 구실이 필요할 뿐이지, 어떤 식으로 해야 하는지도 모르고."

신은——그치고 드물게도——살짝 싫다는 얼굴을 했다.

"그러다가 꽃놀이 때 전원이 맹물을 돌려 마셨던 건가."

카이에가 놀라 고개를 갸웃거렸다.

"그리고 보면 그때도 묘한 얼굴을 했는데, 술 대신 물을 따르는 게 뭔가 잘못이었어?"

술을 못 마시니까 기분만이라도 맛보자면서, 고급 미네랄워터 병과 술잔——그것도 극동의 것으로, 폐허의 백화점에서 일부러 찾아왔는데.

신은 지친 듯이 탄식했다.

"아무것도 아니야."

사흘 뒤.

폭풍이 왔다.

"제길……! 달님 바보, 폭풍 바보……!"

"그냥 다음 달에 하면 되잖아. 그리고 그냥 그때 생각난 김에 한 말이었으니까, 그렇게 전력으로 원망하지 마. 옆에서 보면 짜증이 나."

식당 테이블에 엎어져서 꺼이꺼이 우는 시늉을 하는 쿠조에게, 맞은편에서 얼굴을 손으로 받치고 있던 세오가 위로인지 야유인지 모를 소리를 했다.

"마스터, 한 잔 더."

"머리에다가 부어 줄까?"

말하면서 정말로 물이 든 컵을 손에 쥐기에 쿠조는 투덜대는 것을 멈추고 몸을 일으켰다. 외모는 귀여운 느낌의 미소년이지만, 꽤 신랄하고 성격이 급하다.

 그대로 머리 뒤로 두 손을 모으고 등받이에 몸을 기댔다.

 "아, 젠장. 그때 생각난 김에 진행한 일이었다고 해도 꽤나 기대했는데 말이지."

 떠오르는 것은.

 ——그거 알아? 쿠조. 달에는 토끼가 있대. 동쪽 나라에서 그렇게 말해.

 ——보고 싶어. 달까지 가서.

 ——아니면 여기서도 볼 수 있을까. 보름달은 밝으니까, 어쩌면 한 번 정도는.

 그렇게 말하며 해맑게 웃던, 처음 만났을 적 미나의 목소리.

 녀석은 결국 달토끼를 찾을 수 없었으니까. 그러니까 하다못해 대신 찾아주고 싶다고 생각했는데.

 "그건 다들 그렇지만. 어찌 되었든 오늘은 무리야."

 세오는 격납고 쪽으로 시선을 돌렸다. 저녁 식사 후의 이 시간은 평소라면 정비사도 자유시간일 테지만, 오늘만큼은 아직 정비기계의 소음이 울렸다.

 약해 빠진 〈저거노트〉는 전투 때 소모가 급격해서, 교환용 부품도 종종 바닥을 친다. 공화국 안에서 보급품이 수송되어 오는 날이 바로 오늘이었는데, 그 수송기의 도착이 조종사의 숙취 때문에 대폭 늦어진 것이다. 당연히 그 부품을 기다리던 정비 작업도 그만큼 미뤄지게 되어서, 급하게 저녁 끼니를 때우고 지금도 작업이 계속되고 있다.

휴식이라며 커피를 가지고 갔던 다이야가 돌아와서 세오 옆의 의자를 끌어당겼다.

"간신히 좀 정리되어 간다네. 소등시간까지는 어떻게든 끝나겠다고."

쿠조는 콧김을 내뿜었다. 정비사에게는 정비사의 고집과 긍지가 있다. 프로세서의 생명줄인 〈저거노트〉를 맡은 몸으로 기체 상태를 완벽하게 하려고, 전문 정비 기술이 없는 프로세서 본인에게는 어지간해선 기체를 만지게 하지 않지만.

"뭔가 도울 수 있으면 좋겠는데."

"신이 물어봤어. 하지만 필요 없대. 꼬맹이가 괜한 걱정 하지 말라고, 그보다 불편 끼쳐서 미안하다고."

에이티식스밖에 없는——표면상으로는 인간이 없는 전선기지에는 기지 기능이 유지되는 데 필요한 최소한의 전력밖에 공급되지 않는다. 정비 기재의 가동에 그 대부분을 할애하는 현재, 막사에서 쓸 수 있는 전기는 극히 일부다. 항상 이 시간이면 다른 장소에서 보내는 세오나 다이야를 포함하여 대원 전원이 식당에 있는 것도 그 때문으로, 각 방에서 전등을 쓸 여유가 없는 것이다.

하지만 평소의 두 배나 되는 머릿수와 여섯 명인 여자 대원들의 재잘재잘한 목소리로 평소보다 시끌벅적한 식당의 분위기에 쿠조는 표정을 풀었다. 학교라는 곳에 쿠조는 몇 년밖에 간 적 없지만, 수학여행 밤이란 것은 어쩌면 이런 느낌일까. 비일상의 분위기에 고양되면서 각자가 편하게 좋아하는 일을 마음껏 하는 시간. 돌아온 신이 자기 자리인 안쪽 자리에서 읽던 하드커버 책을 펼치고, 첫 폭풍에 겁먹은 듯한 새끼고양이가 쪼르르 달려가서 야전복의 옷깃에 달라붙었다.

궁금해져서 쿠조는 물어보았다.

"이번에는 뭘 읽고 있어?"

"『미스트』."

고립 환경을 무대로 한, 호러의 대가가 쓴 소설이다.

그리고 이 기지는 폭풍과 〈레기온〉과 하얀 돼지들의 대인 지뢰밭으로 절찬리에 고립 중.

"어어, 음……. 아쉽네. 안개가 아니라 폭풍이라서……."

구웅 하고 바람이 세게 불었다. 유리창만이 아니라 막사 전체가 흔들려서 삐걱거리는 느낌이 들었다.

카이에와 크레나가 흠칫하고, 신도 책에서 시선을 들었다.

폭풍은 잠시 구웅구웅 소리를 내며 막사를 뒤흔들다가 결국 기세가 조금 약해졌지만, 불길한 소리와 때아닌 겨울바람 소리는 계속 이어졌다. 몰아치는 굵은 빗줄기의, 물리적인 파괴력마저 가진 듯한 딱딱한 음향.

"……."

이럴 때 다들 말없이 천장을 올려다보는 것은 왜일까.

"그러고 보면 여기 막사는 비 안 새던가?"

크레나가 그렇게 말할 정도로 각 전선기지의 막사는 비가 많이 샌다.

"그야 뭐, 일단 가장 중요한 거점의 기지니까."

라이덴은 그렇게 대답했지만, 쿠조는 과장스럽게 씁쓸한 얼굴을 했다.

"그래도 라이덴, 다른 기지도 나름 중요한 거점이라면서 비가 안 새는 경우가 드물었잖아. 내가 전에 있던 데는 배수 시설이 맛가는 바람에 기지요원이 총출동해서 양동이 릴레이를 했다고."

"아하……."

전원(엄밀하게 말하자면 신 이외)이 표정을 찌푸렸다. 각자 비슷한 경험이 있는 모양이다.

"분명히 이제 양동이는 친구! 란 느낌이지. 그리고 망치랑 판자랑 못."

"비도 싫지만, 역시 눈이 끔찍해. 2년 정도 전이었던가? 폭설에 완전히 파묻힐 뻔한 적이 있어서."

"하지만 신이 농담으로 파이드에게 눈을 치우라고 명령했더니 해 줬잖아."

"그보다 제일 싫은 건 외풍이야……. 전에 있던 기지는 그게 정말 추워서, 게다가 하필이면 겨울이라서 다들 교대로 감기에 걸려서 몸져누웠어."

"아, 그런 기지도 있지. 내가 전에 있던 기지는 우박으로 격납고 지붕에 구멍이 나서……."

그런 식으로 각자의 '전선기지의 흔한 체험(날씨편)' 을 늘어놓고 있는데, 갑자기 퍽 하는 소리가 나며 전등이 나갔다.

한순간 전원이 입을 다물고, 침묵과 암흑이 식당을 지배했다.

꺼진 전등을 올려다본 채로 세오가 말했다.

"어, 정전?"

"그럴 리 있겠냐. 송전 케이블은 지하잖아. 바람 정도로 끊어질 리는 없어."

"혹시 공화국이 멸망했든가?"

"아니, 저기, 크레나. 기쁜 듯이 말하지만, 그 경우 우리도 길동무니까."

그렇게 말하면서 다이야도 밝고 즐거운 기색이다. 어릴 적에 강제수용소에 끌려가서 계속되는 전투로 어떻게 보면 단조로운 일상을 강요받는 프로세서는 이벤트에 굶주려 있다. 태풍도 정전도 좀처럼 없다는 점에서 그들에게는 마음 들뜨는 일대 이벤트다.

다들 신이 나서 심령현상이네, 신형 〈레기온〉의 공격이네, 우주인의 침략이네 하는 식으로 정전의 원인을 이것저것 유추하며 떠드는 가운데, 발소리도 없이 조용한 기척이 일어나서 나가더니 갑자기 불이 다시 켜졌다.

"오."

"아."

안도한 듯한, 아쉬워하는 듯한 목소리가 여기저기서 새어나오고, 잠시 뒤에 역시나 발소리도 없이 신이 돌아왔다.

"차단기."

"뭐야, 재미없게."

그렇게 말하려던 순간 빠직 하는 엄청난 소리를 내며 또 전등이 나갔다.

"……."

전원이 묵묵히 꺼진 전등을 올려다보았다. 이번에는 신도 움직이지 않았다.

갑자기 식당 구석에 내던져진 정보단말이 기동하며 '음성 통신' 표시와 함께 신경질적인 젊은 남자 목소리가 말했다.

[핸들러 원이 스피어헤드 전대에. 지금 당장 쓸데없는 전력소비를 멈춰라. 메디컬 유닛을 점검할 수 없다.]

그랑 뮬 너머, 공화국 85구 안의 국군 본부에 있는 지휘관제관의 목소리다. 으리으리한 지위와 거만한 태도와 달리 결국은 단순한 가축지기에 불과한, 아무런 도움도 안 되는 직함만 달고 있는 지휘관.

차단기가 내려간 것은 그 탓인가 생각하며 쿠조는 얼굴을 찌푸렸다.

메디컬 유닛은 각 전선기지에 군의관 대신 배치되어 있는 의료 기계로, 부상과 병의 종류와 정도를 자동으로 판정하여 적절한 치료를 하는, 하얀 돼지들의 말에 따르면 획기적인 전장 의료 시스템이다.

다만 선별 기준은 아주 정신 나간 레벨로 설정되어 있어서, 치료하면 바로 전선 복귀가 가능한 정도의 부상 정도밖에 치료해 주지 않는다. 한동안 움직일 수 없는 중상은 치료하면 충분히 살아날 부상이라도 '구명 불가'로 판정하여 버려버린다. 전력이 되지 않는 프로세서에게 공짜 밥을 주기 싫다는 공화국의 가치관이 노골적으로 드러난 설정이다.

당연히 프로세서에게는 도움이 안 되는 냉혈기계라고 꽤나 미움을 사고 있다.

　신이 탄식하여 입을 열었다. 핸들러와의 교신은 기본적으로 전 대장인 그가 담당하고 있다.

　"핸들러 원. 낮에 보급이 지연되어서 〈저거노트〉의 정비 작업이 완료되지 않았습니다. 긴급성이 낮은 메디컬 유닛 점검은 나중으로 해 주세요."

　[알까 보냐. 얼른 해. 점검 스케줄이 끝나지 않으면 내가 퇴근할 수 없다.]

　전원이 듣다못해 한숨을 내쉬었다. 전혀 도움이 되지 않는 메디컬 유닛의 점검을 〈저거노트〉 정비보다 우선하는 건 참아주기 어렵다. 하물며 핸들러의 잔업 따윈 정말 아무래도 좋다.

　[듣고 있나, 돼지들. 상관에 대한 예의 정도는 차리는 게 어떨까.]

　돼지가 예의 바르게 말할 거라 생각하는 바보에게 차릴 경의는 처음부터 없었다.

　전원에게 무시당하여 핸들러는 짜증스럽게 숨을 내뱉었다.

　[이 무례한 유색종들이…… 뭐, 좋아. 너희 에이티식스들과 놀아 줘야 하는 것도 이걸로 끝일 테니까.]

　신이 무관심하게 입을 열었다.

　"그러고 보면 퇴역한다는 모양이더군요. 달리 일이 없으니까 군에 들어온 모양이던데, 다음 일자리는 찾았습니까?"

　핸들러는 입을 다물었다.

[누구에게 들었지?]

네가 술 취해서 떠들었잖아, 라고 모두가 생각했지만, 대답하진 않았다.

핸들러는 혐오 어린 목소리를 했다.

[잠시도 마음을 놓을 수 없군, '저승사자' ……. 징글징글한 악령 붙은 괴물.]

크레나가 얼굴을 찌푸리고, 세오가 차가운 눈을 했지만, 당사자는 아랑곳하는 기색이 없었다.

결국 핸들러 쪽이 침묵에 패배했다.

[뭐냐. 더러운 가축들은 다음 주인님이 궁금하냐?]

"딱히."

신이 딱 잘라 말했지만, 핸들러는 듣지 않았다.

왜인지 자신만만하게 말을 이었다.

[아직 본인에게는 이야기가 들어가지 않은 모양이지만. 여자다. 옛 귀족이고, 월반으로 대학을 졸업한 엘리트님이시지. 뭐, 그런 세상모르는 아가씨가 제대로 지휘할 수 있을 리가 없지. 너희를 개죽음시키는 게 고작일 거야. 에이티식스에게 어울리는 말로지, 꼴좋다.]

"……."

신이 아무 말 없는 건 아무래도 상관없기 때문일 거라고 쿠조는 생각했다. 프로세서는 핸들러 따윈 신용하지 않고 기대도 하지 않는다. 있든 없든 큰 차이가 없다……. 괜히 헛소리나 하지 않는 만큼 없는 편이 나을 정도다. 그러니까 아무래도 좋다.

그걸 쓸쓸하게 생각하는 감성도 아마 오래전에 내버리고.

결국 문제의 후임 이야기는 싹 무시하고 이야기를 되돌렸다.

"어차피 그만둘 거니까 스케줄 따윈 신경 쓰지 말고 퇴근하면 되지 않습니까?"

오히려 얼른 가버리라는 듯한 어조였다.

[헛소리 마라. 명령 위반을 저지르면 내 평가가 떨어진다. 안 그래도 한 마리 개죽음시켜서 폐를 끼쳤는데, 더는…….]

신은 제대로 혀를 찼다. 핸들러는 노골적으로 움찔했다.

[아, 아무튼 이건 명령이다. 격납고 작업을 중단할 수 없다면 막사의 전등이라도 꺼라. 알겠지? 너희 역할은 공화국 시민 대신 죽는 것이고, 이런 밤중에 노는 게 아니다.]

그 말이 끝나자마자 핸들러는 도망치듯이 통신을 끊었다. 신을 포함해서 모두가 다시금 성대하게 한숨을 내뱉었다.

바보의 말에 따르는 건 속이 뒤집히는 일이지만, 생명줄인 〈저거노트〉의 정비를 뒤로 미룰 수도 없다.

그런고로 얼른 식당의 전등도 끄고, 방치된 군 기지에서 가져온 라이트스틱 하나를 매단 암흑 가운데, 그건 그거대로 즐기는 분위기가 조성되었으니까 프로세서들은 정말로 배짱도 좋다.

정비의 소음과 조약돌이 쏟아지는 듯한 빗소리와 여자의 비명 같은 바람 소리를 무시하고, 탑 모양으로 쌓은 나무 조각을 빼서 위에 올리는 게임을 어둑어둑한 가운데서 하거나, 괴담 이야기로 무르익거나, 라벨이 보이지 않는 장기보존 캔 음료를 적당히 섞은 액체를 돌려 마시는 등등의 모습. 신도 이 암흑 속에서 독서에 매진할 마음은 없는 건지, 라이덴이 가져온 체스를 두고 있었다.

"하지만 여자 핸들러라니 신기하군."

움직이기 전의 퀸을 한 손으로 재주 좋게 뱅글뱅글 돌리며 생각하던 라이덴이 문득 입을 열었다.

시민의 평등, 선진 국가를 표방하는 주제에 공화국군은 구태의연한 남성 사회다. 더불어서 명백히 실업자를 받아주는 곳으로 변한 구석이 있어서 젊은 여성, 그것도 대학 출신에 좋은 집안 따님이 일부러 들어갈 만한 조직은 아닐 텐데.

"그것도 좋은 집안 아가씨라니. 그런 건 본 적도 없어."

어둠 속에서도 마시면 안 된다고 한눈에 알 수 있는 색채의 혼합 액체를 단숨에 들이켜고 다이야가 말을 받았다. 그리고 다소 안색이 나쁜 하루토에게 잔을 돌리고 말을 이었다.

"어떤 녀석일까. 역시 그건가. 엄청 미인! 인 공주님 느낌!"

대놓고 장난치는 어조에 동료들이 농으로 받았다.

"뻔하잖아. 엄청 미인에 공주님 느낌인 돼지지."

"그것도 뚱뚱. 애초에 돼지니까."

"하얀 돼지잖아. 당연하지."

이런 느낌? 이라면서 그림을 잘 그리는 세오가 척척 스케치북에 뭔가를 그렸고, 그걸 돌려본 동료들이 차례로 폭소를 터뜨렸다. 쿠조도 받아보고 대폭소를 터뜨렸다. 프릴이 잔뜩 달린 드레스를 차려입은 드릴 머리의 하얀 새끼 돼지가 아주 멋 부린 윙크를 이쪽에 보내고 있었다.

"우와, 핑크색 장미 같은 게 배경으로 있을 것 같아."

"이건 그거네. '그렇사와요' 식으로 말하고, 1인칭은 '소녀가'라고 말하는 타입. 분명 그럴 거야."

"그럼 인사는 '평안하신지요'에 허가는 '허가하겠사와요' 식인가? 아무리 신이라도 사흘 정도면 돌아버리겠네."

"그럼 세오는 첫날부터 그러겠군."

"무슨 소리야, 하루토. 말 섞자마자 그러겠지."

"아니, 아니, 모르는 법이야. 바늘보다 무거운 건 들어본 적이 없는, 병약한 귀족 영애일지도."

"비바람 강한 밖에 나가면 죽어 버린답니다, 같은 식?"

"그게 군인?"

"그렇게 심약하고 병약하고 조그만 목소리로 자신 없게 중얼댄단 말이지. 그게 더 짜증 나."

"제군, 진정하고 냉정해져라. 단순히 갈 곳 없는 덜렁이를 처리하는 거야. 뻔하잖아."

"무슨 소리야, 여신이야, 여신. 가련한 우리 에이티식스를 자비심 깊게 구원하려고 더러운 현세에 강림한 여신의 화신……. 그것이야말로 다음 핸들러이시단 말이지."

신임 핸들러를 즉흥 연상 게임의 과제로 삼고 멋대로 떠들어대는 동료들에게…… 쿠조는 눈을 가늘게 떴다.

"그렇군."

여신은 아니더라도, 마음 착한 아가씨는 아니더라도.

"좋은 녀석이면 좋겠군."

그 정도의 꿈이라도, 하다못해 잠시 꿀 수 있다면.

그 정도의 구원도 없다면, 지키고 싶은 녀석도 이미 없는데 이런 바보 같은 전장 따윈 사실.

시선을 준 곳에서는 스케치북을 한 손에 들고 쓴웃음 짓던 신이 어깨를 으쓱였다. 프로세서의 평가로서 선량한 핸들러란 무능과 같은 말이다. 오히려 무능하면 나은 축이고, 평시의 윤리를 전장에서도 적용하는 '선인'은 불필요한 희생자를 늘린다는 면에서 해악이라고 해야 할지도 모른다.

핸들러는 뭐든지 현장에 떠넘기는, 직무유기 바보가 제일 낫다는 것이 프로세서들의 공통된 의견이다.

쿠조는 입을 꾹 다물었다. 그건 그렇지만, 그렇게 체념할 수 없을 때도——.

갑자기 신의 분위기가 냉랭해졌다.

부르는 소리를 들은 사냥개처럼 움찔 고개를 들고, 시선을 멀리 동쪽으로——〈레기온〉의 지배영역 방향으로 돌렸다.

그 의미를 아는 전원이 숨을 삼키고 지켜보았다. 잠시 뒤에 다소 예리함을 더한 냉철하고 붉은 눈동자에 라이덴이 날카로운 눈을 했다.

"출격인가."

"그래. 제2전대 이하 녀석들이 대처할 수 있는 숫자가 아니야."

야간 전투는 원칙적으로 같은 제1전투구역 소속의 제2부터 제4 전대의 관할이지만, 그들에게서 구원 요청이 나온 경우는 제1전대인 스피어헤드 전대도 출격하게 된다.

전대 사이의 직접 연락은 금지되기 때문에 반드시 핸들러를 경유해야만 하는 구원 요청은 특히나 핸들러가 귀가하고 없는 야간에 치명적인 지연이 되곤 하지만.

스케치북을 내던지며 세오가 일어섰다. 스피어헤드 전대 배속 이전부터 신의 지휘 밑에서 싸운 자들은 익숙한 만큼 대응이 빠르다.

"정비반에 가서 알리고 올게. 유예는 어느 정도?"

"최대로 세 시간. 정비가 끝나는 대로 구원 요청을 기다리지 않고 출격한다."

"알았어."

밤눈이 밝은 고양이처럼 격납고를 향해 세오가 어둠 속을 달려갔다. 그 뒷모습을 보지도 않고 신은 남은 대원들을 둘러보았다. 이미 웃음도 잡담도 없이 긴박함과 전의로 팽팽해진 채 그 시선을 받는 스무 쌍의 날카로운 눈동자.

"각자, 지금 잠깐 눈을 붙여. 상황에 따라서는 밤을 새우는 전투가 된다. 작전 개시 후에는 휴식을 취할 수 없다고 생각해."

"오케이."

하지만 핏빛 눈동자는 전의도 각오도 아니라 그냥 평소처럼 담담하고 조용해서, 쿠조는 살짝 소름이 끼쳤다.

두려워하지 않는다. 압도적으로 불리한 〈레기온〉과의 전투도, 그 끝에 있을 누군가의 죽음도―― 아마도 자기 자신의 죽음도.

그저 조용하고 냉철한.

그런―― 이질적인 모습.

"〈저거노트〉의 정비가 끝날 때까지 이쪽은 움직일 수 없다. 상당수의 사상자가 나왔겠지만, 어디까지나 〈레기온〉 토벌을 우선해라. 전장에서 사람을 구하겠다는 어설픈 생각은 하지 마."

[전대원들에. 당신들의 핸들러가 부재중이어서 대리로 연락하고 있습니다. 같은 구역의 제4전대에서 구원 요청이 나왔습니다. 대응을 부탁합니다.]

"라저, 핸들러. 친절한 말씀, 감사합니다."

요격을 나간 우군은 신의 예측대로 〈레기온〉의 대군을 버티지 못했고, 작전지역인 방치된 도시의 폐허에서는 대량의 시체와 파괴된 건물과 주저앉은 〈저거노트〉의 잔해가 굴러다녔다.

우군을 유린했던 〈레기온〉 부대는 지금 반대로 측면에서의 급습을 가한 스피어헤드 전대에 의해 대오가 갈가리 분단되었고, 폐도시 곳곳에서 각개격파당하고 있다.

말 그대로 선봉에 선, 목 없는 해골의 퍼스널마크를 가진 〈저거노트〉에 쿠조는 잠시 정신이 팔렸다. 〈언더테이커〉. 신의 기체.

강하다.

무시무시하게 강하다. 모든 성능 면에서 〈저거노트〉를 능가하는 〈레기온〉을, 배양한 기량과 감으로 압도하는 최상의 전투 능력. 가장 소모율이 높은 전위를, 그것도 백병전에 특화된 〈언더테이커〉로 맡으면서 적의 탄 한 방, 칼질 한 번도 맞지 않는다. 악몽 같은 모습을 한 기계 마물들을 차례로 매장하는 그 모습은 비를 압도하고 흔들리는 화염과 어둠 속에서 무슨 신화 속의 무서운 괴물 같았다.

그렇다. 신은 강하다.

그것은 그저 전투에 능하다는 것만이 아니라, 정신적 측면에서도 그렇다고 쿠조는 생각한다.

신은 웃지도 않지만, 곤경에 굴하지 않는다. 꿈 같은 것은 꾸지 않지만, 절망에도 굴하지 않는다.

누구보다도 죽음에 가까이 있는 주제에…… 쿠조처럼 죽음의 공포에 짓눌려버릴 것만 같은 상황에서 필사적으로 웃고 허세로 넘기며 동료에게 매달리려고 하지 않아도, 자기 모습을 지킬 수 있다.

주위의 모두가 죽어 없어진다 해도, 신은 혼자서라도 끝까지 싸우겠지.

부럽게 여기는 마음도 없지는 않지만, 동시에 그것은 너무나도 서글프다.

그것은 인간의 삶이 아니다. 그것은 얼음칼의 삶이다. 뭔가를 베어버리는, 오직 그것만을 위해 연마되고, 목적을 다한 뒤에는 그대로 부러지는──그것 말고는 아무것도 없는 한 자루 검의 모습이다.

그것은 분명 너무나도 서글픈 일이다.

그러니까 하다못해 뭔가——누군가. 뭐든지 좋으니 목적 외에 마음을 줄 수 있는 뭔가가——누군가가.

있어 주면 좋을 텐데——.

꿈같은 이야기보다 못한, 너무나도 헛된 바람이란 건 알고 있다. 땅끝의 전장에 갇힌 그들과 관계가 있는 인간이라고는 이미 핸들러 정도밖에 없고, 그것도 대개는 한없는 쓰레기다. 지금 와서 구원 같은 게 이 전장의 그 누구에게도 찾아올 리 없다.

아아, 하지만 아까 그 녀석은 그래도 괜찮았지.

아까 들은, 은방울을 흔드는 듯한 소녀의 목소리를 떠올리고 쿠조는 입가에 미소를 머금었다. 출격 직전, 자기 관할의 전대도 아닌데 구원 요청이 들어온 것을 알려준 어느 전대의 핸들러.

동조 대상 설정이 없는 까닭에 지각동조를 쓸 수 없어서 기지의 무전기로 연락해 주었고, 소대장 이상의 전원이 작전회의로 없었기 때문에 쿠조가 받았다. 이야기하는 것은 아주 사무적인 연락에 불과했지만, 그래도 선량함과 진지함이 여실하게 느껴지는, 맑고 다정한 목소리였다.

이를테면 그런 누군가라면, 혹시나.

날카로운 목소리가 생각을 가로막았다.

[쿠조, 뭘 하고 있어! 멈추면 죽어!]

"어, 미안, 카이에!"

그가 속한 소대의 소대장인 카이에의 질타에 다급히 기수를 돌렸다. 기체 하부의 광학 센서 영상이 단편적으로 스크린에 비쳤다. 불타는 잔해, 날아간 〈저거노트〉의 다리와 캐노피. 그 옆에서 불길을 피워 올리는, 함께 쓰러진 듯한 근접엽병형의 거구——.

청음 센서가 가녀린 목소리를 포착했다.

[살려줘.]

숨을 삼키며 돌아본 곳. 쏟아지는 비와 미친 듯이 춤추는 검붉은 화염 틈새로 분명히 움직이며 이쪽으로 팔을 뻗는 야전복의 그림자. 생존자! 탈출했다!

미나의 죽음이 뇌리를 스쳤다. 실제로는 보지 않은, 하지만 다행스럽게도 오래 괴로워하지 않았을 친구. 하지만 이 프로세서는 방치하면 괴로워하다가 죽는다. 그리고 아무것도 해줄 수 없었던 미나와는 달리…… 아직 구해줄 수 있다!

캐노피의 개폐 레버에 손을 댔다. 〈저거노트〉에는 뭔가를 붙잡을 만한 매니퓰레이터가 없다. 끌어당기려면 자기 손으로 할 수밖에 없다.

한순간——왠지 출격 전에 신이 한 경고가 뇌리를 스쳤다.

——전장에서 사람을 구하겠다는 어설픈 생각은 하지 마.

머리를 흔들고 레버를 당겼다. 압축 공기가 빠져나가고 포신과 함께 캐노피가 올라갔다. 쏟아지는 비가 몸을 때렸다.

"이봐, 괜찮아?!"

그리고.

관제실의 벽을 때리는 커다란 소리에, 핸들러 공용 사무실에 남아서 일을 마무리 짓던 핸들러 소녀가 놀라서 고개를 들었다.

"제길, 왜 이럴 때 연이어서……! 내 평가를 떨어뜨리고……!"

그렇게 내뱉은 동료가 짜증을 내며 자리를 뜨는 것을 멍하니 바라보았다. 아무리 그래도 직장이라는 공공장소에 어울리지 않는 감정적인 모습과 언동이다.

신경질적인 마른 얼굴은 기억이 있었다. 아까 부재일 때 구원 요청의 메시지 창이 정보단말에서 깜빡이기에 대신 연락을 넣은 전대의 핸들러다. 근무 중인데도 아랑곳하지 않고 어디서 술이라도 마셨는지, 관제를 위해 도로 불러오느라 고생했다.

담당한 구역과 전대는 핸들러 사이에도 공개되지 않으니까, 그가 어느 구역의 어느 전대를 담당했는지는 모른다. 하지만 지금 모습을 보자면…… 전투 결과는 좋지 않았던 모양이다.

하지만 제일 먼저 튀어나오는 말이 자기 평가 걱정과 원망.

말 그대로 사람을 사람으로 생각하지 않는 공화국 시민과 공화국의 현황에 소녀는 얼굴을 찌푸렸다. 조금 전 구원 요청 연락으로 조금이나마 이야기했던, 모르는 구역의 방어전대 프로세서.

자기보다 조금 나이가 많아 보이는 청년의 목소리였다. 조금 서글픈, 사람을 그리워하는 느낌이 담긴 목소리의 사람이었다.

그런 그들이 인간이 아니라니—— 그럴 리가 없는데.

그렇게 생각하며 소녀——제9전투구역 제3전대 지휘관제관, 블라디레나 밀리제는 어딘가 모를 먼 전장에서, 조국에서 추모되는 일도 없이 스러진 누군가를 위해 가만히 눈을 감고 기도했다.

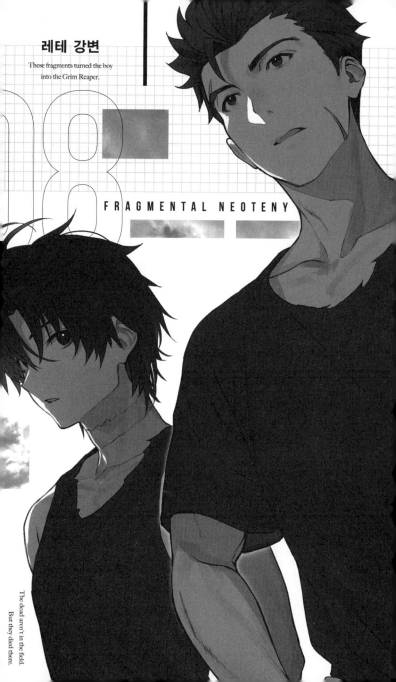

레테 강변

These fragments turned the boy
into the Grim Reaper.

FRAGMENTAL NEOTENY

The dead aren't in the field.
But they died there.

당당히 흐르는 강은 푸르고, 정말로 넓었다.

구체적으로는 라이덴이 지금 있는 이쪽에서 맞은편까지 눈대중으로 수백 미터 정도. 헤엄쳐서 건너자는 생각이 절묘하게 들지 않는 거리다. 이미 가을도 깊어져서 추위도 심해진 이 시기, 애초에 헤엄치자는 생각이 들지 않지만.

그래도 스피어헤드 전대원들이 더 있었으면 하루토나 다이야, 쿠조 같은 녀석들은 뛰어들었겠다고 생각하며 라이덴은 코웃음을 쳤다.

특별정찰에── 살아남은 에이티식스를 반드시 전사시키기 위한 결사행군에 나선 지 보름 정도. 제1전투구역의 마지막 기지에서 얼마나 떨어진 건지도, 일부러 관성항법장치에 의한 위치정보 표시를 차단한 그들로서는 알 길도 없다.

간신히 손에 넣은 모처럼의 자유로운 여로다. 나아갈 길이 이것밖에 없다고 생각하며 죽기는 싫었으니까.

"〈저거노트〉로…… 건널 수 있을 리도 없군."

"당연하잖아."

옆에 있던 신이 대수롭잖게 대답한 것처럼 〈저거노트〉에 도하 능력은 없다.

몇 년만 버티면 된다며 만든 급조품, 대부분 쓰고 버리는 자폭병기다. 설계와 제작이 실로 엉성해서, 캐노피를 닫아도 본체와의 사이에 미묘하게 틈이 남는다. 핵, 생물, 화학병기 방어를 위해 본래 기밀(氣密)을 지켜야 할 조종실 주위가 그 꼴이다. 다른 부위의 방수성은 더 이상 말할 것도 없다.

결국 전진하려면 다리를 건널 수밖에 없는데, 예부터 다리란 군사상의 요점 중 하나다. 즉 이 땅을 지배하는 〈레기온〉들에게도 중요한 이동 경로다.

이 강가에 도달한 것이 사흘 전, 근처 다리는 동쪽으로 이동하는 〈레기온〉 부대가 통과하는 도중이었다.

도하란 부대의 전력이 강 양쪽으로 분단되는 지극히 위험한 행동이다. 당연히 주변 일대에는 경계 정찰부대가 전개되었고, 스피어헤드 전대는 다리에 접근하기는커녕 제대로 움직이지도 못하고 잠복할 수밖에 없는 처지가 되었다.

불행히도 도착한 당일에 폭풍이 와서 꼬박 사흘 동안 차가운 비가 쏟아졌다.

비바람을 견딜 수 있는 장소가 불을 피울 수 있는 상황이었던 것은 그나마 행운이었다. 그렇지 않았으면 안 그래도 특별정찰로 모두가 피폐해진 상황에서 건강을 해치는 자가 나왔을 것이다.

수심이 올라오는 것을 피해서 숨은, 고지대의 버려진 지 오래된 토치카에서는 다리를 건너는 〈레기온〉의 대군이 보였다.

두껍고 검은 비구름이 무겁게 하늘을 뒤덮어서 어둑어둑한 낮시간대에 더욱 어둡게 쏟아지는 소나기 속. 끊임없이 밀려들어서 하천 일대를 뒤덮은, 계속해서 강을 건너서 동쪽 저편으로 사라지는 쇳빛 무리는 악몽 같은, 깨지 않는 악몽을 보는 듯한 비현실적인 광경이었다. 아마도 몇 개 사단 규모의, 본 적도 없는 대군.

〈레기온〉들은 그런 숫자를 태연히 만들어내고, 전쟁터로 보낼 수 있다.

모두가——어지간한 일에 꿈쩍도 하지 않는 신조차도——할 말을 잃고 그 행군을 지켜본 것은 거듭 그런 미래를 확인한 기분이 들었기 때문이겠지.

이 전쟁은 인류가 진다.

폭풍이 물러간 것은 어젯밤 늦은 시간, 〈레기온〉들의 마지막 부대가 다리를 다 건넌 것도 그즈음이었다. 가장 가벼운 척후형도 10톤 이상, 중전차형이라면 100톤을 넘는 〈레기온〉 수만 기가 다리를 건너자면 당연히 그렇게 된다.

그렇게 날이 밝은 오늘은 어제까지의 비가 거짓말처럼 개고, 그렇게나 많던 〈레기온〉도 깨끗하게 사라진 모습이었다.

그래도 아직 강 이쪽에 남아있는 것은, 아직 건너지 않는 편이 낫다고 신이 말했기 때문이다. 만일을 위해 오늘 하루 동안은 상황을 보자고.

사흘 동안이나 비에 갇혀서 움직이지 못하다가 간신히 움직일 수 있게 되었는데 간신히 날이 갠 오늘도 비좁은 〈저거노트〉의 조종실에 하루 종일 갇히기 싫은 게 아닐까. 라이덴은 그렇게 생각했지만, 굳이 말하지는 않았다. 진절머리 나는 건 라이덴도 마찬가지다. 서둘러야 할 여행도 아니다.

빨래하기 좋은 날씨라고 아침부터 앙쥬가 신이 났고, 해가 높게 솟은 지금은 낡아빠진 사막 위장 야전복과 얄팍한 담요가 즉석 빨랫대가 된 파이드의 크레인 암과 〈저거노트〉의 포신에서 흔들리고 있었다.

김빠지는 것을 뛰어넘어서 묘하게 마음이 느긋해지는 광경이었다. 여기가 〈레기온〉 지배영역—— 인간인 그들에게는 사지라고 믿을 수 없을 정도로.

다시금 라이덴은 눈앞에 펼쳐진 광경을 바라보았다.

구름 하나 없이 푸르게 갠 하늘은 눈부실 정도고, 저 높은 별의 바다나 흔들리는 어둠까지 보일 듯이 높고 맑았다. 완만한 강물의 흐름은 하늘의 청색을 반사하여 연한 파랑으로 물들고, 가을의 투명한 햇살에 수정처럼 빛났다.

시야 전체에 한없이 이어지는, 눈부신 청색.

너무나도 현실 같지 않은 광경이었다.

적도 없고, 또한 사람이라곤 하나도 없는, 그저 조용하고 아름다운 이런 광경을 보고 있으면—— 세상이 끝나는 날에 있는 듯한 묘한 기분이 들었다.

"뭐라고 할까, 이 세상에 우리밖에 없는 것 같은 풍경이군."

그렇게 말하자 신이 힐끗 눈길을 줬다.

그 시선을 받아주는 일 없이 라이덴은 말을 이었다.

청색은 대륙 각지의 신화에 공통되게 천국을 표현하는 색으로, 어느 문화에서도 사후 세계에 가면 강을 건넌다고—— 말한 것은 그 노파였든가, 신이었든가.

"아니면 우리 모두는 사실은 이미 죽었고, 여기는 천국의 입구……라든가."

신은 곁눈으로 이쪽을 본 채로 뭔가 재미있어하는 얼굴을 했다.

"왜 그래?"

" '마지막에 보는 게 이거라면 나쁘지 않아' ……였던가?"

라이덴이 꿀꺽 침을 삼켰다. 이미 오래전으로 생각되는, 2년 하고 조금 전. 단둘이 살아남은 전장에서 백 년에 한 번 찾아오는 별 내리는 밤에 자신이 입 밖에 흘렸던 감상이다.

신은 눈에 띄게 놀라는 기색으로 말을 이었다.

"시적이로군, 의외로."

"말이 많네……."

이를 드러내며 으르렁거리자, 신은 작은 소리로 웃었다.

큭큭 소리를 내며 구김살 없이 어깨를 흔들고 웃는 모습을, 라이덴은 조금 의아하게 보았다.

그때 이후로. 보름 정도 전, 86구의 마지막 전투에서 형을 보내준 뒤로. 신은 잘 웃는다.

표정이 조금 누그러졌다고 생각한다. 농담의 빈도가 늘었다. 사소한 잡담에 응하는 일도.

가슴에 맺혔던 것이 풀리기라도 한 것처럼. 주어진 벌에서 해방된 것처럼.

5년에 걸쳐서 전쟁터에서 계속 찾았던 형을 보내주어서 어깨의 짐을 내려놓은 것이리라.

처음으로 얻은 자유로운 여로에 고양된 탓도 있을지 모른다.

무엇보다 이 녀석 자신이 사소한 구원을 얻은 바가 크겠지.

함께 싸우고 먼저 간 전우를, 마지막 여로에 데려오게 된 자신들을. 한 명도 남김없이 그 이름과 마음을 품고, 도달하는 그 끝까지 데려가주겠다는 그들의 저승사자.

그 마지막에 스러지는 자신의 마음은 어디에도 맡길 수 없지만
—— 진짜 막판에 이 녀석은 그것을 맡길 상대를 찾았다. 잊지 말
아 달라고, 자신이 스러지는 그 이후까지 살아남아 달라고, 소망
을 남길 수 있었다.

——먼저 가겠습니다, 소령님.

그 말을 남기고 올 수 있었던 것은, 이 녀석에게 정말 둘도 없는
구원이었겠지.

혼자서 큭큭 소리를 내면서 어깨를 흔들던 신은 그대로 어깨를
으쓱였다.

"이미 죽은 것은 아니라고 생각하지만. 죽으면 그대로 사라질
뿐이야. 어둠 밑바닥에 녹아들 뿐…… 의지도 의식도 남지 않
아."

듣기로 채 죽지 못한 망령의 목소리를 듣는 신은 그 망령이 완전
히 죽고 사라지는 순간도 느낄 수 있는 모양이다. 그것도 오감과
다른, 라이덴에게는 없는 지각 같은 것으로. 그렇기에 신이 그 감
각을 언급할 때면 라이덴은 보통 이해하지 못한다.

어둠 밑바닥……?

아무튼.

"먼저 간 녀석들처럼……말인가."

"그래."

신이 데려가고 있는, 형도 포함하여 576명의 전사자.

86구의 전장밖에 몰랐던 모두는, 이런 풍경을 본 적이 없다.

그나저나 지금은 빨래를 말리는 중인 데다가 대신할 옷이 있을 리도 만무해서, 근처 민가에서 가져온 침대 커버 등을 몸에 두르고 있는, 아주 한심한 모습이다.

너무 성대하게 움직이고 싶지 않기에 두 사람 다 잡담을 겸해서 하천에서 적당한 가지와 실과 금속 파편으로 만든 즉석 낚싯대를 걸고 낚시에 열중하고 있었다.

동료들도 비슷한 차림인 채로, 앙쥬는 엉터리 콧노래를 부르면서 색깔 있는 꽃으로 손톱을 물들이며 놀고, 세오는 이 풍경에 창작 의욕을 자극받는데도 그림을 그릴 도구가 아무것도 없는 상황인지라 손가락만 꼬물거리고 있고, 크레나는 솜털이 날아다니는 풀꽃의 군생지에서 뛰어다니거나 뒹굴뒹굴하고 있다.

하늘하늘 날아다니는 둥근 솜털이 하늘에서 푸른 하늘로 쏟아지는 눈 같은, 그런 모습을 보면서 신이 말했다.

"흰토끼가 저런 느낌으로 초원을 뒹구는 신화가 극동 쪽에 있다는 모양인데."

"헤에……."

그 신화 자체에 대해서는 정말 아무래도 좋지만.

"넌 지금 뭘 보고 '흰' 토끼를 연상한 거야?"

"……."

초원 너머, 하얀 알몸에 색상이 선명한 킬트를 두르고 뛰어다니던 크레나가 그 킬트를 성대하게 나부끼면서 엎어지는 게 멀리서 보였다.

가을이라고 해도 구름 한 점 없는 날의 햇살은 더울 정도고, 폭풍 뒤라서 바람도 강하다. 아침에 세탁한 야전복들은 오후에 접어들 무렵에는 완전히 말랐다.

솔잎으로 끓인 차와 모닥불 주위에서 좋은 냄새를 피우는, 조금 많이 낡았다 싶은 물고기가 오늘 점심 식사다. 잠복하는 동안에는 맛없는 합성 식량으로 때울 수밖에 없었던 몸으로서는 복에 겨울 정도로 맛있다.

인간을 본 적 없는 건지 흥미 깊게 멀찍이서 지켜보는 여우에게 인간이 먹을 만한 게 못 되는 작은 물고기 한 마리를 던져주자, 잠시 냄새를 맡은 뒤 입에 물고 총총히 떠나갔다.

흐뭇하게 바라보면서 앙쥬가 말했다.

"빨래도 겨우 했고, 이제는 드럼통이든 뭐든 일단 물이 잔뜩 들어가는 게 있으면 좋겠어."

갑작스러운 말에 크레나는 놀라고, 라이덴을 포함한 남자 셋은 미묘하게 침묵했다.

뭘 하고 싶은 건지는 알겠고, 그걸 말하는 기분도 잘 안다. 알지만.

"그건 말이지. 말하자면 물을 끓이고 싶다는 거잖아."

"그래! 모처럼 강 근처긴 하지만, 그렇다고 강에서 그대로 멱을 감기는 이미 힘드니까. 어떻게든 목욕할 수 있으면 좋겠어!"

"목욕?!"

앙쥬가 손뼉을 치고, 크레나가 눈을 반짝였다.

"몸은 씻었지만, 그것만으로는 부족해. 어제까지는 비가 차가 웠고, 가능하면 조금 따뜻한 게 좋겠어."

"목욕! 그리고 뜨거운 샤워나 타월이나 비누!"

"다 어려운 거긴 하지만, 그래도 당기긴 해. 하다못해 조금 더 후 련해지고 싶어."

신나서 말하는 여자 둘을 앞에 두고, 남자 셋은 저마다 얼굴을 바라보았다.

그건.

아무리 그래도.

무리 아닐까……하고.

"아니, 아무리 그래도 녹슬었겠지……. 이 근처가 방치된 건 이 미 오래전 일이야."

"게다가 원래 원료 같은 것을 넣어두는 것인 이상, 통째로 〈레기 온〉이 가져가버렸겠지만."

"그보다 그런 게 들어있던 물건이면 만져도 될지 알 수 없잖아. 그렇게 딱 입맛에 맞는 새것이 비어 있진 않겠지."

머쓱하게, 하지만 정확하게 현실을 지적당해서 앙쥬가 어깨를 축 늘어뜨렸다.

"그래……. 역시 어렵겠구나……."

가축에게—— 에이티식스에게 최소한의 위생을 지키게 하도록 전선기지에도 샤워실은 있었다. 물이 데워지는 것도 늦고 비품도 말 그대로 가축용인 지독한 설비였지만, 그래도 개인으로서는 감당할 수 없는, 국가라는 거대한 힘이 만든 몇몇 인프라 위에 성립되던 것이다. 거기서 떨어져 나온 지금, 그 정도 은혜조차도 얻기 힘들다.

인간이란 정말로 왜소하고 무력하구나……라고 다시금 깨달았다.

풀 죽은 앙쥬와 크레나를 보고, 빨랫대 역할에서 간신히 해방된 파이드가 광학 센서를 빛냈다.

"삐."

"열흘 전에 바닥난 탄약 컨테이너를 말하는 거라면, 용접이 다소 허술한 건 천으로라도 틀어막으면 된다고 치고, 그 크기를 가득 채우는 물을 끓이는 건 도저히 무리야. 그런 불을 피울 연료가 없어."

"삐……."

"아니, 저기, 그런 사소한 내용까지 용케 아네, 신……."

파이드가 힘없이 고개를 숙이고, 전율한 표정으로 세오가 신음했다.

솔직히 라이덴도 그렇게 생각한다.

"삐……!"

"근처에 시가지가 있어? 뭐…… 찾는 건 말리지 않겠지만."

"그러니까……. 왜 그런 걸 알아듣는데……."

"괜찮아, 신 군?"

앙쥬가 고개를 갸웃거렸다. 목욕에 미련이 있으면서도 현실에서 실현하기 어렵다는 것은 안다. 게다가 무의미한 고생을 하는 것을 일단 전대장인 신은 허가하지 않을 것으로 생각했겠지.

신은 담담하게 어깨를 으쓱였다.

"온수 샤워가 당기는 마음은 이해하고, 딱히 목적이 있는 여행도 아니야. 게다가."

그렇게 말하며 신은 살짝 웃었다.

이 여로에서 종종 보여주게 된, 어딘가 온화한 표정으로.

"슬슬 옛 제국령에 들어왔겠지. 이왕이면 제국의 거리가 어떤 것인지 봐두고 싶으니까."

높은 곳에 있을 때 파이드가 발견했다는 모양인 그 거리는 제국의 상징인 머리가 둘 달린 매와 빛바래서 읽을 수 없게 된 도시 이름을 시가지로 들어가는 길옆에 내걸고 있었다.

검회색의 석재와 검은 강철이 합쳐진, 위압적인 색채. 획일적이고 무기질적인 건물이 길게 이어지는 반면, 도로는 불규칙하게 굽이치면서 유기적으로 뒤얽힌 미궁 같은 거리.

중심가에서 외곽까지는 부채꼴로 똑바로 뻗은 메인스트리트가 지나고, 건축가의 미의식을 반영한 멋들어진 건물로 서로 경쟁하는 공화국의 도시와는 전혀 다르다. 설계 단계에서부터 적의 진군을 늦추고 방향 감각을 망가뜨리기 위해 만들어진, 군사 요새 도시의 구조다.

과연, 드디어 공화국의 옛 국경도 넘어서 제국에…… 과거의 적국에 들어온 모양이다.

만일을 위해 〈저거노트〉는 도시 외곽의 창고에 숨기고 드럼통을 찾아서 용감히 (아마도) 출격한 파이드를 전송한 일행은 제각기 이국의 거리를 걸었다.

그래도 메인스트리트에 나가면 여러 상점이 줄줄이 있고, 과거에는 화사했을 쇼윈도가 길 좌우에 계속해서 이어진 것은 공화국의 도시와 같다. 본 적 없는 이름의 점포에 뒤섞여서 본 적 있는 카페나 패스트푸드 체인점이 간간이 보였다. 뭐, 그것도 86구의 폐허에서 본 것뿐이지, 영업하는 것은 본 적 없지만.

깨지고 흐려진 쇼윈도를 들여다보면서 넓은 길을 오른쪽으로, 왼쪽으로 바삐 오가는 크레나의 뒷모습을 보면서 라이덴은 문득 기묘한 감각에 사로잡혔다.

아무도 없는 폐허에서, 지형과도 계절과도 맞지 않는 사막 위장 야전복이다. 86구에서 많이 봐서 익숙해진, 물자를 찾으러 폐허인 거리를 다니는 평소의 광경.

그럴 터인데 순간 낯선 이국의 거리를 걷는 크레나가…… 어딘지 모르는 평화로운 거리를 오가는 흔한 한 명의 소녀로 보였다.

〈레기온〉과의 전쟁이 없으면, 공화국이 에이티식스를 박해하지 않았으면. 크레나는…… 동료들은 그런 식으로 평범한 아이로서 평화 속에서 흔해 빠진 일생을 살았을까.

애초에 이런 사태가 되지 않았으면, 서로 만나지 않았을지도 모른다.

크레나는 공화국 북부의 부수도 샤리테의 위성도시 출신. 세오는 반대로 남쪽의 옛 국경 부근 출신이고, 앙쥬는 동부 소도시 출신. 공화국의 현재 행정구에서는 23구가 된 인근 출신인 라이덴과는 어느 쪽도 본래 접점이 없다. 스피어헤드 전대의 다른 녀석들도 출신지는 다들 달랐다.

신을 보자면 공화국 수도 리베르테 에트 에갈리테 출신이었을 것이다. 리베르테 에트 에갈리테를 포함한 공화국의 현재 제1구부터 제5구의 거주구는 전쟁을 시작하기 이전부터 고급 주택가다. 거기서 태어난 아이는 대개 여행이나 유학 말고는 밖으로 나오는 일이 없고, 외부인이 이주하는 일도 좀처럼 없다.

전쟁이 없었으면, 하얀 돼지들에게 전장에 갇히는 일이 없었으면.

서로가 만나는 일은 없었을 것이다.

그렇게 생각하니, 지금 이렇게 같은 장소를 걷고 같은 것을 본다는 사실에 신기한 기분이 들었다.

어느새 신은 위압적이고 몰개성한 거리의, 거기만 과다하게 장식되고 동상이나 조각상이 늘어선 광장에서 발을 멈추었다.

처음에는 괜히 화려한 군복의 등에 쓸데없이 으리으리하고 쓸데없이 긴 망토를 두른 여제 폐하인지 뭔지 모를 젊은 여성의 동상이라도 보나 싶었는데, 잘 보니 시선은 그 동상 쪽을 향하지 않았다. 그 곁을 그대로 지나서 맑은 가을하늘을—— 앞으로 갈 동쪽을 바라보고 있었다.

"왜 그래?"

핏빛 눈동자가 돌아보고 깜빡였다. 다가간 것을 알아차리지 못한 모양이다.

"아니……."

조금 생각하듯이…… 혹은 먼 목소리에 귀를 기울이듯이 잠시 침묵하다가 결국 완만히 고개를 내저었다.

"아무것도 아니야. 아마도 괜찮아."

"……?"

신경 쓰이는 정도는 아닌 범위에 〈레기온〉이라도 있었을까.

그러고 보면 여태까지의 여로에서도 이 녀석은 이미 지나온 길을 때때로 신경 쓰는 기색을 보였는데.

"들키지도 않았고, 마주칠 일도 없을 거야. 이쪽에서 접근하지 않는 이상, 아무 일도 없어."

"아하, 역시 〈레기온〉인가."

특히나 오늘 같은 날은 잊기 십상이긴 하지만, 여기는 〈레기온〉 지배영역이다. 인간이 살아선 안 되는 장소다.

그런 장소에 〈저거노트〉가 고작 다섯 기—— 만에 하나라도 대응을 그르치면 순식간에 전멸하겠지.

그런 장소에서.

다시금 라이덴은 신을 바라보았다.

역시 특별정찰로 모두가 지쳤다. 그 가운데 특히나 이 녀석은.

"혹시 좀 힘들어? 쉬고 싶다면 그 토치카는 쉽게 들키지 않을 테니까, 조금 더 느긋하게 있어도 될 것 같은데."

〈레기온〉이 득시글대는 지배영역에서, 누구도 대신해 줄 수 없는 색적 역할을 맡는 이 녀석은. 86구보다 훨씬 많은 망령이 우글대는 전쟁터에서 그 목소리에 귀를 틀어막을 수 없는 이 녀석은 다른 자들보다 소모가 심해도 사실 이상하지 않다.

오늘 하루 동안 지켜보자고 한 것도 사실은 그 탓이었을지도 모른다.

과연 신은 한순간 놀란 눈치더니, 무슨 말을 하고 싶은 건지 이해한 기색으로 가만히 웃음을 터뜨렸다.

"너 말이지……."

"미안."

말하면서 신은 아직도 웃고 있었다.

"말했잖아. 〈레기온〉들의 목소리가 들리는 것에는 익숙해. 지배영역에 온 뒤로 그리 상황이 변할 것도 없어."

"그렇게 말하지만, 너……."

이래저래 4년 가깝게 알고 지냈다. 〈레기온〉의 목소리가 들리는 그 이능력의 대가인지 갑자기 실이 끊긴 듯이 잠드는 것도 몇 번 보았다. 신의 말처럼 익숙해졌으니까 괜찮은 걸로는 도무지 보이지 않았다.

적어도 전혀 부담이 되지 않는 건 아니다.

하지만 신은 역시나 라이덴의 걱정을 개의치 않았다.

"보급을 바랄 수 없는 이상, 갈 수 있는 날짜는 한정돼. 그럼 필요 없는 큰일을 벌이기보다는 조금이라도 전진하고 싶어."

갈 수 있는 날짜.

그것은 즉 살아남을 수 있는 날짜다.

제1구역의 전선기지에서 주어진 물자는 한 달치. 그 뒤로 착실히 남은 양이 줄어들고 있다.

라이덴은 길게 한숨을 내쉬었다.

뭐.

본인이 그렇게 말한다면 어쩔 수 없나.

"알았어. 그렇게 말하면서 드디어 제국까지 와버렸군."

"여기까지 올 수 있을 거라곤 생각 안 했어. 앞으로 며칠 못 버틸 것 같지만."

라이덴은 힐끗 신을 내려다보았다.

"너한테는 혹시 조금 그리웠던 거야?"

신은 부모님이 기아데 제국에서 공화국으로 이주한, 기아데계 공화국인 2세다. 공화국 시민이 된 지 오래되지 않았다. 부모님의 영향으로 비교적 제국의 문화가 친숙하겠고, 혹시 조부모나 친척이 제국에 있었다면 혹시나 한 번 정도는 방문한 적도 있었지 않을까.

하지만 신은 살짝 고개를 내저었다.

"아니. 나도 제국에 간 적은 없으니까. 부모님은 거의 기억 못 하고…… 모르는 나라라는 인상밖에 없어."

한 차례 숨을 내뱉더니 스윽 주위를 둘러보았다.

"너는? 분명히 원래 제국에서 이민을 온 혈족이잖아."

"할아버지의 할아버지의, 거기서 또 할아버지가 말이지……."

대충 200여 년 전 일이다. 조상님이라는 감각밖에 없다. 듣기로는 마을 하나가 통째로 단번에 이주했다는 모양이던데.

라이덴은 진청색이 강한 하늘과 지표와의 경계 쪽으로 시선을 주었다. 신도 같은 방향으로 시선을 준 것을 볼 때 느낀 바는 아마 같다.

이어진 피의 고향에는 도달했다. 어쩌면 고국이었을지도 모르는 장소에 드디어 발을 들여놓았다. 하지만 그것도.

"여기도 결국…… 우리가 있어야 할 장소가 아니란 소린가."

"그런 모양이군……."

어딘가에서 꿩이 소리 높게 울었다.

한편 파이드는 크게 활약했다.

"태양열 온수기인가. 과연, 이건 예상 밖이었군."

"그것도 물 순환 시스템과 전용 태양광 발전기가 아직 살아있다니……."

"이만큼 뜨거운 물이 있으면 컨테이너에 가득 채우고도 남겠지만……. 이 녀석, 아무리 그래도 너무 똑똑하지 않아……?"

강물을 끌어다가 태양광으로 데우는 구조의 패널과 대용량 탱크의 조합 앞에서 하이터치하는 크레나와 앙쥬를 보면서, 파이드는 기분 탓인지 조금 자랑스러운 눈치였다.

둥지로 쓰는 덤불 안. 낮 동안에 본 이상한 생물이 던져준 생선 뼈를 갉작이던 여우는 저녁 햇살 틈새로 희미하게 들려온 울음소리에 깜짝 놀라 귀를 기울였다.

[우와아아아따뜻해애애애애……!]

늘대와는 다른, 모르는 소리다.

어쩌면 그 처음 본, 이상한 생물의 소리일까. 이상한 생물에게
어울리는 이상한 음색의 울음소리였다.

소리는 그 이상 들리지 않았다.

털 많은 꼬리를 한 차례 흔들고 여우는 생선뼈를 갉는 작업으로
돌아갔다.

"우와아아아따뜻해애애애애……!"

"크레나, 너무 큰 소리를 내면 〈레기온〉한테 들키니까."

앙쥬의 주의도, 오랜만의 목욕에 신이 난 크레나에게는 잘 와 닿
지 않았던 모양이다.

꼬리가 있으면 파닥파닥 흔들 정도로 기분 좋은 모습으로 크레
나는 57mm 탄창을 여럿 넣는 커다란 컨테이너를 찰랑찰랑 채운
뜨거운 물을 신나게 튀겼다. 천장이 무너져서 살짝 하늘이 보이
는 건물 안.

태양광으로 뜨거울 만큼 데워진 물에 어깨까지 담근 크레나가
만족스럽게 히죽거렸다.

"정말로 기분 좋아……. 시간이 지나면 조금 식을 테니까 남자
애들도 같이 들어오면 좋았을 텐데."

당연한 일이겠지만 남자 셋은 여기에 없다. 여자 둘에게 목욕물
을 양보하고 지금은 건물 밖에서 약간이나마 발견한 보존식 통조

림을 파이드에게 신고 있었다.

앙쥬가 한쪽 눈을 가늘게 뜨며 싫은 눈치로 한숨을 쉬었기에, 그걸 들은 크레나가 움찔했다.

"어, 왜?!"

"그런 대담한 소리를 태연하게 하면서, 해야 할 어프로치를 전혀 못 하는 점. 그런 점이 문제라고 생각해."

한 박자 뒤에야 무슨 소리인지 이해하고, 크레나는 귀까지 새빨개졌다.

"아, 아니야! 난 딱히 그럴 생각은."

"또 이런 말도 좀 그렇지만, 그거 여자로 인식되기 미만의 조그만 애가 할 말이니까. 오빠랑 같이 목욕할래 같은 소리. 그것도 당사자인 오빠는 슬슬 귀찮아하는 레벨의."

"그러니까 아니……. 어, 그래?!"

뜨거운 물에 어깨까지 담갔음에도 불구하고, 이번에는 새파래진 크레나에게 앙쥬는 힘껏 한숨을 내쉬었다.

"아니, 저런 소리를 바로 옆에 있는데 목소리도 낮추지 않고 말하는 게 크레나의 문제점인데……."

시간이 흘러서 조금 물이 식은 컨테이너 가장자리에 두 팔을 올리고, 별이 반짝이기 시작한 진청색 하늘을 올려다보며 세오가 투덜거렸다.

신 본인은 태연한 얼굴로 안 들리는 척하는 것을 슬쩍 곁눈질하면서, 라이덴도 대답할 말을 찾을 수 없었기에 말없이 고개를 돌렸다. 뭐, 특히나 신으로서는 뭐라고 하기 어렵겠지만.

세오도 대답을 기대하지 않았던 건지, 그 이상은 말하지 않았다.

크레나의 문제 발언이 들린 순간, 전원이 마시던 솔잎차에 사레가 들렸다.

역시나 그건 좀 문제였다.

"신……. 너는 왜 크레나가 저렇게 정신이 성장하지 않았다고 생각해……?"

"그걸 나한테 말해도 말이지."

지당하신 말씀.

야영지인 토치카로 돌아와서 먼저 입수한 통조림 수프와 건빵을 재빨리 먹고, 오랜만에 막 빨아서 해님 냄새가 나는 따뜻한 모포를 두른 소년들은 순식간에 잠이 들었다.

지원 하나도 없는 적 세력권에서의 행군, 날마다 줄어드는 물자가 슬금슬금 목을 졸라대고, 늦가을의 차가운 기온 속에서의 연일 계속되는 야영에, 에이티식스를 수십 년이나 계속 먹여 살릴 생각으로 만들지 않았을 터라서 식사라고 불러주기도 뭣한 합성 식량.

소모될 뿐이지 회복의 요소가 하나도 없는 여로다. 의식하지 않으려 할 뿐이지, 피로는 가시지 않고 축적되고 있다. 이게 계속되면 그리 오래 못 버틴다고 모두가 무의식중에 이해할 정도로.

떨릴 정도로 공기가 차가웠던 어제까지의 비는 개고, 〈레기온〉들은 근처에 없고, 포화를 막기 위해 만들어진 토치카는 비바람도 들판에 사는 동물의 침입도 허락하지 않는다. 오랜만의 안전한 침상에 소년 소녀들은 깊이 잠들었다.

올빼미의 조용한 울음소리는 그 잠을 위협하지 않고, 토치카의 작은 창문에서 들어오는 달빛과 웅크려 앉은 파이드만이 그 조용한 숨소리를 듣고 있었다.

†

──음.

의식의 가장자리에 걸린 소리에 신은 새벽의 얕은 잠에서 눈을 떴다.

한쪽이 어제보다 다가와 있었다.

이쪽도 한 기뿐. 아마도 소대에서 중대 단위로 행동하는 〈레기온〉 초계부대는 아닐 것이다. 미묘하게 이동 방향이 다른 점에서 볼 때 이쪽을 찾는 것도 아닌 모양이다. 아니, 오히려 이 소리는.

부르고 있어……?

신을 부르는 게 아니다. 그렇다고 다른 특정 개인도 아니었다. 누구든 좋으니까 누군가.

누군가.

마지막에.

살짝 눈을 가늘게 뜨고, 얇은 모포를 걷고 몸을 일으켰다.

다른 한 기는——— 오늘도 이동을 멈춘 상태인가.

그렇게 생각하며 신은 발소리도 없이 일어섰다.

아침에 일어나보니 신이 없었다.

"뭐 하는 거야, 그 바보는."

파이드는 있다. 〈언더테이커〉도 남아있다. 그렇다면 설마 혼자 먼저 간 것은 아니다. 지각동조는 연결되는데, 연결되자마자 저쪽에서 끊었다. 뭔가 위험한 상황도 아닌 모양이다.

〈언더테이커〉의 조종실에 수납된 어설트라이플과 항상 휴대하고 다니는 권총은 아무래도 가지고 간 모양이지만.

정말로 뭘 하는 걸까.

그대로 잠시 기다려도 돌아오지 않고 크레나가 불안해하기 시작했을 때, 라이덴은 다 같이 찾으러 가기로 했다.

고지대를 내려가서 아직 눅눅한 길에 남은 발자국을 따라서 폐허가 된 거리로.

흙은 거의 다 말라서 발자국이 남지 않게 되었지만, 그 전에 향한 곳이 어디인지는 길에 남은 흔적으로 대충 알았다. 거리 외곽을 따라가듯이 걸어서 그 끝에 있는 것은…….

"동물원……?"

그 표시는 하얀 석재와 멋들어진 모양의 은색 울타리 위, 장미 넝쿨처럼 만든 게이트 위에 화려한 바탕에 금색 글자로 그려져 있었다.

그렇게 크지는 않다. 이를테면 이 도시의 영주든가 그쯤 되는 사람이 장난으로 만들어서, 장난으로 거리 사람들에게도 개방한 듯한 느낌.

그러고 보면 우리의 쇠창살이나 포장도로의 모양도 하나하나 세련되었다. 아마도 국경 근처일 이런 시골 군사 요새 도시의 제국 귀족님은 참 한가하고 돈이 남아돌았던 모양이다.

그렇긴 해도 처음 봤을 때의 느낌은 그 정도밖에 없었다.

이 거리도 〈레기온〉을 피해 도망치기 위해 방치되었겠지. 많은 물자가 그대로 방치되어 있었으니, 바쁘게 피난을 떠났을 것으로 상상이 간다. 그런 가운데 우리 안의 동물들을 데려갈 여유가 있었을까.

포도 넝쿨을 본뜬 쇠창살 너머에는 커다란 동물의 변색된 뼈가 웅크리고 있었다.

흙먼지로 더러워진 설명문에 따르면 호랑이였다. 하지만 그 건장한 체구도 멋진 줄무늬도 이미 흔적도 없었다.

사자. 백곰. 악어. 공작. 검독수리…… 모두 그 백골뿐. 침공한 〈레기온〉에 죽기 이전에 갈증으로 죽었는지, 원래는 하이에나였던 것의 튼튼한 턱뼈가 쇠창살을 물어뜯으려고 발버둥 치는 모습으로 쓰러져 있었다.

진기한 동물이 도망치지 못하게 하기 위한 우리는 시체를 물어뜯고 해체하여 더 작은 생물들이 분해하기 쉽게 하는 늑대나 여우 같은 육식동물도 막는다. 먼 이국에서 끌려와서 평생 우리에 갇힌 끝에 콘크리트 위에서 다른 뭔가의 양분이 되는 일도 없이 천천히 썩어갔을 동물들을 생각하면⋯⋯ 정말로 공허한 기분이 들었다.

태어난 고향에서 끌려 나와 전장에 갇힌 끝에 무의미한 전사를 강요당한다.

그 생애에 뭘 남길 수도 없다.

그 목숨에 어떠한 의미도 가치도 가지는 일 없다.

우리 에이티식스와 완전히 같다.

마찬가지로 개의 이름을 가진 자로서 설마 뭔가 생각한 바라도 있는 걸까, 파이드가 가만히 멈추어 서서 동국 원산의 진기한 개라는 작은 뼈를 내려다보고 있었다.

백골 시체는 86구의 회수할 수 없었던 유해로 낯익을 텐데, 전원이 뭐라 할 수 없는 얼굴로 동물들의 사체를 바라보는 것은 비슷한 느낌을 받았기 때문이겠지. 어디에도 갈 수 없고 의미도 없이 죽은, 무참한 동물들의 사체에서.

크레나가 중얼거렸다.

"우리도 이런 식으로⋯⋯."

조금 거칠어진 입술이 거기까지 말하다가 두려워하듯이 꾹 다물어졌다.

그래도 뭐라고 말하려는지 알 것 같았다.

죽는 걸까.

아니면.

아무에게도 알려지지 않고, 누구의 눈에도 닿지 않고, 그저 잊혀서——?

높게 솟은 우리 안에 움직이지 않는 사체를 가둔, 이제는 보는 사람도 없는 동물원을 네 사람과 한 기체가 안쪽으로 나아갔다. 끝없는 '죽음' 그 자체의 전시를 침묵 속에서 지나쳤다.

그 안쪽. 한층 거대하고 화려한 은색 우리 안, 커다란 코끼리의 머리뼈가 이쪽에게 공허한 안구를 향하며 쓰러진 앞에.

신은 이쪽에 등을 돌리고 서 있었다.

여덟 개의 다리를 접고 쓰러진,

전차형 앞에서.

전원의 핏기가 싹 가시는 소리가 들린 듯했다.

뇌리를 스치는 것은 전차형의 발차기에 손쓸 수 없이 머리가 날아간, 같은 스피어헤드 전대였던 카이에의 무참한 죽음.

"신?!"

생각보다 먼저 몸이 움직였다. 어깨에 메고 있던 어설트라이플을 익숙한 동작으로 미끄러뜨려서 오른손에 쥐었다.

"너! 뭘 하고……."

"괜찮아, 라이덴."

Illustration:I-Ⅳ

신의 목소리는 조용했다.

"위험은 없어. ……이 녀석은 이제 움직일 수 없어."

움직이지 않는 핏빛 눈동자가 바라보는 곳, 그 말처럼 주저앉은 전차형은 쓰러진 채로 움직일 기척을 보이지 않았다.

다가가 보니 그 손상을 잘 알 수 있었다. 포탑은 옆으로 기운 채로 움직이지 않고, 위압적인 120mm 전차포는 포신이 일직선으로 찢어졌고, 기총은 통째로 날아갔다. 결정타는 포탑 측면에 뻥하니 뚫린 무참한 구멍으로, 두꺼운 금속을 억지로 뚫은 구멍에서는 그들의 피이자 신경망인 유체 마이크로머신의 은색이 더 이상 의사신경계의 형태를 유지할 수 없을 정도로 한없이 흘러나오고 있었다. 대구경의…… 아마도 120mm 고속철갑탄의 관통흔.

그것이 전차형에게 치명상인 것은 여태까지 숱하게 〈레기온〉을 격파한 라이덴은 안다. 조금 떨어진 곳에서 지켜보는 동료들도.

당연히 그 누구보다도 오랫동안 〈레기온〉과의 전투에서 살아남고, 본래 연약한 인간 따윈 다리 한 번 휘둘러서 죽일 수 있는 전차형 앞에 어설트라이플을 어깨에 멘 채로 무방비하게 선 신도.

붉은 눈동자는 살짝 우울함을 띠고, 망가져 가는 자동기계를 내려다보았다.

"어제부터 조금씩 다가오는 건 알고 있었어. 척후도 위력정찰도 아니겠고, 향하는 방향도 다른 모양이니까 내버려 두려고 했는데…… 오늘 아침에는 부르는 것 같았으니까."

"불러……?"

"누구든 좋으니까 곁에 있어 달라고, 말하는 것 같았어."

그 이유가 무엇인지는 전차형의 이 꼬락서니를 보면 묻지 않아도 이해할 수 있었다.

혼자서.

죽고 싶지 않다――고.

"마지막 순간의 말이 그것인 것은 아니니까 어디까지나 궁금했을 뿐이지만. 내가 들을 수 있는 건 이 녀석이 거듭하는 마지막 말뿐이니까."

"뭐라고 하는데, 그 마지막 말은."

"돌아가고 싶어."

조용한 목소리였지만, 어딘가 신 자신의 바람처럼 희미한 갈망을 품고, 동시에 듣던 라이덴이 숨기고 있던 바람을 들킨 것처럼 강하게 가슴 속을 울렸다.

돌아가고 싶어.

그래―― 그럴지도 모른다. 어딘가에서 계속 그렇게 바랐던 걸지도 모른다.

돌아가고 싶다.

돌아가고 싶다.

하지만―― 어디로?

돌아갈 장소 따윈 어디에도 없다.

돌아가야 할 장소 따윈 이미 기억하지 않는다.

어디로도 돌아갈 수 없다.

"그 집에 다시 돌아가고 싶어. 이 녀석은 에이티식스야. 우리와 달리 고향이나 가족을 제대로 기억할 수 있는 부류의."

조금 나이가 많았던지, 아니면 전화에 추억이 다 불타버릴 정도로 프로세서로 오래 살지 않았던가. 어찌 되었든 이 전차형에게는 마지막 순간에 바랄 만큼 죽어서도 망가진 몸을 끌고 걸어갈 만큼 돌아가고 싶은 장소가 있었고── 결국 거기 도달할 수 없었다.

돌아갈 장소 따윈 이미 없고, 그렇기에 어디도 돌아갈 수 없는 일행과…… 결국은 같다.

전장에 버려지고, 전장에 살고, 전장에서 죽을 운명인 에이티식스와.

전장 이외에 있을 장소 따윈── 있을 리도 없다.

그러니까.

잠자리를 빠져나와서 혼자, 말 그대로 얼굴도 모르는 기계장치의 망령 따위를 위해, 이런 곳까지 온 걸까.

라이덴은 기막힌 심정으로 머리를 긁적였다. 그렇다면 어쩔 수 없겠지만.

함께 싸우고 먼저 간 동료를 돌보고, 기억하고, 그들의 최후까지 품고 데려가는 역할을 자기 자신에게 부여한, 이 목 없는 저승사자에게는…….

"그렇다고 혼자서 가지 마. 이 바보야."

"미안."

알았다고 말하지 않는 점이 그답다고 할까, 뭐라고 할까.

대화하는 동안도 신은 전차형에서 눈을 떼지 않는 채였고, 라이덴은 눈을 가늘게 떴다. 설마 싶지만.

"설마 이 녀석도 데리고 갈 생각이야?"

"그건 아무래도 무리지. 이름이고 뭐고 아무것도 몰라."

　신은 〈레기온〉의 목소리를 들을 수 있지만, 의사소통은 할 수 없다. 신에게 들리는 목소리는 아까 신 자신이 말했듯이, 알아들을 수 없는 기계의 목소리든가, 생전의 마지막 단말마뿐. 설령 상대가 생전의 기억과 사고능력을 완전히 남긴 〈양치기〉라더라도, 대화하는 건 이미 불가능하다.

　하지만 혹시 이름 같은 걸 알았다면, 이 녀석은 〈레기온〉마저도 데려갈 생각인 걸까.

　그러고 보면 신은 '고철들'이라고도, '레기온들'이라고도 결코 말하지 않는다.

　5년에 걸쳐 찾아다닐 정도로 소중했을 형을 〈레기온〉에 빼앗긴 신은…… 그 이외의 〈레기온〉들도 묻어 줘야 할 인간이라고 느낄 수 있는 걸지도 모른다.

"그러니까 근처에 있던 인연도 있고, 보내주는 정도는."

　삐걱삐걱, 전차형의 다리 관절이 소리를 내었다.

　살육기계의 본능이 눈앞의 적을 살려놔선 안 된다고, 지금도 그 몸을 움직이려고 하고 있다. 하지만 이미 일어설 수가 없다. 50톤의 전투중량은 죽어가는 그 다리로 떠받칠 수 없고, 땅을 파헤치는 것조차 할 수 없다.

　불규칙하게 깜빡이는 광학 센서가 미친 듯이 눈앞의 두 사람 사이를 오갔다. 신을, 라이덴을, 그리고 다시금—— 자기가 부르고 거기에 응하여 찾아온 신을.

그 움직임이 차츰 둔해져 갔다.

버둥대는 다리의 움직임이 작아졌다.

결국 신 하나만을 바라보는 채로 움직이지 않게 된 광학 센서로 신은 손을 뻗어서 만졌다.

"이제 됐어."

전투기능에 특화된 전차형에는 언어를 해석할 능력이 없다고 알려졌다. 그걸 알면서도 마치 죽어가는 전우를 만지고 말을 걸 어주듯이.

"이제—— 돌아가도 돼."

추억 속의, 돌아가고 싶은, 그리운 집으로.

혹은—— 죽은 이들이 모두 돌아가는, 세계의 밑바닥의 어둠 속 으로.

저승사자가 권총을 뽑았다.

과거에 채 죽지 못한 동료를 편하게 해 주려고 쏴 죽여 왔던, 그 리고 그 역할 끝에 패배하고서도 죽지 못하는 자기 머리를 날려버 릴지도 모르는 최후의 무기.

시선을 향하듯이 조준을 맞추었다. 포탑 측면, 고속철갑탄의 파 쇄흔. 그 안에서 희미하게 유동하는, 그들 〈레기온〉의 중추처리 계로.

권총의 총성은 주위에 있는 죽은 새들의 둥지에, 폐허가 된 도시 의 건축물에 반사되어서 지워지고, 황야 가장자리의 남모를 노래처럼 어디에도 닿지 않았다.

  완전히 침묵한 전차형의 포탑 뒷부분에는 120mm 고속철갑탄의 관통흔이 있다.

  120mm.

  〈저거노트〉의 주포 구경은 57mm. 좀처럼 쓰이지 않는——아니, 그 마지막 핸들러 이외에 쓰는 걸 본 적 없는 요격포의 구경은 155mm.

  공화국의 전력으로 격파된 것이 아니다.

  이 전차형을 격파한 것은 같은 120mm 전차포를 가진 전차형이든가, 아니면——.

  "라이덴. 혹시 공화국 말고도 살아남은 전력이 또 있다면."

  라이덴은 흥 하고 콧소리를 내었다.

  특별정찰에 나오기 이전에 몇 번 들은 이야기였다.

  공화국의 옛 국경을 넘고 〈레기온〉 지배영역마저도 넘은 곳에는, 신의 능력으로 아무것도 들을 수 없는 공간이 있다.

  〈레기온〉이 없는 지역이 있다고.

  거기에도 살아남은 인류가 있는지는 알 수 없다. 어떠한 이유로——이를테면 강력한 방사능 오염 등으로 〈레기온〉마저도 있을 수 없어진 장소일지도 모르고, 어쩌면 그 거리가 신이 들을 수 있는 한계일지도 모른다.

  그래도 혹시나. 공화국 말고도 살아남은 나라가 있다면.

거기 도달해서 살아남을 수 있다면.

하지만 그 가정은 라이덴에게 전혀 매력으로 느껴지지 않았다.

"거기에 가면 평화롭게 살 수 있겠냐고? 그런 건 상상도 안 가."

프로세서로 전장에 보내지기 전. 그 작은 학교에 숨겨지기 전. 자신이 어떤 집에서 살았을까. 어떤 가족에게 어떻게 양육되고 무엇을 꿈꾸며 어떤 식으로 나날을 보냈을까. 라이덴은 이미 거의 떠올릴 수 없다. 다른 이들도, 물론 신도 그렇겠지.

지금 와서 평화롭게 산다는 건 상상도 되지 않는다.

애초에 거기까지 도달할 수 있다고 생각하지 않는다. 그 말은 삼 켰다.

불길한 말을 하면 불길한 결과를 부른다는 게…… 그 노파의 말 버릇이었으니까.

말한 신 자신도 별로 관심은 없었는지, 아무래도 좋은 건지, 어 딘가 건성이었다.

"옛날이야기라면 이런 여행은 마지막에 이상향에 도달한다는 모양이던데."

"그건 어제 말했던, 사실은 죽어서 천국의 입구에 있었습니다, 라는 이야기잖아. 죽어서 천국으로 간다고 해도 기쁘지 않아."

"뭐야, 천국에 가기 싫은 거야?"

"그럴 리 있겠냐. 그보다 그런 건 아무래도 좋아."

사후 세계나 천국 같은 걸 기대했으면 이미 오래전에 자기 머리를 날려 버렸을 것이다.

그렇게 죽은 전우도 개중에는 있었다.

너희처럼 머리가 이상해질 수 없다, 강한 척할 수 없다고 부르짖으며 라이덴과 신의 눈앞에서.

　신은 그 녀석의 이름도 알루미늄 묘비에 새겨서 데려가고 있다. 혹시 바라던 천국에 갈 수 없었다면 두고 가기 가엾다면서.

　옆에서 핏빛 눈동자가 가라앉았다.

　어둡고 어둡게. 깊은 곳으로 혼자 잠겨들 듯이.

　들리지 않는 성량으로 입술만 움직였다.

　"그래도 누군가 도달한다면."

　나는.

　혼자 중얼거린 말은 바람에 묻혀 라이덴의 귀에 닿지 않았다.

　뿌리치듯이 신은 전차형의 주검에서 등을 돌렸다.

　"가자. 조금 오래 머무른 모양이야."

　특별정찰에 나선 뒤로 신은 자주 웃는다. 맺힌 것이 풀린 듯이. 해방된 것처럼.

　이 세상에 미련 따윈 무엇 하나 없다고 말하듯이.

　그러니까 라이덴은 그게 조금—— 위험하다고 생각했다.

　〈저거노트〉 5기와 수반하는 〈스캐빈저〉 1기가 다리를 건넜다.

　그것을 확인하고 그 중전차형은 일어섰다.

　스피어헤드 전대가 있던 강가에서 후방으로 7킬로미터.

지평선을 넘어 전차포의 사정거리도 벗어나는 그 장소에서. 다섯 명이 머물렀던 나흘 동안에도 계속 기다렸고, 그 훨씬 전부터 그들의 길동무처럼 거리를 두고 따라오던 중전차형.

쇼레이 노우젠.

5년에 걸쳐 신이 쫓고 계속 찾았고, 결국 묻어 준 형의, 망령의 잔재다.

〈레기온〉이 준비한 안전책 때문에 아직 채 죽지 못하고, 하지만 조만간 주저앉을——그 붕괴까지의 얼마 안 되는 시간을 동생의 여로를 지켜보는 것에 소비할 생각으로, 지금은 그것만을 위해 현세에 매달려 있는 망령이다.

여로 끝에 있는 것을 〈레기온〉인 레이는 알고 있다. 그들을 보호해 줄, 제국과는 다른 국가의 존재를.

나는 사라지겠지.

하지만 그래도 그 아이가——아이들이. 도달할 수 있다면 그거면 족하다.

지평선 너머와 그 반대편. 산 자와 죽은 자의 경계인 강을 사이에 두고 본디 헤어졌을 터인 형제가 같은 결의를 다지는 것을, 죽은 형도 아직 죽지 않은 동생도 알 길이 없다.

CHAPTER

ILLUSTRATION: I-IV

These fragments turned the boy into the Grim Reaper.

09

...er is the land which isn't ...n the country. ...e also boys and girls ...nd.

FRAGMENTAL NEOTENY >>> 파이드

The dead aren't in the field. But they died there.

EIGHTY SIX

ATO ASATO PRESENTS   ILLUSTRATION/ SHIRABII   MECHANICALDESIGN/ I-IV

죄송하지만 잠시. 제 이야기를 하게 해 주십시오.

저는 인공지능, 시작형 008호.

창조주의 아드님과 마지막 주인에게 받은 이름은 모두 '파이드'라고 합니다.

제가 '태어난' 곳은 산마그놀리아 공화국 수도, 리베르테 에트 에갈리테. 그 교외에 비교적 가까운 저택의 연구실 안이었습니다.

모시는 가족은 저의 창조주이자 인공지능의 연구자인 어르신과 아름답고 유화한 마님. 그리고 두 분의 자식인, 중등학교에 다니는 큰도련님과 모두에게 사랑받으며 자라는 작은도련님이었습니다.

그때의 저는 대형견을 본뜬, 부드러운 몸을 받았습니다.

어린아이가 세게 껴안고 매달려도, 다소 난폭하게 다루어도 망가지지 않고, 아이도 다치지 않도록 설계된 몸입니다.

마지막 테스트가 끝나고 어르신이 리포트를 다 쓰는 것을 기다리고 있자, 문이 끼익 열리는 소리가 났습니다.

그리고 저의 청각 센서가 가까스로 잡아낼 수 있을 정도로 가벼운 발소리. 일가 여러분은 마님 외에는 거의 발소리를 내지 않고 걸으십니다.

즉, '발소리를 내지 않는다'는 조건만으로는 그게 어느 분인지 특정하기 어렵습니다만, 어르신의 책상까지 머리가 닿지 않는 것은.

"아빠."

예, 아직 어린 작은도련님입니다.

"신. 아빠가 일하는 방에 들어오면 못쓴다고 몇 번이나 말했지?"

그렇게 말하면서 어르신은 무릎 위에 작은도련님을 앉히셨으니까, 작은도련님이 말을 안 듣는 것도 당연하다고 생각됩니다.

"로봇, 다 됐어?"

"그래, 로봇이 아니라 인공지능이지만⋯⋯. 뭐, 상관없나. 응, 다 됐단다. 이번에야말로 제대로 움직이는 아이야. 집 밖까지는 나갈 수 없지만, 같이 놀 수 있으니까."

작은도련님은 환한 얼굴을 하셨습니다.

마님을 닮은 아름다운 붉은 눈동자가 보석처럼 반짝반짝 빛났습니다.

"이름! 이름 지어줘도 돼?"

아무래도 친구인 앙리에타 님이 최근 애완동물을 기르기 시작하셨다고 해서(닭이라고 합니다만, 어린 아가씨가 기르기에 일반적인 동물인가요. 저의 지식으로는 그렇지 않습니다만⋯⋯.) 작은도련님은 그 바람에 자기도 애완동물을 두고 싶다고 말씀하셨습니다.

"좋아. 잘 생각해서 좋은 이름을 붙⋯⋯."

"그럼 파이드! 파이드로 할래!"

어르신은 꼬박 5초 동안 침묵하였습니다.

"내 말 들어볼래, 신? 파이드란 개 이름이지, 친구에게 붙이는 이름이⋯⋯ 어라?"

어르신은 정보단말의 홀로스크린에 표시된 저의 스테이터스 화면을 보고 또 꼬박 5초 동안 침묵하였습니다.

"어라⋯⋯. 지금 그걸 입력 명령으로 인식했나. 이런⋯⋯."

아뇨.

아뇨, 어르신. 저의 창조주.

아주 기쁜 일입니다.

개라는 생물은 인간의 역사 초기부터 인간의 좋은 친구였다고 하나요.

그 생물과 같다고 여겨지다니.

기쁜 일입니다. 영광입니다.

저에게는 음성출력 기능이 없기에 전할 수는 없습니다만⋯⋯.

작은도련님은 커다란 눈동자로 저를 가만히 바라본 뒤에 고개를 갸웃거렸습니다.

"하지만 기뻐하는데?"

"어⋯⋯."

어르신은 놀란 듯이 저와 작은도련님을 번갈아 바라보았습니다.

"알겠니?"

"응."

작은도련님은 고개를 끄덕였습니다. 왜 모르는데? 라고 말하는 듯한 모습입니다.

이어서 어르신은 연구실 문에서 들여다보던 큰도련님을 바라보 았습니다. 흑발 이외는 마님을 닮은 작은도련님과 달리, 어르신을 많이 닮아서 이지적인 인상의 젊은이입니다.

"레이, 너는?"

큰도련님은 조금 귀를 기울이는 기색을 하신 뒤에 고개를 내저 었습니다.

"아니. 나한테는 안 들려."

"그런가. 으음, 그럼 아닌가……?"

의심받는 거라고 깨달은 걸까요. 퉁한 얼굴을 하신 작은도련님을 보고 큰도련님은 쓴웃음을 지었습니다.

"그 녀석, 신의 뇌파 같은 패턴을 베끼는 식으로 구축된 거지? 감정 학습 면에서도 신을 트레이싱한 모양이고. 잘은 모르겠지만 그런 점이 뭔가 관계있지 않을까?"

그렇습니다.

제 중추처리계는, 제가 저로서 있기 이전 최초의 개체——아기 였던 작은도련님이 껴안고 있던 인형——에 내장된 센서를 통해 기록된 작은도련님의 신경 활동 패턴을 기초로 구축되었습니다. 또한 인간의 활동이나 감정에 대해서도 작은도련님의 성장을 통해 학습하였습니다. 말하자면 저는 작은도련님께 '저'로서의 의식과 사고를 선물 받았다고 할 수 있습니다.

그렇기 때문에 저는 작은도련님께 특히나—— 예, 애착이 있습니다.

작은도련님의 분신으로서. 그림자로서. 원하시는 한 곁에서 모시고 지켜드려야……

"한동안은 제대로 진척이 없을 것 같다고 했으면서, 또 갑자기 전진했네요. 새로운 인공지능 모델이라고 했던가요?"

이번에는 어르신이 눈을 반짝이셨습니다.

"그래! 새롭게 발표된 획기적인 모델이야! 원래는 연합왕국의 당대 '자수정'의 연구인데, 생물의 신경계를 본떴고, 장차 인간에게도 필적하는……"

어르신은 아직 모르시는 모양이지만. 큰도련님도 작은도련님도 어르신의 연구 내용에도 이야기에도 별로 흥미가 없습니다.

큰도련님은 '또 시작했다…….' 라는 듯이 시선을 돌리고, 작은도련님은…… 아무래도 얼른 저와 놀고 싶은 모양입니다.

아쉽게도 아직 충전이 끝나지 않았기에 저는 움직일 수 없습니다만…….

아드님들이 다들 듣고 있지 않다고 간신히 알아차리셨을까요, 어르신은 쓴웃음을 짓고 무릎 위에서 움찔거리기 시작한 작은도련님을 끌어안았습니다.

"만든 건 너랑 동갑인 아이란다, 신. 그쪽의 여러 사정이 정리되거든 놀러 오지 않겠냐는 말을 들었으니까 같이 가자꾸나. 친구가 늘어날 거야. 조금………… 재미있는 아이지만."

"파이드랑 같이?"

"그래."

큰도련님은 저를 바라보며 살짝 고개를 갸웃거렸습니다.

"제국에서는 같은 모델로 무인병기를 개발할 생각인 거지? 그쪽이 멋지다고 생각하는데."

"아, 제레네 여사 말이구나……. 그 사람은 군인이고, 본인의 사정과 이유가 있다고 하지만…… 나는 별로 만들고 싶지 않아."

그렇게 말하며 어르신은 책상 위의 낡은 인형을…… 저의 첫 개체를 쓰다듬었습니다.

"어차피 인간만 있어도 싸우는 법이지. 모처럼 인간과 다른 지성과 만날 수 있을지 모르는데, 적을 늘리기만 해선 슬프잖니."

"흐응……."

마음 없이 맞장구를 치면서 큰도련님은 발길을 돌렸습니다.

"뭐, 됐어. 신, 가자. 그 녀석…… 그래, 파이드는 지금 밥을 먹고 있으니까, 좀 기다렸다가 놀아야지. 우리도 간식 먹자. 아버지, 차 끓일 테니까 거실로 와요."

"응."

"알았어."

아장아장 걸어가서 당연하다는 듯이 손을 뻗는 작은도련님에게 큰도련님도 극히 자연스럽게 그 작은 손을 맞잡았습니다. 큰도련님은 가족 중에서도 특히나 작은도련님을 귀여워하셔서, 그 바람인지 작은도련님도 아주 어리광쟁이십니다.

다시금 정보단말을 바라보며 리포트 작성에 착수하는 어르신을 —— 그대로 시간을 잊어버릴 듯한 그 얼굴을 올려다보면서 저는 내장된 타이머를 세팅했습니다.

　어르신과 가족 여러분을 모시는 행복한 나날은 어느 날 밤에 갑자기 끝났습니다.

　그날 밤의 메모리를 재생하려고 하면—— 아아, 인간이라면 '떠올리기 싫다'라고 할까요. 데이터에 노이즈와 혼란이 엿보입니다. 정확히 재생하기란 어렵습니다.

　갑자기 들이닥친 군홧발 소리.

　고함 소리. 오색기와 검의 마크. 들이대는 자동소총의 총구. 바닥에 무릎 꿇려진 어르신과 큰도련님.

　마님이 감싼 작은도련님의—— 가녀린 울음소리.

　울지 말라고 말하는 것조차도, 음성출력 기능이 없는 저로서는 해드릴 수 없었습니다.

　어르신과 가족 여러분은 순식간에 어딘가로 끌려가고, 폭풍이 지나간 듯한 참상의 텅 빈 저택 안에서 저는 자문을 거듭했습니다.

　일과의 끝으로 대기 상태 이행을 명령받은 상태라고 해도, 왜 아무것도 하지 않았을까 하고.

　어르신과 마님과 큰도련님과 작은도련님을 지키며 맞서야—— 싸워야 하지 않았을까 하고.

제게는 인간을 해쳐선 안 된다는 명령이 들어간, 강력한 금지사항이 설정되어 있습니다.

그것은 인간의 좋은 친구이기를 바라신 어르신의 바람이며, 저의 존재이유입니다. 그걸 어기는 일은 결코 할 수 없습니다.

그래도.

그래도 뭔가 할 수 있지 않았을까 하고.

지금부터라도.

할 수 있는 일은 있지 않을까, 하고……

생각 끝에 저는 모두를 찾으러 가기로 결심했습니다.

다행스럽게도 제게는 자기학습을 위해 공개 네트워크에 접속이 허가되어 있었습니다.

왜 모두가 끌려간 것인지, 그 이유는——거기에 이르는 논리는 저로서는 잘 이해할 수 없었습니다만——조사해서 바로 알았습니다.

모두가 끌려간 곳도.

어르신에게 받은 개체는 실내 활동용입니다. 장거리를 이동하기에는 맞지 않습니다. 죄송하지만 파기하고 다른 몸으로 갈아타기로 했습니다.

제 주인분들을 찾고, 이번에야말로 지키기 위해서.

〈스캐빈저〉라고 불리는 수송기계의 하나에 저의 모든 구성 데이터를 전송하고 도달한 곳은 전장이었습니다.

몇 년이나, 몇 년이나, 저는 부대 지원의 임무와 함께 모두를 찾아 전장을 헤매며 걸어 다녔습니다.

그동안 많은, 헤아릴 수 없을 정도로 많은 사람이 죽어갔습니다.

처음에는 어르신과 비슷한 연배의 남성분들이.

다음에는 마님과 비슷한 연배의 여성분들이.

그 뒤로는 큰도련님과 비슷한 또래의 소년 소녀들이.

차례로. 계속해서. 줄을 이어서. 싸우고, 그리고 죽어갔습니다.

이윽고 저는 깨달을 수밖에 없었습니다.

이 눈으로는 확인하지 않았지만, 어르신도, 마님도, 큰도련님도, 분명 그들이 모두 지키고 싶었던 작고 연약한 작은도련님도.

이 지옥 같은 전장에서는 이미 아무도 살아남지 못했을 거라고.

파괴되고 주저앉은 〈스캐빈저〉 안에서, 저는 어쩔 줄 몰랐습니다.

제가 지원해야 할 지금의 주인인 부대의 소년병들도 전원 전사한 모양입니다. 동료 〈스캐빈저〉도 이미 하나도 남지 않습니다.

이대로 이렇게 움직이지 않고 있으면 〈레기온〉들은 저를 분해하고, 그들의 재생공장으로 가져가겠지요. 그것은 어르신과 가족 여러분을 지키지도, 찾지도 못했던 저에게 어울리는 말로라고 생각되었습니다.

그때 데구르르 하고 작은 파편이 굴러떨어지는 소리에 저는 정신을 차렸습니다.

제가 그만 꽤 깊은 생각에 잠겼던 걸까요. 다가오는 발소리를 전혀 인식하지 못했습니다.

잔해를 밟고 다가온 것은 한 소년병이었습니다.

큰도련님과 작은도련님의 딱 중간 정도의 나이일까요. 아직 어른이라고 하기에는 거리가 먼 체구에 맞지 않는 야전복의 소매를 접은 채 입고 있습니다.

그 작고 귀여운 작은도련님도. 언젠가.

살아남았으면 이 소년 정도가 되셨을까요. 그건 대체 어느 정도 세월이 지나면 그렇게 되는 걸까요.

이 눈으로는 두 번 다시 뵐 수 없습니다.

그것이 너무나도——쓸쓸하였습니다.

전멸한 부대의 마지막 생존자일까요. 소년병은 아주 지친 얼굴을 하고, 그 얼굴도 야전복도 원래는 검었을 머리도 먼지로 꼬질꼬질하니 더러워져 있었습니다.

큰도련님이나 작은도련님과 비교하면 눈이 번쩍 뜨일 만큼 예리하고 차가운 시선을 하며, 말없이, 소리도 없이 다가왔습니다.

아, 저의 컨테이너에 남은 탄약이나 에너지팩이 필요한 거로군요.

조금만 기다려주세요. 인간 아이의 힘으로는 양쪽 다 무거울 테니까……

"앗."

살아남아있는 크레인 암을 움직이자, 제가 이미 파괴된 거라고 생각했던 모양인 소년병은 조금 놀란 기색으로 몸을 움찔거렸습니다.

그 반응도, 큰도련님이나 작은도련님의 솔직한 웃음과 비교하면 너무나도 작고 엷은 것이었습니다.

잘려 나가고 닳아버린 반응이었습니다.

곁에서 사람이 죽는 것에 너무 익숙해져서, 더 이상 아무것도 느끼지 않게 된 이의 반응.

하물며 인간이 아닌 도구에 불과한 저에게 마음 둘 것도…….

"너, 아직 살아있는 거야?"

놀라서 광학 센서를 돌려보자, 그는 분명히 저의 센서를 들여다보고 있었습니다.

차갑게 얼어붙고 닳아버린 시선으로, 하지만 희미하게 흔들리는 것은—— 외로움과 쓸쓸함일까요.

"전대도 네 동료도 이미 아무도 없지만. 그래도 같이 돌아갈래……?"

그 소년병은.

이미 어디에도 없는 작은도련님처럼, 피처럼, 저녁노을처럼, 아름답고 붉은 눈동자를 갖고 있었습니다…….

저는 그 소년병—— 신에이 노우젠 님을 모시기로 했습니다.

도와주신 은혜는 물론이고, 인간의 좋은 친구로 있으라는 어르신의 바람. 기이하게도 작은도련님과 같은 애칭과 같은 붉은 눈동자. 대상행위라고 알면서도 떨어질 수 없었습니다.

무엇보다 노우젠 님은 첫인상과 다르게 아주 자상하신 분으로

—— 곁에 있으면서 돕고 싶다고 생각되는 분이었으니까요.

　모시기를 4년 남짓. 지금은 동부전선 제1전투구역 제1방어전대 〈스피어헤드〉가 노우젠 님이 속한 부대입니다.
　밤에는 등화관제가 걸리는 만큼, 전장의 아침은 일찍 시작됩니다. 회수 임무에 나가고자 방금 떠서 깨끗한 햇살 속으로 걷고 있는데, 마침 노우젠 님이 막사를 나오고 계셨습니다.
　4년 동안 노우젠 님은 키가 자라고 목소리가 변하고 얼굴도 어른의 그것으로 변하고 있습니다. 지금은 큰도련님을 마지막으로 보았을 때와 비슷한 나이일까요.
　이런, 안 됩니다. 멍하니 있다가 인사를 잊다니. 거듭 말하지만 저는 음성대화 기능이 없습니다만.
　"삐."
　안녕하십니까, 노우젠 님.
　"음? 아, 안녕, 파이드."
　예, 노우젠 님에게서도 저는 '파이드'로 불리고 있습니다. 모시고 얼마 지났을 무렵에 받은 이름입니다. 우연이겠지만 역시 기쁜 일입니다.
　계속해서 전대 부장인 라이덴 슈가 님도 나오고 계셨습니다.
　"삐."
　안녕하십니까, 슈가 님.
　"어, 너였냐. 파이드."

기분 탓이라고 하면 기분 탓이겠지만── 노우젠 님은 처음 만났을 때부터 제가 말씀드리고자 하는 바를 아시는 듯합니다. 슈가 님이나 다른 분들과 달리 대화가 성립하는 것으로 느껴집니다.

노우젠 님과 슈가 님은 서로 말을 나누는 일도 없이 살짝 굳은 표정으로 일출의 기운이 남은 동쪽 하늘을── 그 아래의 〈레기온〉 지배영역 쪽을 바라보고 계십니다.

최근 노우젠 님도 슈가 님도, 이제 열 명도 남지 않은 전대원 전원도 정비사 분들도 다소 신경이 날카롭습니다. 그 이유는…….

"특별정찰까지, 앞으로 보름인가……."

특별정찰── 〈레기온〉 지배영역 깊숙한 곳으로 가는, 귀환할 수 없는 정찰 임무입니다. 노우젠 님과 동료분들은 보름 뒤에 반드시 죽으라는 명령을 받게 됩니다.

슈가 님은 힐끗 노우젠 님을 바라보았습니다.

"데려가는 건 역시 그 녀석으로 할 건가."

"그래……."

모호하게 맞장구를 치고 노우젠 님은 제게 그 핏빛 눈동자를 돌렸습니다.

"파이드. 너……."

말을 흐린 것은 주저했기 때문이겠지요.

노우젠 님은 누군가가 죽는 것을──정말로 싫어하는 분이시니까요.

"우리랑 같이 죽으러 가 주겠어?"

"삐."

예. 물론입니다, 노우젠 님.

어디까지든지. 제게 두 번째로 이름을 붙여준 부모이자 마지막 주인님.

특별정찰은.

그때까지 전투구역을 나설 자유조차 없었던 노우젠 님과 동료 분들에게 나름 즐거운 여로였던 모양입니다만, 그래도 역시 힘든 것이었습니다.

줄어드는 물자. 쌓여가는 피로. 적지를 나아가면서 풀릴 일 없는―― 경계와 긴장. 노우젠 님과 동료 분들이 나날이 소모되어 가는 것이 손에 잡힐 듯이 알 수 있었습니다.

그러니까 그것은 언젠가 일어날 필연이라고 해야겠지요.

칼이 부러지고 화살이 다하여―― 마침내 〈레기온〉에 패배를 맛볼 때.

쿠쿠미라 님의 〈건슬링어〉가. 릿카 님의 〈래핑폭스〉가, 에마 님의 〈스노윗치〉. 슈가 님의 〈베어볼프〉가. 대파되고 주저앉고 침묵하여, 노우젠 님의 〈언더테이커〉 한 기만이 남았습니다.

몇 대의 전차형을 홀로 상대하는 노우젠 님에게로, 동료 분들을 격파한 〈레기온〉이 또 향합니다. 도무지 상대할 수 있는 상황이 아닙니다.

〈언더테이커〉의 광학 센서가 새롭게 접근하는 〈레기온〉들을 쓱 보았습니다. 하지만 대응할 여유가 도무지 없다는 것을 노우젠 님은 알고 계시겠지요. 그 동작에서 초조함과—— 일말의 체념과 각오가 엿보였습니다.

하지만 저를 향한 조준은 하나도 없습니다. 〈레기온〉은 〈스캐빈저〉도 적성 존재로 보지만, 비무장인 저희는 위협도가 낮은 목표로 설정되어 있습니다.

〈저거노트〉가…… 노우젠 님과 동료 분들이 전원 전사할 때까지 제게 〈레기온〉의 포구가 향할 일은 없습니다.

그것을 줄곧. 괴롭게 생각하였습니다.

저는 주위에서 죽어가는, 많은 분을 여태까지 계속 지켜만 보았습니다. 제가 대신 몸을 던지면 한 명이라도 살아남을 수 있는, 그 한 명을 항상 저버렸습니다.

모든 것은 최초의 주인님을 찾기 위해서. 노우젠 님을 끝까지 모시기 위해서.

하지만 그렇기에 지금—— 다시금 주인을 잃으면서까지 제 몸을 아까워할 이유는 하나도 없습니다.

†

피할 수 없다고 깨달은 직후, 신은 그 전차형의 옆구리에 갑자기 파이드가 몸을 부딪치는 것을 보았다.

사선이 〈언더테이커〉를 빗나간다. 주위의 〈레기온〉의 주의와 조준이—— 그 일부가 파이드를 향한다.

"파이드?!"

†

　예측하지 않았던 측면에서의 돌격을 받아 전차형은 다소 주저한 듯이 보였습니다.

　무리도 아닙니다. 여태까지 〈스캐빈저〉는 한 번도 그들을 공격한 적이 없었을 테니까요.

　〈스캐빈저〉도 저도 파괴를 목적으로 만들어진 것이 아닙니다.

　저는 인간의 좋은 친구로 있기를 바라며 인간의 손에 만들어진 존재입니다. 그 바람은 저에게 절대적입니다.

　저는 저의 존재이유를 걸고 절대로 인간을 해칠 수 없습니다.

　하지만.

　인간에게 만들어졌으면서 인간의 적으로 있기를 명령받아, 그 명령을 내린 조국이 사라져서도 계속 명령을 수행하는 가련한 〈레기온〉들은.

　제가 친구로 있어야 할 존재가 결코 아닙니다.

　〈스캐빈저〉의 시스템은 본격적인 전투를 할 수 있을 정도의 처리능력을 갖지 않습니다만, 발을 묶고 시간을 버는 정도라면 충분합니다.

　전투중량 50톤의 금속덩어리인 전차형의 앞에 중량 10톤 정도의 제 기체가 달걀껍질처럼 깨져나갑니다. 컨테이너 안에 수납된 〈저거노트〉나 〈레기온〉의 기체를 해체하기 위한 공구를 모두 전개하여 그 장갑에 달라붙습니다.

두꺼운 전차형의 장갑은 간단히 찢기지 않습니다. 하지만 그 전에 위협도의 설정은 아마도 재설정되겠지요.

다른 전차형의 포구가.

이쪽으로.

시스템이 재기동하자, 저는 아무래도 말라버린 풀들의 초원에 주저앉아 있는 듯했습니다.

재기동했음에도 불구하고 기체 곳곳의 여러 부위에서 반응이 없습니다. 그뿐만이 아니라 차츰 저의 인식에서 소실되어 갑니다. 이것은……

씁쓸한 얼굴로 저를 내려다보던 슈가 님이 그 얼굴인 채로 입을 여셨습니다.

"신. 이 녀석은."

"그래. 고칠 수 없어. 코어 블록을 당했어."

역시 그랬습니까.

각오한 일이었습니다만, 실제로 직면하니 그것은 씁쓸하고 슬픈 일이었습니다.

더 이상 함께 할 수 없고 곁에 있어 드릴 수 없다는 것은.

다행스럽게도 동료 분들은 〈저거노트〉를 잃긴 했지만 다들 무사하셨던 모양입니다. 다섯 명의 소년병은 각자의 표정으로 저를 내려다보고 계셨습니다.

"이런 곳에서 없어지다니. 쓰레기 수집기면 쓰레기 수집기답게 끝까지 일을 하라고⋯⋯."

릿카 님.

저 같은 것을 위해 울어주시는 겁니까. 과분한 일입니다⋯⋯.

"모처럼 여기까지 같이 왔는데."

"미안해. 여기서부터는 같이 있어 줄 수 없어서."

쿠쿠미라 님. 에마 님.

안 됩니다. 여기저기 잘려나간 저를 만지다간 손에 상처가 나게 됩니다.

"고마워, 파이드. 우리도 아마 금방 갈 테니까."

슈가 님.

아뇨. 아뇨, 부디 하루라도 오래.

마지막에 가녀린 체격의 분이―― 역할을 방치하고 있는 광학 센서로도 알 수 있는 주인님이 곁에서 무릎을 꿇었습니다.

"파이드."

노우젠 님.

저의 주인님. 저의 마지막 주인님.

"파이드. 네게 마지막 임무를 주지."

예. 부디, 어떤 것이든지.

아아, 하지만.

당신을 두고 먼저 망가진 제가 다할 수 있는 명령이라면 좋겠습니다만⋯⋯.

잘그락 하고 얇은 금속이 스치는 소리가 났습니다.

노우젠 님이 가지고 다니시는, 여태까지의 전사자 분들의 묘비입니다.

함께 싸우고 먼저 간 전원을, 도달하는 그곳까지 데려간다. 노우젠 님이 여태까지 나누고 계속 지켜온 약속의 그 증거.

"네게 맡기고 가마. 너는 우리가 여기까지 도달했다는 증거다. 풍화될 때까지 그 임무를 다해."

…….

예. 예, 노우젠 님.

물론입니다. 영광입니다.

당신이 스스로에게 내린 역할을—— 그 증거를 맡겨 주시다니. 그만큼의 신뢰를 주시다니.

이보다.

좋은 선물은………….

……………………………………………….

문득 정신을 차리니, 빛이 없는 어둠 속에 그리운 분들이 서 계셨습니다.

잘못 볼 리가 없습니다.

어르신. 마님, 큰도련님.

역시 이미 이쪽에는 안 계셨던 겁니까. 마중 나와 주신 겁니까.

어느 분도 지키지 못하고 찾을 수 없었던 저를, 용서해 주시겠습니까……?

어째서………….

작은도련님이 안 계신 겁니까.

왜 돌아가라고 말씀하십니까.

작은도련님을.

앞으로도 부탁한다는 건, 대체……?

목소리가 들립니다.

저의 데이터베이스에는 없는 목소리. 아직 어리고 톤이 높은 소녀의 목소리입니다.

"으음, 역시 움직이지 않는구나……. 대체 뭐가 문제일꼬."

죄송합니다만, 시체란 움직이지 않는 것입니다. 움직이라고 명령하셔도…… 아무것도 할 수 없습니다.

"움직이고 싶지 않은 걸지도 몰라. 이 아이는 이미 충분히 일하다가 죽었다는 마음일지도 모르잖아."

예, 그렇습니다. 그러니까 부디 이대로 버려주세요.

"그렇지만, 녀석은 낯선 이국에서 사실은 긴장했을 터. 친숙한 이 녀석이 돌아오면 신에이 녀석도 조금은 안심할 터인데……."

──신에이?

그것은 저의 마지막 주인님 성함입니다. 곁에 있는 겁니까? 아직…… 살아계신 겁니까?

저의 첫 주인님과 같은 이름을 가진, 같은 눈을 가진 분이…….

…….

아아.

왜 여태까지 그런 것도 깨닫지 못했던 걸까요……

"으악?! 뭐냐, 갑자기?!"

"기, 기동했어? 왜 갑자기……."

낯선 쇳빛 군복을 입은 노우젠 님은 마지막에 보았을 때보다 더 어른스러워진 모습이었습니다.

예, 인간의 아이란 성장하는 법입니다. 그 조그맣던 작은도련님도…… 언제까지고 작고 약하지 않았습니다.

"풍화될 때까지 임무를 다하라고 했지. 그 임무는 어쨌지?"

"삐……."

예, 그 점에 대해서는…… 면목이 없습니다.

하지만…… 그래도 곁에 있고 싶습니다.

또 모시는 것을 부디 허락해 주시겠습니까……?

조심조심 여쭙자, 노우젠 님은 작게―― 하지만 또렷하게 웃고 계셨습니다.

"뭐, 하지만…… 또 만나서 다행이야."

"삐."

예. 저도 그렇습니다. 신에이 노우젠 님.

저의 처음이자 마지막 주인.

이번에야말로 당신의 싸움의 끝까지.

파이드 extra 『부모님의 이야기』

　문득 작은도련님의 목소리가 끊긴 것을 깨닫고 도화지에서 시선을 들어보니, 작은도련님은 그림을 그리던 자세 그대로 잠이 드셨습니다.

　저택의 거실에 깔린 융단 위에서 도화지와 크레용을 펼쳐놓고, 오늘 낮에 간 박물관에서 본 원생해수라는 생물의 그림을 그려주시던 참입니다.

　[파이드는 같이 갈 수 없어서 못 봤으니까, 대신 그림을 그려서 보여줄게.]

　그렇게 말씀하시며 그 생물의 뼈가 얼마나 컸는지 설명하며 그림을 그리셨습니다만, 처음으로 간 박물관에서 분명 아주 신이 나서 많이 돌아다니신 탓에 지치신 거겠죠. 크레용 선이 융단까지 삐져나가는, 꽤 호쾌한 그림에 고개를 박고 쿨쿨 숨소리를 내고 계십니다.

　또한 고래의 그림은 그리기 시작한 참이라서 볼 수 없습니다.

　공개 네트워크를 검색하면 고래의 모습은 알 수 있습니다만, 여기서는 그림을 그려 가르쳐 주고 싶으시다는 작은도련님의 마음을 받아들여야겠지요. 모르는 생물의 모습에 대한 호기심을 꾹 참고, 저는 일어서서 개를 본뜬 개체의 머리를 움직였습니다.

　어르신, 마님.

　음성출력 기능이 없어서 저는 말을 걸 수 없습니다만, 소파에 앉아 계신 두 분은 일어서서 그쪽을 바라보는 저를 곧 알아차려 주셨습니다.

공화국 수도 리베르테 에트 에갈리테에 있는 이 저택은, 외곽 근처라고는 해도 고급 주택가인 이곳에서는 비교적 자그마한 구조입니다. 고국인 제국에서는 하인들이 모셨던 어르신과 마님이 자신들만으로 유지할 수 있는 집과 생활을 바라며 고르셨기 때문에, 거실도 이렇게 넓긴 해도 가족 네 명의 체온이 느껴지는, 그런 절묘한 크기입니다.

"왜 그러니? 아, 신이 잠들었구나. 알려줘서 고마워."

미소와 함께 아름다운 붉은 눈동자를 가늘게 뜨며 마님이 일어나십니다.

완전히 일어나시기 전에 동작을 멈추고 허공으로 시선을 움직이셨습니다.

"어머, 그래? 그래. 그럼 부탁할게."

어르신에게 말씀하시는 게 아닌, 눈앞에 없는 분과의 대화입니다. 전화를 받는 듯한 대화입니다만, 마님의 손에 수화기나 휴대 단말은 없습니다. 마님의 집안에서 물려 내려오는 이능력, 친족 사이의 사고 전달입니다.

지금 와서 놀랄 일도 아니라는 듯이 어르신이 물으셨습니다.

"레이야?"

"그래. 숙제는 끝났으니까 이대로 같이 자겠대."

머지않아 자기 방에서 공부를 하시던 큰도련님이 내려오셔서 영차 소리와 함께 아직 조그마한 작은도련님을 안아 올리셨습니다. 그 움직임에 반쯤 잠이 깼는지, 작은도련님이 움찔거리며 칭얼거렸습니다.

"으음……."

"신, 이런 데서 자지 말고 방에서 자자."

"형도 같이?"

"그래. 안녕히 주무세요, 아버지, 어머니."

졸린 목소리로 묻는 동생분을 익숙한 모습으로 달래면서, 큰도련님은 어르신과 마님에게 인사를 하고 거실을 나가셨습니다.

"그래, 잘 자라."

"잘 자렴, 레이. 신도."

온화한 시선으로 두 자식을 지켜본 뒤에 마님은 눈을 가늘게 뜨셨습니다.

"애들이 다 공화국에서 자라서 정말로 다행이야. ……내가 어렸을 적에는 생각할 수도 없었으니까. 저런 식으로 무방비하게, 부모라고 해도 타인의 앞에서 잠들다니."

"그래. 그건…… 나도 마찬가지야. 그런 건 허락되지 않았지."

두 분은 절절한 기색으로 고개를 끄덕이셨습니다. 지금 제 눈앞에서 편안히 쉬면서 두 도련님을 사랑 어린 시선으로 바라보는 두 분의 모습에서는 상상도 할 수 없습니다만, 어르신은 이웃 나라 기아데 제국에서 무문의 필두 집안인 노우젠 가문 출신. 마님 또한 제국에서 이름이 알려진 무문, 마이카 가문의 영애이십니다. 두 분은 제국군에서, 그것도 전장에서 만나신 모양입니다.

"특히나 레이와 신은 착한 아이니까. 전장은 맞지 않을 테고."

"그래, 그럴 순 없어. 내 귀여운 아이들을 성질 나쁜 전장의 여신에게는 절대로 넘기지 않을 테니까."

강하게 말씀하신 마님의 모습에 어르신은 눈부시게 미소를 지었습니다.

그리고 문득 제게 시선을 돌리셨습니다.

"그래. 파이드는 완전히 신의 좋은 친구가 되어 준 모양이고."

깊은 칠흑색 눈동자 앞에서 저는 무심코 자세를 바로잡았습니다. 작은도련님의 친구라니. 과분한 말씀…… 영광입니다, 어르신.

"다음은 지각동조의 완성이군. 이게 잘 풀리지 않고 있으니 요제프랑 조금 더 열심히 해 봐야지."

마님은 쓴웃음을 지으며 고개를 갸웃거리십니다.

"레이와 신에게는 당신 목소리가 들리는 모양인데."

"그런 모양이지만, 그래선 일방통행이잖아. 그게 아니라 나도 아까 당신과 레이처럼 대화하고 싶고, 당신들 대화에 참가하고 싶다고. 당신은 내 목소리가 안 들리고 말이야."

마지막에는 토라진 기색으로 그렇게 말씀하시는 어르신에게 마님은 어린아이의 응석을 지켜보는 사람처럼 미소 짓습니다. 조금 난처한 기색인, 그 이상으로 깊이 사랑하는, 다정한 미소입니다.

"그래. 나도 어디에서든 당신과 대화할 수 있다면 그게 좋겠어."

"그렇지?"

"하지만."

응? 소리와 함께 돌아보는 어르신에게 마님은 다소 걱정 어린 얼굴을 하셨습니다.

"조금 걱정이기도 해. 내…… 마이카의 이능력을 재현해서 혹시나 같은 일이 가능해진다면."

어르신도 얼굴에서 미소를 지우고 생각에 잠긴 시선으로 대답하셨습니다.

"마이카가 지닌 이능력의 진수. 여왕벌과 부하 전원이 완전 동조해서 부대를 말 그대로 하나의 생물로 만드는, 진홍의 마녀의 군체전투의 재현은 아무래도 불가능해."

마님은 아직 걱정스러운 표정을 하신 채였고, 어르신은 말씀을 이었습니다.

"그걸 요구할 만한 상황도 되지 않았고, 앞으로도 되지 않을 테고. 이 공화국에서는 당분간 전쟁은 일어나지 않아."

마님은 가만히 눈썹을 찌푸리셨습니다.

"역시 제국은."

"그래. 조만간 내전이 일어날 거야. 황실이 무너지고 민주화가 시작되지. 아버님, 노우젠 후작은, 아니 노우젠 가문은 그럴 생각이니까."

"……."

"그러니까 이 공화국과는 전쟁이 나지 않아. 잘만 풀리면 그대로 영원히 전쟁 같은 건 하지 않는 나라가 되어 줄지도 모르지. 우리 일가에게는 다행스러운 일이야."

말씀하시면서도 어르신은 오히려 침통한 얼굴이셨습니다.

제국이 아니라 공화국에 계신 두 분과 큰도련님과 작은도련님은 제국의 전화에 휩쓸리지 않습니다.

　자식들을 전장에 세우고 싶지 않으신 두 분에게는 그야말로 바라는 바입니다.

　하지만 그 목소리에는 공화국이라는 안전권에서 안녕과 '다행이다'라고 말하는 것에 대한 갈등이 묻어났습니다.

　고개 숙인 어르신을 마님이 감싸 안습니다.

　"당신 탓이 아니야, 레이샤."

　"알고 있어. 신민들의 바람이기도 하지. 그들은 자기 피를 흘리면서라도 시민의 권리를 바라겠지. 그걸 밖에서 슬퍼하고 가엾어하는 건 오만이야. 그것도 분명히…… 알고 있어."

　"그래. 그리고 그렇더라도 죄의식을 지울 수 없다면, 그건 나도 같이 안고 살아야 할 죄야. 아니, 오히려 내가 훨씬 죄가 많아."

　강하고 낮게 말하는 마님의 모습에 어르신은 퍼뜩 고개를 들었습니다.

　"유우나."

　그 시선을 마주 바라보며 마님은 입을 열었습니다.

　화염색의 눈동자.

　"심한 말이라는 건 알고 있어. 비겁한 말이란 것도 알고 있어. 그래도 나는 말하겠어. 두 사람 다 공화국에서 자라서 다행이야. 전쟁이 없는 이 나라에서, 전쟁의 불길에 휩싸일 제국 밖에서, 아이들을 키워서 다행이야. 그 아이들은, 그 아이들만큼은."

　진홍색 눈동자를 이글이글 불태우면서, 어느 신화 속의 폭군 같

은 여신처럼, 폭군 같은 여신에게 바치는 기도처럼, 마님은 읊조
리셨습니다.

그 매서운 눈동자.

화염색의 눈동자.

흐르는 핏빛의 눈동자.

파괴와 생명을 동시에 상징하는, 하지만 어리고 맑은 작은도련
님의 눈동자와 똑같은 색깔의 눈동자.

"성질 나쁜 전장의 여신에게는 절대로 넘기지 않아."

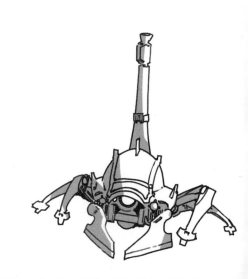

다정했던 세계

hese fragments

rned the boy

to the

rim Reaper.

[——그러면 오늘의 전쟁 소식을 전해드리겠습니다.]

[제17전투구역에 침입한 옛 기아데 제국군 자율무인전투기《레기온》기갑부대는 산마그놀리아 공화국군 자율무인전투기《케이나인》이 요격하여 격멸에 성공. 〈케이나인〉의 소모는 5할. 해당 부대는 후퇴하여 예비부대와 교대. 또한 인적 손해는 오늘도 전무합니다.]

산마그놀리아 공화국 제1구, 공화국 수도 리베르테 에트 에갈리테의 거리는 9년에 걸친 전시 체제라고 생각할 수 없을 만큼 평화롭다.

그야 분명히 진짜보다는 다소 맛이 약한 합성 식량과 만성적인 에너지 부족을 메우기 위한 등화관제로 할 일을 잃은 지 오래인 가로등. 국토 전역에서의 피난민을 받아들이기 위해 급조한 초고층 건물의 투박한 실루엣이 거리 어디서든 하늘의 일부를 차지하고 있지만, 주변 주민이 협력해서 유지하는 사소한 꽃밭이나 가로수의 녹음. 그리고 웃음소리가 끊이지 않는 주민들의 다양한 색채도 화사한 거리의 풍경.

바다 같은 푸른 색채의 눈을 반짝이는 조그만 소녀가 부모님과 손을 잡고 밝게 웃는 소리가 지나갔다.

곱게 차려입고 외출이라도 나온 걸까. 아니면 주변 행정구에서 관광 온 걸지도 모른다. 미소와 함께 그 가족들의 뒷모습을 지켜본 레나는 그 표정 그대로 테이크아웃용 종이컵의 카페라떼를 한 모금 마셨다.

하굣길에 발을 멈춘, 수도 곳곳에 있는 광장 중 하나다. 물이 멎은 분수 위에 전개된 홀로스크린에서는 아직 뉴스 방송이 계속되고 있고, 젊은 금정종 캐스터는 기분 좋게 울리는 저음으로 전황에 대해 해설했다.

[전투를 무인기에 맡기고 위험한 최전선에는 지휘를 담당하는 최소한의 인원만 주둔시키는 공화국의 전투 시스템은 이렇게 오늘도 국방의 임무를 수행하고 있습니다. 또한 정보를 공유하는 로아 그레키아 연합왕국, 발트 맹약동맹, 키티라 대공국, 노이랴 나루세 성교국, 린 리우 통상연합, 레그키드 선단국군, 그리고 기아데 연방의 각국도 오늘도 전선을 유지, 혹은 전진에 성공하고 있습니다. 또한 통상연합에서 들어온 정보로는 자갈사막 동쪽의 각국도 선전을 계속하고 있다고 합니다.]

개전 이후 고작 보름 만에 공화국 국토 중 태반을 빼앗고 9년 후인 지금도 공화국의 세력권을 포위한 〈레기온〉이지만, 지금은 그 전력과 총수가 감소의 길을 걷고 있다.

만일을 위한 보험으로 부여했던 불가피한 수명이 그들을 좀먹기 시작한 것이다. 〈레기온〉이 전개했던 강력한 전자방해도 지금은 엷어져서, 그 지배영역 깊숙한 곳까지 색적이 가능해졌다.

포위 너머의 각국과도 가까스로 연락이 닿기 시작하였는데, 그들은 각각 고립된 상황에서도 생존권을 유지하고, 빼앗긴 영토를 가까스로 조금씩 되찾기 시작한 모양이다.

레나가 사는 이 산마그놀리아 공화국과 마찬가지로.

캐스터의 목소리는 품위 있는 미소와 일말의 자랑스러움을 담아서 기분 좋게 이어졌다.

[2년 후에 있을 〈레기온〉 완전 정지 전에 그들을 몰아낼 가능성이 보이기 시작했습니다. 전사자 0의 전장을 실현한 우리 공화국을 수호하는 방패인 〈케이나인〉. 조국 방어를 위해 피할 수 없는 이 전쟁에서, 시민들 누구도 울지 않을 수 있는 것은 기쁜 일이라고 할 수 있겠지요.]

[――다만.]

말문을 연 것은 해설자라는 명패를 앞에 둔 설화종 남성이었다.

[〈케이나인〉이 본디 전투용이 아니라 인간의 친구로 개발된 인공지능이라는 사실을 우리는 잊어선 안 된다고 생각합니다. 인간을 사랑하기 위해 만들어진 존재, 인간과는 다르지만 마음이 있는 이들을 우리 사정으로 전투에 종사시키고 있다는 사실을.]

캐스터가 고개를 갸웃거렸다. 의문이나 불만이 아니라 해설을 계속해달라는 동작으로.

[〈케이나인〉은 본래 시작형 인공지능 〈F008〉을 다운그레이드한 것으로, 〈F008〉과는 달리 의식이나 감정에 해당되는 부분이 없다고 알고 있습니다만……]

[예. 하지만 그러니까 괜찮다고 잘라 말할 수 있을까요. 기계니까. 의식이 없으니까. 우리 인간과는 다르니까. 그러니까 싸우게 해도 된다고 생각하는 것은 어쩌면 언젠가 말이나 문화, 민족이 다른 동포를 싸우게 하는 길로 이어질지도 모릅니다. 우리는 누

군가에게 눈물과 피를 흘리게 할지도 모릅니다. 그렇죠, 아무도 울지 않는다고 아까 소마 양은 말씀하셨는데, 〈케이나인〉에게 울어주는 아이가 한 명, 딱 한 명 있습니다.]

캐스터는 깊이 고개를 끄덕였다.

[〈F008〉 개발 주임의 아드님 말씀이로군요. 친구를 전장으로 데려가지 말아달라고.]

[그렇습니다. 그 감성, 그 다정함을 전시인 지금일수록 우리가 잊어선 안 됩니다. 그것이야말로 우리 공화국 시민이 오색기를 걸고 지켜야 할 국시인……]

"미안해. 기다렸지, 레나."

거기까지 들었을 때, 가로막는 목소리와 함께 그 목소리의 주인이 달려왔다.

"정말이지. 조금……이라고 하면서 리타는 너무 기다리게 한다니까."

토라진 기색을 보이자 리타── 같은 반의 앙리에타 펜로즈는 미안하다고 거듭 사과했다. 레나와 같은 학교의 군청색 블레이저 교복에 이상한 인형을 늘어뜨린 가방. 한 손에 든 것은 근처 백화점의 문구점 로고가 찍힌 종이봉투였다.

꼼꼼히 포장된 걸 보면 선물용이라고 한눈에 알 수 있지만, 어두운 갈색과 금색 조합으로 화사함보다는 차분함을 중시한 점을 생각하면 아마도 레나나 리타 같은 소녀에게 주려는 선물은 아니리라.

"아니. 레나는 면식이 없는 상대의 생일 선물이니까 그걸 고르러 같이 가달라고 하는 것도 미안하다 싶었는데, 실제로 구경해 보니까 고민되어서."

"전에 말한 소꿉친구? 다른 학교에 다닌다는."

"그래. 신은 그쪽 학교가 아니면 할 수 없는 걸 하고 싶다고 하면서 일부러 먼 곳을 골랐다니까. 그거 분명히 거짓말이야. 형이 간 학교니까 싫다는 이유일 거야. 정말로 이상한 데서 애 같다니까."

"그래, 그래."

적당히 맞장구치며——애초에 그 소꿉친구와도 그 형과도 레나는 만난 적이 없다——종이컵을 든 채로 레나는 몸을 내밀었다.

"그렇게 자랑만 하지 말고 슬슬 소개해 줘."

"싫, 어."

과장스럽게 리타는 고개를 돌렸다.

"레나는 미인이잖아. 빼앗길 거 같아."

"친구 애인을 건드리지는 않는데요."

"아, 아니야……. 애인 아니야!"

반사적이라고 할까, 무심코 소리친 리타는 입으로는 그렇게 말하면서 사과처럼 새빨개져 있었다. 정말로 귀 끝까지 새빨개졌으니까 레나와 같은 타고난 은빛 색소로 반짝이는 은발이 아름다운 색조를 이루었다.

싱글싱글 웃으며 올려다보는 채 눈을 떼지 않는 레나에게서 은백색 눈동자를 돌리고 모기 우는 소리처럼 덧붙였다.

"아직은……."

"거봐."

자기 방에서 외출 준비를 하던 신은 아래층 거실에서 들려오는 보도방송의 음성에 문득 얼굴을 찌푸렸다.

결코 틀린 소리를 하는 건 아니지만, 신에게는 결코 유쾌하지 않은 그 내용에.

[〈케이나인〉에게 울어주는 아이가 한 명, 딱 한 명 있습니다.]

[〈F008〉 개발 주임의 아드님 말씀이로군요. 친구를 전장으로 데려가지 말아달라고.]

[그렇습니다. 그 감성, 그 다정함을 전시인 지금일수록 우리는 잊어선 안 됩니다.]

"슬슬 좀 잊어 주면 안 되나."

홀로스크린 너머의 뉴스캐스터나 해설자에게는 물론, 거실의 부모님에게도 들릴 리 없다고 알면서 살짝 푸념했다. 기계니까, 인간이 아니니까, 그렇게 구별해선 안 된다 운운은 그렇다 치고, 신이 어렸을 적의 이야기는.

애초에 그 화제──인공지능을 전쟁에 이용하는 것이 옳은가 그른가──에서는 보통 언급되는 이야기로, 인공지능의 전쟁 이용에 대해서는 자율전투기계인 〈레기온〉과 전쟁 중인 현재, 공화국 시민에게도 직접 체감되는 문제인 이상 자주 의논이나 토론의 대상이 된다.

덕분에 신은 몇 번이고, 수년 전의 어린 자신이 했던 유치한 말을 타인의 입을 통해 칭찬이나 감동의 문맥으로 전해 듣게 되면서 슬슬 진절머리가 나기 시작했다. 요즘 들어선 보도방송이나 토론방송이 싫어질 정도로.

물론 신은 지금도 〈케이나인〉은 기계니까 싸우게 해도 된다든가, 전시니까 어쩔 수 없다는 식으로 생각하지 않는다. 하지만 그렇다고 해도 아버지에게 울며 매달렸던 것은 신으로선 깨끗하게 잊고 싶은 기억이다.

지금 와서 생각하면 아버지도 마음 편히 〈케이나인〉 개발을 맡은 건 아니었겠고, 자신도 지금 〈케이나인〉 대신 수백만 명이나 전사자를 내어도 상관없냐고 묻는다고 고개를 끄덕일 수 없겠고.

"……."

탄식하고 있을 때 옆방의 형이 웃음 섞인 소리로 말을 걸어왔다.

[왜 한숨을 쉬는 거야, 신.]

"시끄러."

[데이트에 어두운 얼굴을 하다니 매너 위반이야. 그러다가 리타를 울리기라도 하면 요제프 아저씨 이전에 우선 내가 화낼 테니까.]

"그러니까 데이트가 아니라고 말했잖아. 애초에 왜 형이 먼저 화내는데."

리타의 친아버지인 요제프 씨는 둘째 치고, 왜 이웃에 불과한 자신에게 화낼 권리가 있다고 생각하는 걸까. 뻔뻔하다.

형은 아직도 히죽거리는 모양이다.

[그야 리타는 내 귀여운 남동생의 소꿉친구고, 귀여운 여동생 같은 거니까. 그러다 진짜 가족이 되지 않을까. 어때, 신?]

신은 노골적으로 혀를 찼다.

본인에게는 자각이 없지만, 형 앞에서밖에 하지 않는 행동이다.

"으으, 시끄러. 귀찮으니까 오늘은 연결하지 마."

[아앗, 너무…….]

뭐라고 말하려는 도중에 뚝 하고 끊어버렸다.

참고로 형은 옆방에 있고, 즉 신과는 같은 방에 있지 않다. 신은 현재 방문을 열고 있지만, 형은 그렇지 않았고, 서로의 방을 가르는 벽에 창문이 있는 것도 아니다. 외가 쪽 혈통에 대대로 이어진, 신도 형도 물려받은 이능력을 이용한 대화다. 친족 사이의 사고의 전달과 감각의 공유.

아버지가 있는 대학의 동료이기도 한 이웃집의 요제프 펜로즈 씨가 10년 넘게 연구의 대상으로 삼아서 기계적 재현을 시험하고 있지만, 가끔 실험에 어울려주는 신과 레이나 연구실 학생들의 용돈벌이 정도에 불과하지, 도무지 성과가 없다.

집에서는 유일하게 이능력이 없는 아버지가 자기만 따돌리는 것 같다고 토라지니까 재현에 성공했으면 좋겠다 싶긴 하지만.

무정하게도 대화가 끊어진 형이 놀리듯이 꺼이꺼이 우는 시늉을 하는 소리(벽 너머에서 들리는 물리적 음성. 또한 노우젠 가족이 사는 집의 벽은 그럭저럭 두껍기에 어지간히 큰 소리를 내지 않으면 옆방에는 들리지 않는다)를 짜증스럽게 느끼면서 일어섰다. 상대하면 더 놀려대니까, 최근 들어선 형이 달라붙을 때면 방치하는 게 기본이다.

아, 그렇지.

"파이드. 나 없는 동안 잘 부탁해. 그리고 어른인 주제에 아직도 애처럼 구는 형 상대 좀 해줘."

방구석에서 길이 잘 든 사냥개처럼 엎드려 있는 기계 애견이 파다닥 꼬리를 흔들며 답했다.

거실에 있던 부모님과 슬쩍 얼굴을 내민 형의 전송을 받으며 신은 집을 나섰다. 막 출발하려는 찰나에, 맞은편 집 앞에 택배 로고가 붙은 오토바이가 도착했다.

거기서 내린 것은 이 주변 담당인지 이따금 오는 소년이다. 키가 큰 몸에 짧게 친 쇳빛 머리, 같은 색채의 두 눈동자. 나이는 신과 비슷한 모양인지 고등학교 교복 차림을 본 적도 있으니까, 학생이 아르바이트하는 모양이다.

"안녕하심까. 우편물 온 게 있는데 받아주시겠습니까."

"아……."

나가려던 참이지만, 딱히 서두를 일도 아니다. 받은 봉투를 배웅 나온 파이드에게 건네고(입에 물고 돌아가서, 재주도 좋게 앞다리로 벨을 눌러서 문을 열어달라고 했다), 영수증에 사인했다.

"수고하십니다."

"예이."

파이드가 돌아와서 문 옆에 앉고, 오토바이에 탄 소년이 가볍게 한 손을 들어 인사한 뒤에 달려가는 것을 지켜본 뒤에 신은 문을 열고 나섰다.

9년 전에는 백은종(셀레나) 주민이 태반을 차지했던 리베르테 에트 에갈리테는 수도의 책무로서 적극적으로 피난민을 받아들인 결과, 지금은 예로부터 다민족 국가인 이웃나라 기아데 연방도 저리 가랄 정도로 다양한 색채가 넘쳐났다.

성녀 마그놀리아의 조각상 앞에서 첼로를 연주하는 인형 같은 용모의 취록종(제이드) 소녀. 연인 같은 청년과 젤라토를 핥으며 걷는 은발 소녀는 하늘색의 눈동자로 봐서 천청종(셀레스타)과의 혼혈이다. 새처럼 톤이 높은 소리로 떠드는 중학교 여학생들 사이에 마노종의 낙엽색 머리에 금정종(아가트)의 금색 눈 소녀가 한층 맑고 높은 소리를 내고, 그 옆을 요란스럽게 떠들면서 장신의 청옥종(사피르) 소년을 중심으로 한 고등학교 남학생들이 지나갔다.

가로수로 많이 심었으니까 천연물이 비교적 많이 나도는 오렌지가 든 장바구니를 안은 비강종(루비스) 소년이 그 오렌지를 두어 개 떨어뜨리는 바람에 황급히 돌아보고, 지나치던 안경 쓴 백은종 소년과 여동생과 함께 노점을 구경하고 다니는 진한 남색과 흰색의 오드아이 소녀가 주워서 건네주었다. 장년의 설화종(알라바스터) 남성과 양금종(헬리오돌) 여성, 두 사람의 딸인 듯한 금발의 젊은 여성이 레스토랑의 테라스 자리에서 식사를 즐기고, 야생 새끼고양이를 소시지로 유인하여 안아주는 특징적인 검정색의 포니테일 소녀는 공화국에서는 보기 드문 극동흑종(오리엔타)의 계보다.

엇갈린 흑박종(제트)에 몇 살 연상인 젊은 여성이 길에 하이힐 굽이 걸려서 넘어질 뻔하기에 다급히 손을 내밀어서 붙잡아주었더니 웃으며 "고마워."라고 말해 줘서 가슴이 두근거렸다.

동요를 알아차렸는지 여성이 미소를 지었다.

이번에는 다소 장난스러운 미소로.

"뭐지, 소년? 잘 빼입은 걸 보면 혹시 데이트?"

"아닌데요."

여성은 아무래도 듣지 않은 모양이었다.

껴안고 있던 꽃다발에서 한 송이를 빼내더니 어딘가 멋 부리는 동작으로 내밀었다. 오랫동안 불가능하다고 일컬어졌지만, 품종개량을 거듭한 끝에 만들어 낸 연한 하늘색 모던로즈.

"사례야. 가져가."

"그러니까 아니라니깐요."

역시 여성은 듣지 않았다.

순식간에 장미꽃을 쥐여 주고는 반론도 허용치 않고 가볍게 떠나가는 봄날의 태풍 같은 그 뒷모습을, 신은 그저 멍하니 지켜보았다.

당연하다고 할까, 약속장소에서 합류하자마자 리타는 이상한 얼굴을 했다.

"뭐야, 그거? 무슨 바람이 불었대?"

은색 눈동자가 내려다보는 것은 신이 어째야 할지 모르는 기색으로 한 손으로 들고 있는 하늘색 장미였다.

"아니, 저기, 받은 건데…… 필요해?"

내밀어 보았지만, 리타는 아주 기가 막히다는 표정을 했다.

"있잖아……. 보통은 여자한테 받은 걸 다른 여자한테 필요하냐고 묻는 거 아니야."

"……."

어떻게 여자한테 받은 줄 안 걸까. 이건 신의 생각이다.

신의 엄마랑은 다른 향수 냄새가 나는걸. 이건 리타의 생각이다. 아무래도 향기가 연한 품종인 듯한 하늘색 장미에 명백히 장미의 그것이 아닌 또렷하고 맑은 수목의 향.

뭐.

본인은 냉철한 척하지만 사실 엄청 착한 이 인간이 뭔가 떨어진 물건이라도 주워줬다가 놀림 반 감사 반으로 받은 거겠지.

난처한 듯이 내밀고 있는 장미꽃을 쓴웃음과 함께 받아주었다.

"뭐, 받아는 줄게. 예쁘니까."

신은 꽃에 별로 관심이 없겠지만, 리타는 좋아할지도 모른다고 생각하며 버리지 않고 여기까지 가져와 주었다면, 그 정도라도 조금은 기쁜 일이니까.

신과 만난 것은 반쯤은 생일 선물을 건네기 위해서고, 나머지 절반은 가보고 싶었지만 조금 비싸다 싶어서 주저하던 카페가 연인이면 할인해 준다고 알았기 때문이다.

나이가 차는 딸을 두어 최근 좀 잔소리가 많아진 아버지와 완전히 어른이 된 주제에 최근 들어 괜히 놀림이 많아진 레이의 앞에서, 신에게 생일 선물을 건넸다간 왠지 귀찮은 일이 벌어질 것도 같았고.

"응, 맛있네."

"크림이나 안의 과일이 진짜 같은 느낌이야. 생산 플랜트의 합성 식량도 최근에는 기호품까지 꽤 맛있게 만들 수 있게 되었군."

남쪽 나라가 원산지라서 공화국에서는 나지 않는 망고 소스(합성)와 이쪽도 합성인 생크림을 듬뿍 얹은 케이크를 입에 넣고 만족한 리타는 맞은편에서 같은 것을 입에 넣은 신이 그렇게 무뚝뚝한 감상을 말했기에 어깨를 축 늘어뜨렸다.

"신. 맛있는 걸 먹을 때는 그런 소리 하는 거 아니야."

"왜? 칭찬인데."

정말로 이상하다는 듯이 신은 말했다. 뚱해진 아네트를 보고 옆 테이블에서 혼자 우아하게 커피 브레이크를 즐기던 장년의, 흉터 있는 얼굴에 어딘가 나름 높은 지위에 있는 듯한 군인이 미소를 머금은 얼굴을 했다.

돌바닥에 접이식 테이블을 펼쳐놓은, 카페의 테라스석이다. 지금은 접혀있는 색색의 파라솔이 푸른 하늘과 하얀 돌길의 거리에 커다란 꽃봉오리 같고, 그 봉오리 하나하나에 공화국 시민이 나비처럼 모인다. 혼자서 커피를 즐기는 백은종 군인, 과제를 펼쳐놓고 있는 천청종과 양금종의 혼혈인 청년과 설화종 소녀, 금록종과 청옥종 연인들에, 형제자매가 함께 모인 듯한 남방흑종 소년 소녀. 월백종 웨이트리스와 염홍종 혼혈인 웨이터가 테이블

사이를 오갔다.

"있잖아, 신."

그걸 보면서 아네트는 불쑥 물었다.

"있잖아. 이런 세계라면 좋았어?"

어느새 두 사람 주위에는 아무도 없었다.

아무도 없는 무수한 테이블석이, 우유색 안개에 갇힌 하늘 아래, 포장도로도 아닌 하얀 평면에 엷은 그림자를 늘어뜨리고 있었다. 부자연스럽게 길게 늘어진 그 그림자는 하나같이 빛의 방향이 일치하지 않고 제각각이었다.

어느새 자신이 두르고 있는 백의와 군청색 군복의 명암이 왜인지 묘하게 애처롭고 쓸쓸했다.

"그래……. 이런 세계라도 좋았을까."

대답하는 신은 아네트에게는 낯선 사막 위장 야전복 차림으로, 그것은 수면이 빛의 반사로 시시각각 광채의 색채를 바꾸듯이 불규칙하게 쇳빛 연방군복이나 기갑탑승복으로 바뀌었다. 희미해서 눈에 띄지 않을 뿐이지 몇 개나 남은 흉터나 유래를 모르는 참수와 같은 목의 멍.

"빼앗기지 않아도 되고, 잃어버리지 않아도 되고, 상처 입지 않아도 된다. 이런 식으로 누군가가, 누군가가 조금씩 다정할 수 있는 세계라면 나는 저승사자가 아니어도 되었어."

펠드레스의 조종기술 따윈 익힐 필요는 없었다. 어설트라이플 취급도 권총 사격법도. 감정을 잘라내는 기술도, 마음을 죽이는 방법도 배우지 않아도 되었다.

바라지도 않았던 전투의 재능 따윈 평생 잠재운 채로 있을 수 있었다.

무엇보다 함께 싸우고 먼저 죽은 전우들은 분명 미래도 없고 들어갈 묘도 없는 저 86구의 전장에서 죽지 않아도 되었다.

조그만 알루미늄 묘비와 신 자신의 최후까지 모두를 기억하고 데려간다는, 너무나도 작은 약속을 희망이나 구원으로 삼는 일도.

하지만.

그래도.

"이런 세계였으면 만날 수 없는 사람이 있어. 모르는 풍경과 말이 있어. 그러니까 이런 세계라면 좋았겠다는 말은."

아네트는 그 말에 그렇겠거니 하고 미소를 짓고 일말의 쓸쓸함을 느끼며 들었다.

주위에는 사람도 소리도 없고, 테이블석은 지금 그 그림자조차 흐려져서 눈앞의 사람의 표정조차도 보이지 않았다.

아주 희미하게 미소 짓고 있다고 왠지 알았다.

아픔을 견디듯이, 눈물을 참듯이, 그래도 옅게 미소를 지으며.

"그 세계가 아니라서 다행이라는 말은 나로서는 할 수 없어."

아네트는 작게 미소를 지었다.

"그래⋯⋯."

"그래."

중얼거려 보니 뤼스트카머 기지 제1막사에 있는 자기 방이었다.

눈을 껌뻑이며 아네트는 침대 위에서 몸을 일으켰다. 프로세서들에게 주어진 아래층의 그것과 비교하면 사치스러울 정도로, 좋은 집안 출신의 감각으로도 넓고 큰 침대. 그것이 들어가는 장교용의 넓은 침실.

당연하지만, 신은 없다.

오히려 잘되었다 싶어서 뻗친 머리를 그대로 놔둔 채로 쓴웃음 지었다.

이런 세계라면 좋았어? 라니.

"나도…… 아직 미련이 남았구나."

묘한 꿈을 꾸었다고 생각하며, 슬슬 익숙해지고 있는 뤼스트카머 기지의 자기 방 천장을 올려다보며 신은 생각했다.

신의 방을 포함하여 이 기지의 위관용 방은 최소한의 가구가 들어갈 정도로 간소하지만, 기지 자체가 새것인 것도 있어서 실질 강건을 그림에 그린 듯이 견고한 구조다. 비가 새든 외풍이 들어오든 알 바 아니라는 듯이 조잡하게 대충 짓고 비바람에 낡은 86구의 막사에 익숙해진 눈에는 충분하고 남을 만큼 사치스러운 구조로 비친다. 배치되었을 무렵에는 아주 조금—— 익숙하지 않아서 오히려 불편하게 느꼈을 정도였다. 지금 와서 생각해 보면 그때는 아직 전장 밖에 익숙해지지 않았으니까.

86구의 전장에서 마음이 떠나지 못했으니까.

그럴 터인데 슬슬 익숙해지고 있다.

바라는 게 무섭다고 생각했던 미래를, 행복을, 바라는 것에 저항도 없어졌다.

그래. 저 86구의 전장은 어느새 꽤나 멀어졌고.

하물며 거기서 살았던 기억 따윈 흐려진 지 오래인 공화국의 평화 속에서 사는 꿈 같은 걸.

그 세계라면 전우들이 모두── 부모님도 형도 죽지 않을 수 있었다. 그 사실을 생각하면 분명히 가슴이 아프지만.

"이런 세계 운운은, 지금은…… 하고 싶지 않아."

이 세계에서 만났던 사람들을, 그 만남을, 없었으면 좋았다고. 이런 비정한 세계 따윈, 이라고── 쉽사리 내치고 싶지 않다고. 지금의 자신은 생각할 수 있으니까.

작가 후기

어서 오세요, 오랜만에 보는 전사자 0의 지옥으로! 안녕하세요, 아사토 아사토입니다. 그렇게 해서 단편집입니다.

이번에는 서브타이틀에도 사용된 신의 과거편 「프래그멘탈 네오테니」를 중심으로 86구 시절의 이야기를 수록하였습니다. 카쿠요무 연재 중에 올라온 감상이 실로 아비규환이었던 「프래그멘탈 네오테니」입니다만, 책으로 처음 읽은 분들도 멋진 비명을 질러 주시면 좋겠네!

또 쿠조 시점에서 그려지는 스피어헤드 전대의 어느 날인 「트리아지 태그 : 블랙이 흔해 빠진 일상」, 신 일행 다섯 명의 밝고 즐거운 죽음의 여로인 「레테 강변」, 귀여운 그 녀석의 정체가 밝혀지는 「파이드」, 또한 새롭게 쓴 세 편도 즐겨주세요.

그리고 「런 스루 더 배틀필드」(야마사키 히로야 선생님, 망가 UP!), 「프래그멘탈 네오테니」(신죠 타쿠야 선생님, 월간 코믹얼라이브)가 연재 시작됩니다. 이쪽도 꼭 봐주세요.

이어서 감사 인사입니다.

담당 편집자 키요세 님, 츠치야 님, 마음대로 써도 된다고 하시고 정말로 한 번도 스톱을 걸지 않아 주셔서 감사합니다. 시라비 님, 표지에 있는 열한 살 신 군이 너무나도 귀여워서, 본편에서도 숱하게 고생시킨 점, 정말로 죄악감이 듭니다……. Ⅰ-Ⅳ 님. Twitter에 춤추는 파이드의 일러스트를 올려주시지 않았으면, 신이 파이드에게 이름을 붙이는 extra 에피소드는 쓰지 않았습니다!

요시하라 님, 3권 표지, 뒷표지의 노우젠 형제의 대비가 가슴 아픕니다. 소메미야 님. 레나와 에이티식스들의 싸움(눈싸움에 시험에 마수걸이)에 훈훈해집니다. 야마사키 님, 대전력 대 대전력의 전투와 세심한 심리묘사에 가슴이 흔들립니다. 신죠 님. 접근사 장면과 거기에 이르기까지의 한 컷 한 컷이 너무 멋져서……. 이시이 감독님. 쉴 틈이 없는 30분에 매화마다 "대단해……."라고 생각합니다.

그리고 이 책을 손에 들어주신 당신. 항상 감사합니다. 11세부터 7년에 걸치는 신과 〈레기온〉과의 싸움, 다음 권부터 드디어 결말로 향합니다.

그럼 한 명의 어린 소년병이 동부전선의 목 없는 저승사자로 변모하는 그 곁에. 목 없는 저승사자가 동료들과 지낸 전장으로. 당신을 잠시나마 데려갈 수 있기를.

작가 후기 집필중 BGM : 난세 에로이카 (ALI PROJECT)

86 -에이티식스- Ep.10
-FRAGMENTAL NEOTENY-

2023년 07월 25일 제1판 인쇄
2024년 02월 20일 제2쇄 발행

지음 아사토 아사토
일러스트 시라비

옮김 한신남

발행 영상출판미디어(주)
등록번호 제 2002-000003호
주소 07551 서울특별시 강서구 양천로 570 NH서울타워 19층
대표전화 02-2013-5665

ISBN 979-11-380-3133-2
ISBN 979-11-319-8539-7 (세트)

86—EIGHTY SIX—Ep. 10 —FRAGMENTAL NEOTENY—
ⓒAsato Asato 2021
Edited by 전격문고
First published in Japan in 2021 by KADOKAWA CORPORATION, Tokyo.
Korean translation rights arranged with KADOKAWA CORPORATION, Tokyo,
through Korea Copyright Center Inc.

구매 시 파손된 도서는 구매처에서 교환하실 수 있습니다.
기타 불편사항, 문의사항이 있으신 독자님께서는 노블엔진 홈페이지 [http://novelengine.com] 에서
Q&A 게시판을 이용해 주시기 바랍니다.

노블엔진(NOVEL ENGINE)은 영상출판미디어(주)의 라이트노벨 및 관련서적 브랜드입니다.

옆집 천사님 때문에 어느샌가 인간적으로 타락한 사연
1~8

후지미야 아마네가 사는 맨션 옆집에는 학교 제일의 미소녀인 시이나 마히루가 살고 있다. 두 사람은 딱히 이렇다 할 접점이 없지만, 비가 오는 날 흠뻑 젖은 시이나 마히루에게 우산을 빌려준 것을 계기로 기묘한 교류가 시작되었다.

혼자서 너저분하게 대충대충 사는 아마네를 차마 보다 못해, 밥을 차려 주거나 방을 청소해 주는 등 이것저것 챙겨 주는 마히루.

가족의 정을 그리워하면서 점차 다정한 모습을 보이기 시작하는 마히루. 그러나 그 호의를 알면서도 자신감이 없는 아마네. 두 사람은 자신의 마음에 솔직하게 굴지 못하면서도 조금씩 서로의 거리를 좁혀 나가는데 …….

애니메이션 방영작

사에키상 지음 | **하네코토** 일러스트 | **2023년 8월 제8권 출간**

청춘의 상상,시동을 걸어라!

어느 날 갑자기 소꿉친구의 '속마음'이 들리기 시작했습니다?
새침데기 소꿉친구가 귀엽게 '들리는' 이야기, 스타트!

언제나 쌀쌀맞게 구는 소꿉친구지만 나를 짝사랑하는 속마음이 다 들려서 귀여워

1~3

◆

《오늘이야말로 코우에게 고백하는 거야!》

딱히 인기가 많은 것도 아닌 남고생 니타ㅊ 코우타에게 느닷없이 들리게 된 목소리. 그ㄹ 언제나 코우타에게 쌀쌀맞은 태도를 보이는 ㅅ 꿉친구 유메미가사키 아야노의 속마음이었ㄷ 아야노가 자신에게 홀딱 빠졌다는 것을 전ㅎ 몰랐던 코우타였지만—.

《사실은 코우가 말을 걸었으면 했어…….》

느닷없이 훤히 들리게 된 '속마음'에 아야ㄴ 를 의식하기 시작한 코우타.
그러나 '속마음'의 뜻밖의 부작용을 알게 ㄷ 는데—?!

 로쿠마스 로쿠로타 지음 | bun150 일러스트 | 2023년 8월 제3권 출간
청춘의 상상, 시동을 걸어라!